BASTEI
LÜBBE
TASCHENBUCH

Titel in der Regel auch als E-Book erhältlich

Über die Autorinnen:

Inka Loreen Minden, die auch unter den Pseudonymen Lucy Palmer und Loreen Ravenscroft schreibt, ist eine bekannte deutsche Autorin erotischer Literatur, deren Titel regelmäßig in den Bestenlisten vertreten sind.
Angelina Kay wuchs in New York auf und arbeitete später als freie Journalistin. Heute lebt sie in Kalifornien und widmet sich ganz ihrer Arbeit als Autorin.
Anabella Wolf schreibt Heftromane und Belletristik, mal mehr, mal weniger pikant, aber immer mit Happy End. Sie lebt und arbeitet in Köln.

Inka Loreen Minden/
Angelina Kay/Anabella Wolf

CAPRICE –
SEX UND
GLAMOUR

3 Erzählungen in einem Band

BASTEI
LÜBBE
TASCHENBUCH

BASTEI LÜBBE TASCHENBUCH
Band 17 027

1. Auflage: August 2014

Dieser Titel ist auch als E-Book erschienen

MIX
Papier aus verantwortungsvollen Quellen
FSC® C006701

Vollständige Taschenbuchausgabe
der bei Lübbe Digital erschienenen E-Book-Ausgabe

Titelillustration: © shutterstock/Martin Valigursky;
© shutterstock/Tamara Kulikova
Umschlaggestaltung: Manuela Städele
Satz: Urban SatzKonzept, Düsseldorf
Gesetzt aus der Palatino
Druck und Verarbeitung: CPI – Ebner & Spiegel, Ulm
Printed in Germany
ISBN 978-3-404-17027-2

Sie finden uns im Internet unter
www.luebbe.de
Bitte beachten Sie auch: www.lesejury.de

Inka Loreen Minden:

Heiße Tage, geile Nächte

Sophies Puls hämmerte wild in ihren Schläfen, so sauer war sie. »Dein Informant hat seinen Tipp doppelt verkauft, Chef!«, schimpfte sie ins Handy, dann klappte sie es resolut zu. »Das darf doch echt nicht wahr sein!«

Walter Stein, Chefredakteur der BLITZ, hatte vor zwei Tagen einen Hinweis bekommen: Sie würden eine bombastische Neuigkeit über den Skandalrapper Mac Teek erfahren, wenn sie am Wochenende nach Saint-Tropez kamen. Stein hatte gedacht, die BLITZ könnte zwei Fliegen mit einer Klappe schlagen und zusätzlich von der Vernissage berichten, die dort stattfand. Daher hatte er Sophie und ihren Kollegen John Feyn ins nächste Flugzeug nach Frankreich gesetzt. Und wen musste sie hier, im Kunstmuseum von Saint-Tropez, treffen? Ihren größten Konkurrenten: Philipp Bergmann, Reporter bei der X-PRESS.

»Dieser schwarzhaarige Teufel«, murmelte sie, wobei sie ihm einen vernichtenden Blick zuwarf, als er in ihre Richtung grinste. Phil hatte ihr schon öfter eine Topstory vermasselt. Wie es aussah, würde es diesmal nicht anders laufen.

»Hey, Süße, komm mal wieder runter, dein Gesicht ist ja schon genauso rot wie deine Mähne.« John fuhr sich durch sein blondes Haar; auf seinen Wangen zeigten sich Grübchen, als er lächelte. Der Fotograf und Sonnyboy schien immer gute Laune zu haben, und die war zum Glück ansteckend.

Sophie atmete tief durch und genoss die kühle Raumluft auf ihrer erhitzten Haut. Sie hatte große Lust auf eine Zigarette, aber im Museum war Rauchen streng verboten. Seit einer Stunde schlenderte sie mit ihrem Kollegen durch die hohen, hellen Räume der ehemaligen Kapelle, an deren Wänden zahlreiche Kunstwerke hingen. Der französische Maler Mondaine stellte im »Musée de l'Annonciade« seine aktuellsten Werke mit dem Titel »Schatten der Erinnerung« vor. Düstere Bilder, die perfekt zu Sophies Stimmung passten.

Die High Society war ebenfalls zu Gast, viele bekannte Schauspieler, Sänger, Politiker und alles, was Rang und Namen hatte. John machte ununterbrochen Fotos und flirtete mit den Damen, während Sophie versuchte, den neusten Klatsch und Tratsch aufzuschnappen.

Ihr Konkurrent Philipp war leider genauso eifrig bei der Sache und betörte die weibliche Prominenz mit seinem Charme und seinem Aussehen. In seinem dunklen Anzug sah er selbst aus wie ein Schauspieler, und mit seinem Dreitagebart wie eine Mischung aus Hugh Jackman und Charles Mesure.

Aber was er konnte, konnte sie schon lange. Sophie trug ein smaragdgrünes Kostüm, das perfekt mit ihren roten Locken harmonierte und ihre Brüste auf unanständige Weise betonte, dazu schwarze Stilettos. Damit zog sie die Aufmerksamkeit der Männer auf sich wie ein Magnet und erntete von den Ladys neidische Blicke.

Alle warteten auf den Rapper Mac Teek, der sich wie immer verspätete. Der Berliner Musiker hatte sich bereiterklärt, Pate eines Bildes zu werden und eine hohe Summe für einen guten Zweck zu spenden.

Ein Raunen ging durch die Menge, als er mit einem Bodyguard die Kapelle betrat. Seine Frau, die Schauspielerin Raffaela Cielo, war nicht mitgekommen. Die Gerüchte über die Scheidung schienen wahr zu sein.

Der schlanke und hochgewachsene Sänger trug legere Hosen und ein ärmelloses Oberteil, weshalb seine Tätowierungen zu sehen waren. Da er armenische Wurzeln besaß, war seine Haut eine Nuance dunkler als die eines durchschnittlichen Mitteleuropäers. Das verlieh ihm ein südländisches Flair. Keine Frage, den Rapper mit dem Schlafzimmerblick hätte auch Sophie nicht von der Bettkante geschubst, zumal er mit seinen dreißig Lenzen in den besten Jahren war. Als er den Ausstellungsort betrat, humpelte er leicht, weil er letzte Woche in eine Schlägerei geraten war.

»Du sabberst«, flüsterte ihr John ins Ohr, worauf ihr Ellbogen in seinen Rippen landete. Ihr Kollege krümmte sich gespielt vor Schmerzen und ging auf Abstand.

Ob sich Mac Teek zu der Bildpatenschaft bereiterklärt hatte, um sein Image aufzuwerten? Mit seinen schwulenfeindlichen Songtexten hatte er sich nicht nur Freunde gemacht. Homophobie war in der Szene nichts Ungewöhnliches und das Wort »gay« für viele Rapper zu einem normalen Schimpfwort verkommen. Dennoch hatte das Label ihm beinahe den Vertrag aufgekündigt, weil Teek es mit seinen Sprüchen ein wenig übertrieben hatte. Hinzu waren Gerüchte über illegalen Waffenbesitz gekommen.

John beugte sich vorsichtig zu ihr hin und hielt schützend die Arme vor die Brust. »Alle Augen sind auf Mac Teek gerichtet, nur nicht die von Bergmann, der glotzt auf deinen Arsch.«

Erneut stieg vor Wut Hitze in ihre Wangen. Sie fand ihn ja

auch attraktiv und hätte nichts gegen ein erotisches Zwischenspiel einzuwenden, wenn da nur nicht diese abgrundtiefe Abneigung wäre. Für eine gute Story würde der Kerl seine Mutter verkaufen.

Wenn sie ihm doch mal so richtig eins auswischen könnte!

Plötzlich spukte ihr ein Name im Kopf herum: Meggie.

Genau, Meg war hier, in Saint-Tropez! Die Besitzerin eines schwimmenden Edelbordells hatte ihr letzten Monat eine SMS geschickt, dass sie Sophie sehr gerne wiedersehen würde. Falls ihre Reisen sie erneut an die Côte d'Azur führen sollten ... Sophie grinste triumphierend und zog ihr Handy aus der Handtasche. Sie hatte auch schon ganz genaue Vorstellungen, wie sie es diesem Schönling Bergmann heimzahlen konnte. Vielleicht würde ihr Meg einen Freundschaftsdienst erweisen, immerhin hatte Sophie einst dafür gesorgt, dass ihre Schwester freigekommen war, die mit vielen anderen osteuropäischen Frauen in die Fänge eines Mädchenhändlers geraten war. Sophie hatte dank ihrer Neugier und mit Hilfe eines sexy Polizisten den Ring sprengen können. Und Meggie hatte ihr versprochen, sich eines Tages dafür zu revanchieren.

Drei Stunden später taten ihr die Füße weh. Sie wollte ins Hotel zurück, die Beine hochlegen und mit John einen Plan ausarbeiten. Aber erst musste der Fisch an den Haken. Sophie hatte es tatsächlich geschafft, ungestört ein paar Worte mit Mac Teek zu wechseln, da die meisten Promis und Journalisten bereits das Museum verlassen hatten. Zwar hatte sie nichts Interessantes erfahren, aber Philipp hatte sie beobachtet. Sehr gut, vielleicht biss er an. Von dem schlitzohrigen Informanten wusste sie, dass der Rapper morgen Abend ins »Estelle« kommen würde, eine Bar, in der man sich sehr freizügig bewegen konnte.

Sicher würde auch Philipp sich die Chance nicht entgehen lassen, um mehr aus dem Mann herauszubekommen. Möglicherweise traf sich Teek mit seiner neuen Flamme. Sophie musste um jeden Preis verhindern, dass auch Philipp in der Bar auftauchte. Sie wollte die Story exklusiv.

Auf der Damentoilette genehmigte sie sich heimlich eine Zigarette, während sie die Nummer des Stegs auf einen Zettel kritzelte, an dem Megs Jacht lag. Anschließend suchte sie John im Getümmel. Leider hatte ihre Kollegin und beste Freundin Maren nicht mit an die Côte d'Azur kommen können. Sie musste im regnerischen Hamburg zurückbleiben und hütete mit einem grippalen Infekt das Bett. Gemeinsam mit ihr hätten die Rachepläne doppelt so viel Spaß gemacht, aber John war ein guter Ersatz. In jeder Beziehung.

Als sie ihn erblickte – ins Gespräch mit Mia Farrelli vertieft –, entschuldigte sie sich bei der Schauspielerin und zog ihn hastig mit sich. Ihre Aktion hatte zumindest Phils Aufmerksamkeit erregt. Interessiert starrte er in ihre Richtung, wobei er sich weiterhin mit dem Maler unterhielt.

Mist, vor lauter Racheplänen hatte sie ganz vergessen, Mondaine zu interviewen! Wie unprofessionell!

Das machte sie noch wütender. Philipp schaffte es allein durch seine Anwesenheit, ihr den Job zu vermasseln.

»Hey, was sollte das denn?« John wirkte nicht sehr erfreut. »Mia hat mir eben von ihrem neuen Film erzählt.«

»Langweilig«, sagte Sophie gedehnt. »Du wolltest sie eh nur ins Bett bekommen.«

Seine Brauen zogen sich zusammen. »Und ich hatte gute Chancen!«

»Spiel einfach mit und du bekommst von mir das Rundum-verwöhn-Paket«, wisperte Sophie.

»Überredet«, meinte er, und sein Gesicht wirkte sofort entspannter.

Sie grinste. Männer waren ja so einfach gestrickt ... »Ist Philipp in der Nähe?«

John nickte, ohne Sophie aus den Augen zu lassen. »Etwa drei Meter hinter dir. Er hat sich ein Sektglas geschnappt und tut so, als würde er ein Bild betrachten. Einen guten Schauspieler würde der nicht abgeben.«

Ein böser Gedanke schoss durch ihren Kopf: *Für einen Pornostar würde sein Talent vielleicht ausreichen.*

Sie hob ihre Stimme. »Stell dir vor, Mac Teek hat mir einen Treffpunkt genannt, wo wir beide uns morgen Mittag ungestört unterhalten können!«

»Was?!« Sofort zog er Sophie mit sich fort und zischte: »Schrei doch nicht so.«

»Was macht Phil?«, fragte sie leise.

»Schleicht näher und betrachtet jetzt das Bild hinter dir.«

Sehr gut, das lief ja wie geschmiert. »Teek will mir Rede und Antwort stehen, nur mir allein!« Sie zwinkerte John zu, und da verstand er endlich, dass sie bloß eine Show abzog.

Sein Gesicht hellte sich auf. »Genial! Wie du das immer schaffst.«

»Tja, mit den Waffen einer Frau, sag ich da nur.«

John lachte. »Mit scharfen Waffen hantiert Teek angeblich gern.«

Auffällig wedelte sie mit dem Zettel vor seiner Nase herum. »Hier hab ich die Uhrzeit und den genauen Treffpunkt.

Jetzt können wir uns entspannen und holen uns morgen die Topstory!« Sie öffnete ihre Handtasche, ließ den Zettel absichtlich daneben fallen und eilte sofort mit John aus dem Museum.

Das Einzige, was Sophie an Saint-Tropez hasste, war der Verkehr. Gut, dass sie früh genug losgefahren waren und es erst Mittag war, denn später gab es auf den Hauptstraßen der kleinen Hafenstadt kaum ein Durchkommen.

John saß auf dem Beifahrersitz des gemieteten Cabrios, sein Smartphone in der Hand, und lotste sie mit Hilfe eines Navigationsprogramms durch den Verkehr. »An der nächsten Kreuzung musst du links abbiegen. Wir sind gleich da.«

»Wird auch Zeit«, murmelte sie und trommelte mit den Fingern auf das Lenkrad.

Die Sonne brannte gnadenlos in ihren Leihwagen, doch der Fahrtwind machte die Hitze erträglich und wirbelte Sophies kupferrote Lockenmähne durcheinander. Da sie keinen Slip trug und nur ein knappes Sommerkleid, stierte John immer zwischen ihre Beine, wenn ein Luftwirbel den Stoff lüpfte. Seine Hand stahl sich auf ihr Knie und wanderte langsam zwischen ihre Schenkel. Als seine Fingerspitzen ihre Scham streiften, lachte Sophie auf, weil es kitzelte. Sie hatte sich am Morgen frisch rasiert und fühlte jede Berührung besonders intensiv.

John hob ihr Kleid, schnappte sich die Digitalkamera, die in seinem Schoß gelegen hatte, und machte ein Foto.

»Ferkel!« Sophie schlug seine Hand weg, obwohl ihre Schamlippen angenehm prickelten. »Ich muss mich aufs Fahren konzentrieren.«

Seine Augen funkelten, und die Beule im Schritt war nicht mehr zu übersehen. »Lass uns später eine Nummer schieben, ja, Süße?«

Zustimmend grinste sie. Erst gestern hatten sie in der Hotelsauna schnellen Sex gehabt, den John als Vorauszahlung für seine Dienste eingefordert hatte. »Abgemacht. Zuerst die Arbeit, dann das Vergnügen.«

John ließ nichts anbrennen, Sophie ebenfalls nicht. Sie hatten schon das eine oder andere heiße Abenteuer erlebt, wenn sie als Team einen Auftrag erledigten. Ihr Kollege war stets gut gelaunt, sah mit dem gebräunten Teint, den blonden Haaren und dem Adoniskörper fantastisch aus und war auch im Bett keine Spaßbremse.

Sophie nahm den Fuß vom Gas, als sie die Uferpromenade erreichten, denn dort pulsierte das Leben. Rechts erstreckte sich der Jachthafen, links ragten die schlichten, landestypischen Häuser in den blauen Himmel. Hotels, Restaurants und kleine Läden, deren Markisen bis zur Straße reichten, reihten sich aneinander. Das Wasser war so nah, dass es aussah, als würden die Jachten direkt vor den Straßencafés parken.

Als John immer noch auf ihre Schenkel starrte, sagte Sophie: »Halte die Augen lieber nach Prominenz offen, Giacomo.«

Ihr modebewusstes Herz schlug beim Anblick der Boutiquen schneller. Sie hätte jetzt große Lust, durch die ruhigeren Nebenstraßen zu spazieren, um ausgiebig in den urigen Läden zu shoppen. Vor allem wurde man dort zu Preisen fündig, die bezahlbar waren. Aber erst musste sie diesem Lackaffen Bergmann eine Lektion erteilen. Wenn er denn kam. Doch wie sie Philipp kannte, war er längst da.

Zum Glück gab es am Hafen einen riesengroßen Parkplatz. John lotste sie zur Einfahrt, woraufhin ihre Laune sank. Die besten Plätze waren natürlich belegt. Zähneknirschend fuhr Sophie durch die Reihen parkender Autos und drückte das Gaspedal durch, als sie eine Parklücke erspähte.

»*Merde!*«, schrie sie und schlug auf die Hupe. Ein blauer BMW hatte ihr den Parkplatz vor der Nase weggeschnappt.

John gluckste. »Du kannst es wohl kaum erwarten, deinen Racheplan zu verwirklichen.«

Sie strafte ihn mit einem bösen Blick und setzte das Cabrio in eine enge Lücke, die sich eigentlich der Fahrer eines Citroën ausgesucht hatte. Sophie ignorierte die Schimpftirade des älteren Mannes und tat so, als würde sie kein Wort Französisch verstehen, obwohl sie große Lust hatte, sich mit dem Kerl anzulegen.

Ihre Laune erreichte ihren Tiefpunkt, was nicht nur am Verkehr, sondern allgemein an Frankreich lag. Sophie war nie gut gelaunt, wenn sie sich im Land ihrer Kindheit aufhielt. Aufgewachsen in einem Pariser Vorort in erbärmlichen Verhältnissen, war sie als junge Frau nach Hamburg geflohen. Dank ihrer Verführungskünste hatte sie eine Stelle bei der BLITZ bekommen und lebte seitdem das Leben, das sie sich immer erträumt hatte. Na ja, beinahe. Wären da nicht ständig diese Leute, die einem das Leben schwermachen wollten, so wie Philipp Bergmann.

»Beeil dich, John!« Sie schnappte sich ihre Handtasche, sperrte hastig das Auto ab und stöckelte über den kochenden Asphalt.

Am Ufer wurde die Hitze erträglicher. Der Dieselgeruch der Bootsmotoren wehte ihr in die Nase. Kleine Jachten und

Wasserfahrzeuge aller Art reihten sich an den Landungsstegen aneinander. Sophies hohe Absätze klackerten über den Boden, während sie sich einen Weg durch die Touristen bahnten. Dabei schaute sie sich ständig um, ob Phil nicht im Anmarsch war.

»Wo liegt Meggies Schiff?«, fragte John, der zwischendurch Fotos schoss.

»Fast am Ende des Stegs. Es ist diese Mega-Jacht.«

Er pfiff durch die Zähne. »Wow, das nenn ich mal einen Kreuzer.«

Das schwimmende Etablissement besaß drei Decks, war über fünfundzwanzig Meter lang und eher ein privates Kreuzfahrtschiff als ein Sportboot. Aber Sophie hatte keinen Blick dafür übrig. Sie musste wachsam sein.

Erneut spähte sie über ihre Schulter. »Ich sehe ihn!« Ihr Herz überschlug sich beinahe, als sie den Mann in den schwarzen Cargohosen und dem kurzärmligen Hemd erblickte, der die Uferpromenade entlangschritt. Gut sah er ja aus, dieser Mistkerl. Verwegen. Ein wenig wie ein Pirat, was wohl an seinem Dreitagebart lag. Der brachte das Leuchten seiner hellgrauen Augen richtig zur Geltung, ebenso seine schwarzen Haare, in denen der Wind spielte.

Sophie schubste ihren Kollegen hinter einen Eisstand und zischte ihm zu: »Er läuft in unsere Richtung. Wir müssen uns beeilen!«

»Wie hast du dir das eigentlich vorgestellt?«, fragte John, der von Sophie mitgezogen wurde.

»Halte dich einfach an den Plan.« Während sie auf die Jacht zuliefen, holte sie einen Lippenstift aus der Handtasche. »Hier, deine Waffe.«

Grinsend nahm John ihn entgegen und hängte sich seine

Digitalkamera um den Hals. »Du bist so ein durchtriebenes Luder!«

Sophie arbeitete gern mit ihm zusammen, denn er war recht unkompliziert, wenn es darum ging, sich nicht an Regeln zu halten. Was als Journalist ziemlich oft nötig war.

»Okay, verstecken wir uns unter Deck«, sagte sie, als sie sich an Bord begaben. Sophie schlüpfte aus ihren Pumps und tapste barfuß weiter. Phil durfte sie auf keinen Fall bemerken, wenn sie ihn überrumpeln wollten.

Meg war mit ihren Mädels und der Crew beim Mittagessen, sodass Sophie das Schiff für sich hatte. Nur ein Angestellter war auf der Jacht geblieben, der sich aber im Hintergrund halten und ihr nicht in die Quere kommen würde.

Sophie hatte eine Stunde Zeit, diesem Schnösel Philipp eins auszuwischen.

Unter Deck war es düster. Von einem schmalen Gang zweigten drei Türen ab. Hinter der mittleren lag irgendwo die Kabine, in die Sophie musste. Hoffentlich hatte Meg alles so vorbereitet, wie sie sich das vorgestellt hatte.

»Hier rein«, befahl Sophie und drückte John in eine Nische hinter der Treppe. Schon hörten sie von oben eine Männerstimme herunterrufen: »Hallo? Ist hier jemand? Mac Teek?«

Sophie war noch nie aufgeregter gewesen. Sie krallte sich in Johns Oberarm und quetschte sich hinter ihn.

Los, komm schon, dachte sie und hielt die Luft an, als Phil zögerlich die Stufen nach unten stieg. Als er im Gang stand, mit dem Rücken zu ihnen, reagierte John sofort, sprang nach vorn und drückte ihm den Lippenstift zwischen die Schulterblätter.

»Nicht umdrehen«, sagte John mit verstellter Stimme und hörte sich dabei fast wie der Rapper Mac Teek an.

Phil blieb reglos stehen, die Hände erhoben.

»Ey, wo ist die Frau, Alter?«, fragte John alias Teek. »Ich war mit ihr verabredet.«

»Sie konnte nicht kommen und hat mich geschickt«, erwiderte Philipp. Seine Stimme zitterte nur ein wenig. Immerhin nahm er ihnen den Bluff mit der Pistole ab. Der Rapper war dafür bekannt, sich in der kriminellen Szene zu bewegen und eine ansehnliche Waffensammlung zu besitzen.

Philipp war ein verdammt guter Schauspieler, das musste man ihm lassen. Sophie beneidete ihn für seine Coolness. Er tat wirklich alles, um an eine Topstory zu kommen. Aber es nagte an ihr, dass er sie schon wieder eiskalt ausgebootet hätte, wäre das ein echtes Treffen gewesen.

Sie war nicht so tough, denn ihre Hand zitterte, als sie aus ihrer Handtasche eine Schlafmaske holte und sie John reichte.

Dieser gab sie Phil, wobei er die Hülse des Lippenstifts weiterhin in dessen Rücken drückte. »Setz die auf.«

»Warum?«

»Ich werd dich woandershin bringen, Alter, und auf meinem Schiff gibt's 'n paar krasse Dinge, die für die Augen eines Reporters nicht bestimmt sind. Klaro?«

Sehr gut gekontert, dachte Sophie. Sie war stolz auf John. Dem schien die Sache Spaß zu machen, denn auch er hatte Prämien eingebüßt, wann immer die X-PRESS die besseren Fotos abgedruckt hatte. Das war zwar nicht unbedingt Philipps Schuld, aber er musste jetzt herhalten. Es wurmte Sophie, dass er nicht mehr Angst zeigte. Sie hätte sich bestimmt längst ins Höschen gemacht – wenn sie denn eins anhätte.

Als Philipp die Binde anlegte, atmete sie auf. Gut, das wäre geschafft. Sie tapste hinter den beiden her, während John ihn durch einige Türen führte. Dabei schaute er sich immer wieder zu ihr um. Sophie bedeutete ihm, welche Richtung er einschlagen musste. Sie war zwar schon einmal auf der Jacht gewesen, aber alle Kabinen hatte sie damals nicht gesehen, daher war sie froh, dass Meg ihr den Weg genau beschrieben hatte. Es ging vorbei an einem Whirlpool, durch eine asiatisch eingerichtete Kajüte, in der Massageliegen standen, und einen Raum, der wie ein Kinderzimmer aussah. Hier gab es einen überdimensionalen Laufstall und einen ebenso großen Wickeltisch, Windeln, Riesenschnuller und Nuckelflaschen. Gewisse Kunden hatten eben ganz spezielle Wünsche.

Schließlich endete ihr Rundgang in einer düsteren Kabine. Sophie staunte nicht schlecht. Meg hatte hier ein Mini-Verlies einbauen lassen. Die Wände waren in Natursteinoptik verkleidet und die winzigen Bullaugen vergittert. Elektrische Fackeln spendeten ein schummriges Licht. Sexspielzeuge, die teilweise wie Werkzeuge aussahen und von denen nicht einmal Sophie wusste, wozu sie dienten – und sie hatte in ihrem Leben schon eine Menge ausprobiert –, hingen an der Wand. In einer Vitrine lagen auf schwarzem Samt gebettet Dildos, Analketten und Vibratoren in allen Farben, Formen und Größen. Es gab sogar einen Käfig, der wie ein Hundezwinger aussah. Darüber baumelten an mehreren Haken schwarze Lederhalsbänder. Und in einer Ecke stand eine Vorrichtung, die Sophie im ersten Moment an ein Fitnessgerät erinnerte. Es war ein Sklavensitz, dessen Rückenlehne einem Andreaskreuz glich. An den dicken Holzbalken waren Handschellen befestigt, und sogar die Füße konnten an den Stuhlbeinen fixiert werden. Sophies Herz machte einen Satz. Genau da wollte sie ihr Opfer haben, daher gab sie John ein Zeichen.

Er verstand und machte weiter, wie besprochen. »Zieh dein Hemd aus«, befahl er.

Philipp stand inmitten des Szenarios und hatte keine Ahnung, dass John gleich hübsche Bilder in eindeutiger Pose von ihm knipsen würde.

»Wieso soll ich mich ausziehen?« Nun klang Phils Stimme nicht mehr so selbstsicher.

Himmel, warum musste der Kerl alles hinterfragen? Aber John hatte auch diesmal eine plausible Antwort parat: »Weil ich sehen will, ob du verkabelt bist, Alter. Wenn du unser Gespräch irgendwie aufzeichnest, kill ich dich. Kapiert?!«

Mist. Sophie biss sich auf die Unterlippe. Johns Idee war im Prinzip gut, aber würde Phil bei dieser Erklärung nicht misstrauisch werden? Warum sollte Teek sie zu einem Interview einladen, wenn anschließend nichts davon nach außen dringen durfte?

Philipp zögerte allerdings nicht, sondern knöpfte sein Hemd auf. Als er es abstreifte und seine breiten Schultern zum Vorschein kamen, raste ihr Herz nicht mehr vor Aufregung, sondern weil ihr gefiel, was sie sah. Er hatte für seine 36 Jahre einen makellosen Körper. Glatte Haut, die im sanften Licht matt glänzte, und kein überflüssiges Gramm Fett.

»Kann ich die Augenbinde abnehmen?« Er ließ das Hemd zu Boden fallen.

»Noch nicht«, sagte John.

Sophie schluckte. Phil schaute verboten gut aus. In ihrem Schoß kribbelte es. Sie stellte Schuhe und Handtasche leise ab und schlich um ihn herum, damit sie auch seine Vorderseite inspizieren konnte.

Teufel noch mal, der Kerl war der Hammer. Wie kam er neben seinem aufreibenden Job noch dazu, Sport zu treiben? Dieser Body konnte nicht von Natur gegeben sein. Sanfte Muskelstränge wölbten sich unter seiner Brust, auf der einige Härchen wuchsen. Kein Urwald. Nein, es passte zu ihm, das machte ihn noch männlicher. Wie auch die Spur schwarzer weicher Haare, die vom Bauchnabel abwärts führte und im Bund der Hose verschwand.

John zwinkerte ihr zu und imitierte in bester Teek-Manier: »Und jetzt die Hose, Alter.«

»Das ist nicht Ihr Ernst!« Philipps Bauch spannte sich an, wodurch jedes Muskelpaket sichtbar wurde. »Ich bin nicht verkabelt!«

Sophie wurde es schwindlig, was sicher nicht vom Schlingern des Schiffes kam, denn es bewegte sich kaum. Dass Philipp Bergmann so ein Sahnestück war, hätte sie nicht gedacht. Gut, er sah auch angezogen klasse aus, doch sie hatte ihn nie richtig angeschaut, bloß mit den Augen einer Konkurrentin.

»Ey, Mann, mir ist das egal«, sagte John. »Ich muss dir meine Story nicht pressen. Aber du kannst genauso gut ein verfickter Bulle sein. Woher soll ich das wissen, hä? Ich will nur sichergehen.«

Die Erklärung mit der Polizei war genial! Am liebsten hätte sie John auf der Stelle geküsst. Er würde nach Feierabend eine angemessene Belohnung erhalten.

Phil murmelte etwas Unverständliches, streifte sich die Schuhe ab und öffnete die Knöpfe seiner Hose. Schweißperlen glitzerten auf seiner Stirn, obwohl das Innere der Jacht angenehm temperiert war. Er war also doch nicht so cool, wie er tat.

Als er aus einem Bein schlüpfte, geriet er ins Wanken und wäre fast gefallen, wenn Sophie ihn nicht reflexartig am Oberarm gehalten hätte. Wie fest und warm er dort war. Knackig.

Verdammt, der Kerl machte sie richtig heiß! Und wie er roch! Nach einem verführerischen Männerparfum. Frisch, sinnlich ...

Langsam ließ sie ihn los.

Phil starrte in ihre Richtung, auch wenn er sie durch die Schlafmaske nicht sehen konnte. »Ist noch jemand hier?«

»Nur meine Schnalle«, sagte John. »Wegen der Story bist du doch hier, oder? Willst doch wissen, warum ich meine Alte nicht mehr bumse.«

Phil nickte und warf die Hose auf den Boden. Nur in eine enge Shorts gekleidet stand er im Verlies. Sie saß so tief, dass Sophie beinahe den Schambereich erkannte. Was für ein Anblick. Es schien, als wäre Philipp recht gut bestückt.

In ihren Fingerspitzen kribbelte es. Sie hatte große Lust, ihm den Slip herunterzureißen. Weil das Pochen in ihrem Schoß unerträglich wurde, rieb sie ihre Oberschenkel aneinander. Sie wurde sogar feucht, und das bloß, weil dieser Mistkerl halbnackt vor ihr stand.

Als ihr eine etwa fünf Zentimeter lange Narbe an seiner Leiste auffiel, stutzte sie. Eine Blinddarm-OP konnte es nicht gewesen sein, da der Blinddarm für gewöhnlich auf der anderen Seite saß.

»Kann ich jetzt das Ding abnehmen?«, fragte Phil. Er wischte sich die Hände an den Oberschenkeln ab und fuhr sich dann durchs Haar.

Wie es sich anfühlen würde? Weich? Störrisch? Sophie hatte große Lust, es zu zerwuscheln.

»Ey, locker bleiben, Alter. Keiner tut dir was. Setz dich erst mal.« John führte Phil zur Sklavenbank. Der Sitz war wie ein V geformt, sodass die Beine leicht gespreizt auf den beiden gepolsterten Ablagen ruhten und die Domina ungehinderten Zugang zum Sklaven hatte. Ein interessantes Teil.

Unsicher tastete Phil den Sitz ab, bevor er sich wacklig darauf niederließ.

»Und jetzt mal kurz die Hände hoch, um zu sehen, ob du wirklich clean bist.«

Als Philipp die Arme über den Kopf nahm, packten Sophie und John je eines seiner Handgelenke. Ehe er sich versah, schnappten die Handschellen zu.

»Was soll das?«, rief er und zog an den Fesseln, sodass sich seine Muskeln anspannten. Das Metall war auf der Innenseite mit Leder verkleidet, damit sich die Haut nicht so schnell wund scheuerte. Außerdem ließen sie sich auf Knopfdruck öffnen. Sophie hatte solche Handschellen schon bei ihren Liebesspielen benutzt.

»Macht mich sofort los!« Während er auf dem Stuhl tobte, formte Sophie mit dem Mund das Wort »Lippenstift« und John verstand. Er drückte Phil kurz die Plastikhülse an die Brust. »Keine Bewegung.«

Philipp erstarrte, atmete jedoch schnell. Hektisch zog ihm Sophie die Schenkel auseinander, bis sie perfekt auf dem V-Sitz lagen, und befestigte sie mit Ledergurten an den Stuhlbeinen.

»Das ist ein Scherz, oder?« Phils Stimme klang schrill. »Hättet ihr das auch mit Sophie Caprice gemacht?«

Sie stutzte. War er verärgert? Sorgte er sich um sie?

Während er wieder lauter wurde und sein Schimpfen erneut in ein Toben überging, gab sie John ein Zeichen, Fotos zu schießen. Damit würde sie hoffentlich genug in der Hand haben, um Phil davon abzuhalten, heute Abend den Rapper zu interviewen. Sie sah schon die Titelseite der BLITZ: Starreporter des X-PRESS bei ausgefallenen Sexspielchen erwischt.

Da Philipp schrie, bekam er nicht mit, wie John Bilder machte. Ihr Kollege sah dabei besorgt aus, und auch Sophie erkannte, dass sie Phil endlich erlösen musste, bevor der Kerl einen Herzinfarkt bekam. Sie schickte John nach draußen und zog Philipp die Schlafmaske ab. »Jetzt beruhig dich mal wieder, Schätzchen.«

Er verharrte, die Augen aufgerissen. »DU!?« Seine grauen Iriden blitzten. »Du Miststück! Was soll die Aktion?«

»Achte auf deine Wortwahl!« Sie geriet in Versuchung, sich eine der Gerten zu schnappen, die an der Wand hingen, und ihm zu zeigen, wer hier am längeren Hebel saß.

»Wo ist Mac Teek?«, fragte er und schaute sich um.

Sophie zuckte mit den Schultern. »Hier nicht.«

»Und mit wem hab ich eben gesprochen?«

»Neugierig wie eh und je«, säuselte Sophie. Sie stellte sich zwischen seine geöffneten Beine und ließ die Fingerspitzen von seinem Hals bis zu den Lenden gleiten.

Sein Bauch zuckte. »Was soll das?«

Am Bund der Unterhose hielt sie an, obwohl sie große Lust hatte, ihre Hand auf seinen Schritt zu pressen. Würde Phil hart werden, wenn … In ihrem Kopf manifestierte sich ein heißer Gedanke. Konnte sie es wagen?

Phil zerrte an den Fesseln. »Mach mich los, du hattest deine Rache. Deshalb bin ich doch hier, oder? Das hast du doch alles eingefädelt.«

»Bingo.« Grinsend stemmte sie die Hände in die Hüften. »Es ist zu herrlich, die Konkurrenz zappeln zu sehen.«

Er warf den Kopf zurück und verdrehte die Augen. »Sophie, bitte!« Dabei drückte sich sein Kehlkopf hervor.

Dieses männliche Attribut hatte sie schon immer interessant gefunden. Sanft ließ sie den Finger auch darüber gleiten. »Rrrr, ich mag es, wenn du flehst. Das macht mich heiß.«

»Was?« Sein Mund klappte auf.

»Du findest mich doch auch heiß, Schätzchen. Ich merke doch, wie du mir ständig auf den Arsch schaust, sobald wir uns über den Weg laufen.« Sie beugte sich so weit zu ihm hinunter, dass er ihre Brüste, die halb aus dem Kleid quollen, genau vor Augen hatte.

»Ich schau dich nie wieder an, versprochen«, sagte er heiser, den Blick auf ihren Busen gerichtet, »aber mach mich endlich los.« Seine Stimme wurde immer schwächer. »Bitte.«

»Glaubst du, deswegen sitzt du hier, Philipp Bergmann?« Sie kam ihm so nah, dass sich ihre Wangen berührten, und wisperte ihm ins Ohr: »Sagt dir der Sarkowski-Fall noch etwas? Oder klingelt es bei der Scheidung von Heidi Klum?«

Sein Kopf fuhr herum. »Du bist sauer, weil ich dir die Storys vermasselt habe?«

»Verdammt sauer«, hauchte sie ganz nah an seinem Mund. »Aber wir könnten aus der bitteren eine süße Rache machen. Was meinst du?« Laszív leckte sie sich über die Lippen.

Er schluckte und flüsterte: »Mach endlich diese verdammten Handschellen auf, dann reden wir drüber.«

Ihre Hand legte sich auf seine Brust. Hart schlug sein Herz dagegen. »Seit wann wollt ihr Männer reden?« Sie fuhr tiefer und bemerkte erfreut, dass die Ausbuchtung in seinem Schritt größer geworden war. Machte ihn das Spiel an?

Sie zog eine Kurve um sein bestes Stück, ohne es zu berühren, und wich dann zurück.

Er schaute sie an, sagte jedoch nichts.

»Puh, heiß hier drin, oder?« Grinsend zog sie sich ihr Kleid aus. Darunter trug sie lediglich einen Spitzen-BH.

Philipp starrte auf ihre Scham. Da dort kein einziges Haar wuchs, konnte er ihre Erregung deutlich erkennen. Ihre Schamlippen hatten eine dunkelrote Farbe angenommen und ihre Spalte glänzte feucht.

»Du Miststück bist geil«, krächzte er. »Stehst du auf unterwürfige Männer?«

»Die haben durchaus ihren Reiz«, sagte sie süffisant und schlüpfte in ihre Pumps. Darin fühlte sie sich gleich wohler.

»Ich hab ja schon so einige Geschichten über dich gehört, aber jetzt weiß ich, dass sie stimmen.«

Sie hob die Brauen. »So? Was erzählt Mann sich denn über mich?«

»Das würdest du gern wissen.«

Mittlerweile war er so hart, dass die Spitze seines Geschlechts aus der Hose ragte. Sophie lief das Wasser im Mund zusammen. Wie er wohl schmecken würde?

Da Philipps Beine an den Sitz fixiert waren, gab es ein Problem: Wie bekam sie die Unterhose herunter?

Sie schaute sich um und entdeckte tatsächlich eine Schere mit abgerundeter Spitze, wie man sie in Verbandskästen fand. Aus Sicherheitsgründen sollte man sie zumindest beim Bondage immer zur Hand haben. Meg dachte wirklich an alles. Das Wohl ihrer Kunden stand an erster Stelle. Sophie holte die Schere und klapperte damit vor Philipp herum.

Seine Augen wurden so groß, dass Sophie befürchtete, sie könnten ihm herausfallen.

»Sophie«, krächzte er, »langsam gehen mir deine Scherze zu weit.«

»Keine Sorge, Schätzchen, ich bring mich doch nicht um den eigenen Spaß.« Grinsend setzte sie die Klinge am Bund an und machte den ersten Schnitt.

Hektisch zog Phil den Bauch ein und versuchte wegzurutschen.

»Willst du wohl stillhalten«, schimpfte sie ihn. »Nachher schneide ich doch noch was ab und das ...« Sie grinste maliziös. »... wäre jammerschade.«

»Du bist das durchtriebenste Miststück, das mir je untergekommen ist«, sagte er kraftlos.

»Erzähl mir was Neues. Das hab ich heute so ähnlich schon mal gehört.«

Seine Erektion zuckte, als Sophie an dem durchtrennten Stoff riss und ihn unter seinem Hintern hervorzog. Aus der Eichel perlte ein Tropfen.

Sein Schwanz war eine Wucht. Kraftvoll, nicht extrem lang, sondern genau richtig, mit einem ordentlichen Durchmesser. Sophie liebte es, richtig ausgefüllt zu sein. Mehr Feuchtigkeit machte sich bei diesem Anblick zwischen ihren Beinen breit. Das Schamhaar rund um sein Prachtstück war gestutzt und sah gepflegt aus.

Sie kniete sich zwischen seine geöffneten Beine und leckte einmal über die Spitze. Phil schmeckte salzig und roch betörend gut.

Stöhnend warf er den Kopf zurück. »Nimm ihn in den Mund!«

»Ich stelle hier die Regeln auf«, erwiderte sie, obwohl sie

sich nur mühsam zurückhalten konnte, sich nicht auf Phil zu setzen und ihn hart zu reiten.

Um ihn zu ärgern, knabberte sie mit den Lippen an den Innenseiten seiner Oberschenkel und züngelte über seine Hoden, die sich daraufhin zusammenzogen.

Keuchend warf er den Kopf hin und her. Sophies Blick schweifte erneut über den Traumkörper und blieb an der Narbe in seiner Leistengegend haften. »Wo hast du die her?«, wollte sie wissen und leckte über die verblasste Wunde.

»Geht dich nichts an«, knurrte er.

Unvermittelt stülpte sie die Lippen über seinen Schaft und nahm ihn bis zum Anschlag auf.

Phil stöhnte heiser, seine Hüften zuckten, als wollte er auch die letzten Millimeter in sie rammen. Vorsichtig saugte sie an ihm und formte mit dem Mund einen engen Ring, während sie an ihm auf und ab glitt und ihre Zunge in den Schlitz trieb. Sie spürte, wie Philipp noch härter wurde, und hörte abrupt auf, als er stoßweise zu keuchen begann.

»Was soll das?«, fragte er atemlos. »Mach weiter!«

»Erst wenn du mir sagt, wo du die Narbe her hast.«

»Messerangriff«, presste er hervor.

Ihr Magen zog sich zusammen. Phil ging in seinem Job zu weit. Er war abgebrüht und sensationsgeil. Eine schlechte Mischung. »Irgendwann gehst du noch mal drauf, Philly«, sagte sie spöttisch.

Unter gesenkten Lidern sah er sie an. »Das würde dir so passen.«

»Hm, dann hätte ich doch niemanden mehr, mit dem ich mich messen könnte. Was für ein langweiliges Leben.« Sie küsste seine zitternde Erektion und stand auf.

»Hey, was hast du vor?«

»Mal sehen, was es hier für hübsche Dinge gibt, die ich schon immer an einem Mann ausprobieren wollte.« Sie holte einen Analplug aus der Vitrine und wedelte ihm damit zu.

Er riss die Augen auf. »Untersteh dich!«

»Noch Jungfrau, was?« Sie lachte.

Sein Blick wurde dunkler als die Nacht. »Wenn du das tust, bring ich dich um.«

Sie stellte sich zwischen seine Schenkel und lutschte an dem Dildo. »Ich verschone dich, wenn du mir sagst, was die Männer sich über mich erzählen.«

»Sie sagen ... für dich ist Sex wie ... Hände schütteln.« Nervös fixierte er den Plug, der ständig in ihrem Mund verschwand.

Sophie zuckte mit den Schultern und schmunzelte. »Stimmt.«

Da hatte Philipp noch mal Glück gehabt. Es hätte ihr ohnehin keinen Spaß gemacht, wenn er dieser Spielart nichts abgewinnen konnte.

Sie legte den Analdildo weg und kehrte mit einem Penis-Geschirr aus Leder zurück. »Aber mit dir macht Hände schütteln besonders Spaß, Schätzchen.«

Philipp zerrte an den Handschellen und versuchte, seine Füße frei zu bekommen, aber die Gurte saßen straff. »Was hast du da?«

Sie gab ihm keine Antwort, sondern führte einen Riemen, der wie ein kleiner Gürtel aussah, unterhalb seiner Hoden durch und zog ihn an der Peniswurzel zu.

»Fuck!« Phil warf den Kopf zurück. »Mach das Ding ab!«

Sie grinste. Der Gurt verhinderte den Rückfluss des Blutes, außerdem, dass sich Phil vorzeitig ergoss. Sie liebte es, seinem Penis Zaumzeug anzulegen. »Das zügelt dich. Für wilde Sex-Ritte.«

Während sein Mund aufklappte, aber kein Laut hervorkam außer einem leisen Stöhnen, stülpte sie einen zweiten Ring auf den Schaft, einen dritten Riemen legte sie um die Hoden und zog sanft zu.

Phil sog scharf die Luft ein. »Willst du mich kastrieren!?«

Sophie schluckte. Sie war kaum noch zu einer Antwort fähig, denn der Mann sah rattenscharf aus. Wehrlos. Ihr ausgeliefert. Sein Schwanz war hochrot, die Eichel glänzte dunkel. Mit den Fingernägeln kratzte sie leicht an seinen Hoden.

»Verdammt, Sophie!«

»Jetzt«, wisperte sie, »fängt meine zuckersüße Rache erst an, Philipp Bergmann.«

Nun wollte sie auch endlich ihren Spaß. Sie zog sich den BH aus, weil sie das Gefühl hatte, zu wenig Luft zu bekommen, und warf ihn hinter sich. Philipp starrte auf ihre dunkelroten Nippel, die sich fest zusammengezogen hatten.

»Je besser du deinen Job machst, desto eher hast du's überstanden.« Sie trat nah an ihn heran. Sachte ließ sie eine Brustwarze über seine Lippen gleiten.

Philipp stöhnte und leckte über ihren Nippel, dann war der andere dran. Er saugte abwechselnd an ihnen, und das ziehende Gefühl schoss bis in Sophies Unterleib.

Im Moment sah es nicht danach aus, als wollte er bald zu einem Ende kommen. Was ihr nur recht war. Sie liebte es lang und ausdauernd.

Als sie ihre Fingerspitzen über seine Eichel gleiten ließ, keuchte Phil auf. Sein Glied war durch die Verschnürung hochempfindlich. Die lustvolle Folter würde enorm sein.

Sophie konnte nicht mehr länger warten, stellte sich mit ihm zugewandten Rücken zwischen seine Beine und rieb ihren Hintern an seiner Erektion.

»Fick mich endlich, verdammt«, raunte Philipp. »Oder mach mich los, damit ich dich so hart vögeln kann, dass du nicht mehr laufen kannst.«

Der Gedanke war so verlockend, dass Sophie tatsächlich kurz zögerte. Aber dann würde sie sein Leid nicht auskosten können. Andächtig holte sie sein verschnürtes Geschlecht zwischen ihren Schenkeln hervor, rieb ihre Schamlippen daran und verteilte ihre Nässe auf dem Schaft. Dabei drängte seine Eichel immer wieder gegen ihren Eingang. Schließlich hielt sie es nicht mehr aus und setzte sich langsam auf ihn.

Phil hinter ihr entwich ein kehliger Laut. Immer tiefer sank sie auf seinen Penis. Er drängte ihre Schamlippen zur Seite, sodass es schmatzte, und dehnte ihre Öffnung.

»Du bist gut gebaut, das muss ich dir lassen«, sagte sie heiser.

»Und du bist so verdammt eng!« Laut stöhnte er auf, als sie sich ganz auf ihn gesetzt hatte. Ihr Inneres pulsierte um ihn herum. Sophie fühlte seinen Schwanz zucken.

»Fuck, mach mir dieses Geschirr ab!«

Sie kicherte. »Endlich läuft mal was nicht nach Plan, hm?« Hingebungsvoll ließ sie ihr Becken kreisen und genoss das Gefühl, ausgefüllt zu sein. Sie erhob sich ein Stück und ging wieder in die Hocke, bis sie einen Rhythmus gefunden hatte, der ihr zusagte.

»Sophie …«, flehte er. »Ich halte das nicht aus. Dieser Druck! Das ist doch nicht gesund!«

»Deinem besten Stück wird nichts passieren.« Sophie ritt

ihn wild und streichelte dabei ihren Kitzler. Er war geschwollen und nass.

»Das kann ich doch machen«, stieß er hervor, »nur mach meine Hände los.«

Triumphierend grinste sie. »Ich kann das wunderbar allein.« Sophie genoss sein Wimmern und Flehen, ritt ihn mal hart, mal sanft. Mehrmals stand sie kurz vor einem Orgasmus, verbot sich allerdings zu kommen. Sie wollte das hohe Erregungslevel voll auskosten. Außerdem wollte sie den Höhepunkt gemeinsam mit Phil erleben, um ihn besonders intensiv zu spüren. Doch genau das würde er mit dem Geschirr nicht können. Sollte sie ihn also schon davon befreien?

Ihre Schenkel zitterten vor Anstrengung, als sie ganz aufstand und seinen Schaft entließ. Er war über und über mit ihrem Saft bedeckt.

Eine feine Schweißschicht benetzte seinen herrlichen Körper. Philipp schaute aus wie ein junger Gott. Er atmete schwer, sein Blick war lustverhangen. Er sah zu süß aus und hatte in diesem Moment etwas von einem unschuldigen Jungen.

»Sophie«, wisperte er, »du bringst mich um.« Er starrte auf ihre hochrote Scham und kaute dabei auf seiner Unterlippe. Ob er sie lecken würde?

Natürlich würde er das, er hatte keine Wahl.

Sie gluckste. »Wollen wir dich zuerst saubermachen«, sagte sie mit rauchiger Stimme, die die Männer verrückt machte, wie sie wusste. Sophie stützte sich an Phils Oberschenkel ab und leckte über seine Brustwarzen, die sich hart zusammengezogen hatten. Dann wanderten ihre Hände über seinen Körper. Sophie konnte nicht genug von ihm bekommen. Sie leckte seinen Hals, sein Ohr und seine Lippen.

Philipp streckte den Kopf, um sie zu küssen, aber sie arbeitete sich wieder abwärts, leckte seinen Bauch und küsste die Spitze seines Gliedes.

»Du bist das verdorbenste ... aaah!« Er stöhnte auf, als sie seine Erektion in den Mund nahm und eifrig sauberleckte, wobei sie sanft seine Hoden knetete. Sophie schmeckte sich selbst, was sie bloß geiler machte. Ihr Lustsaft floss an den Innenseiten ihrer Oberschenkel hinunter, und ihr Kitzler pulsierte heftig. Sie sollte Philipp erlösen, denn sie folterte nur sich selbst.

Seine Beine zitterten, ebenfalls seine Arme. Seine Kräfte schwanden. Sofort löste sie den Gurt um seinen Schaft und den Hoden; den an der Wurzel ließ sie jedoch geschlossen.

Phil seufzte auf. »Du hast noch einen vergessen.«

Schnell schlüpfte sie aus ihren hochhackigen Schuhen und kletterte auf den Sitz, wobei sie sich an einer Querstange über seinem Kopf festhielt. Sie stieg auf Philipps Oberschenkel und drückte ihm ihre Scham ins Gesicht. »Erst leckst du mich, und mach es anständig.«

Sein Atem streifte ihre Spalte. Er legte den Kopf in den Nacken und schaute zu ihr auf, starrte auf ihren Bauch, ihre Brüste. »Du bist wunderschön, du Miststück.« Seine Mundwinkel zuckten.

»Du bist auch nicht zu verachten. Gefesselt bist du mir fast sympathisch.« Unvermittelt griff sie mit einer Hand in sein Haar und drückte sein Gesicht gegen ihren Venushügel. »Und jetzt hör auf zu reden und mach deinen Job.«

Das ließ sich Philipp nicht noch mal sagen. Seine Zunge schnellte hervor und leckte den Saft aus ihrer Spalte. »Du schmeckst wahnsinnig gut«, flüsterte er. Wie ein Verdurstender labte er sich an ihr, flatterte hart über ihre empfindsame Perle und tauchte in ihren Eingang.

Sophie stöhnte und spreize die Beine weiter; ihre Brüste schmerzten leicht, so köstlich war die Erregung. Philipp leckte sie wie der Teufel persönlich. Seine Zunge war unglaublich geschickt und reizte ihre Klitoris. Die war enorm angeschwollen und leuchtete zwischen den Schamlippen hervor. Als Phil hart an ihrem Kitzler saugte, ergoss sich erneut die Feuchtigkeit aus ihr und lief an seinem Kinn herab.

»Ich hab noch keine Frau gehabt, die so nass wird wie du«, raunte er und leckte ihren Saft von den Schamlippen und Oberschenkeln, wobei sie sein Bartschatten kitzelte.

Sophie brachte kaum noch die Kraft auf, sich an der Stange festzuhalten. Ihr Unterleib stand in Flammen. Lange ertrug sie das alles nicht mehr. Sie rutschte auf Philipps Schoß und führte sich gleichzeitig seinen herrlichen Schwanz ein, der sie erneut dehnte und ausfüllte. Schließlich saß sie mit gespreizten Beinen auf ihm und schlang die Arme um seinen Nacken.

Unter gesenkten Lidern schaute er sie an, als wäre er betrunken. »Hol's endlich aus mir raus, du Luder.«

Was für ein Kerl!

Sophie drückte sich fest an ihn, um sich an seinem Schamhaar zu reiben, während sie Philipp küsste. Erneut schmeckte sie sich selbst, roch ihre Erregung. Der Duft ihrer Leidenschaft schwängerte die Kabine.

Sie fuhr seine gestreckten Arme entlang, zerzauste sein weiches Haar und genoss seine Zungenschläge.

Verdammt, konnte der Kerl gut küssen. Nicht zu trocken und nicht zu feucht. Und wie weich seine Lippen waren! Seine Zunge kam ihrer ohne Scheu entgegen und neckte sie, während Sophie sich immer heftiger an ihm rieb. Ihr Kitzler scheuerte an seinem gestutzten Schamhaar, was sie zusätzlich stimulierte. Sie brauchte es hart, rieb ihre empfindlichen Brustwarzen an seinem Oberkörper und küsste Phil unnachgiebig.

»Mach mich los, ich möchte dich berühren«, raunte er an ihren Mund. »Möchte meine Finger in all deine Körperöffnungen schieben.«

Als sie sich vorstellte, wie er ihr Gesäß packte, die Hinterbacken auseinanderzog und mit einem Finger dort eindrang, wäre sie fast gekommen.

»Vielleicht ein andermal«, erwiderte sie atemlos, griff zwischen ihre Beine und löste den letzten Gurt von seinem Glied.

Phil warf den Kopf zurück und brüllte auf. Bestimmt hatte er Schmerzen, weil das Blut wieder ungehindert fließen konnte. Lustschmerzen.

»Das wirst du mir büßen, Sophie!«, rief er, während er die Hüften hob und seinen Schwanz tief in sie rammte. Seine Oberarme spannten sich an, der ganze Folterstuhl wackelte, weil Phil wie ein Irrer in sie stieß. Dabei atmete er schwer und bedachte sie mit finsteren Blicken. Wie ein Pirat, der ein Schiff enterte.

Sophie verlor sich in dem Grau seiner Augen. Sie rieb sich noch härter an ihm und genoss die tiefen Stöße. Ihre Scheidenwände schlossen sich um seinen Schaft, alles in ihr pochte und verkrampfte sich.

Knurrend bäumte sich Philipp unter ihr auf. Sie spürte, wie er noch härter wurde, bevor sie kam. Ihr Innerstes sog ihn regelrecht ein, als wollte sie ihn nie wieder loslassen, während sie ihren Orgasmus herausschrie. In ihrem Kitzler pochte es, ihr Puls hämmerte durch ihren ganzen Körper. Sie fühlte, wie sich Philipp in sie ergoss, sie mit seiner Hitze füllte. Dabei gab er tiefe, grollende Laute von sich – animalisch, wild, männlich. Er war durch und durch ein richtiger Kerl, ein Mann genau nach Sophies Geschmack.

Schwer atmend sackte sie auf ihn, als ihre Erregung abklang. Sie legte den Kopf auf seine Schulter und inhalierte seinen Duft. Ihre Hand ruhte auf seiner Brust, an der Stelle, wo sein Herz dagegentrommelte. Sophie war mit sich und der Welt zufrieden. So einen guten Ritt hatte sie schon ewig nicht mehr gehabt.

»Machst du mich jetzt los?«, fragte Phil, die Augen geschlossen und den Kopf zurückgelehnt. Er sah ziemlich mitgenommen aus.

Mit wackligen Beinen stieg sie von seinem Schoß und löste auf Knopfdruck die Handschellen. Phil rieb seine Gelenke, die leicht gerötet waren. Dann öffnete sie die Gurte an seinen Füßen.

Während er aufstand und sich umschaute, holte sie Taschentücher aus ihrer Handtasche. Provisorisch machte sie sich sauber und warf Phil die restliche Packung zu. Im Hotel würde sie als Erstes unter die Dusche springen.

Ein bedrückendes Schweigen lag zwischen ihnen. Philipp schaute sie kaum an, während er in seine Hose stieg.

Als sie in ihr Kleid schlüpfte, fragte sie: »Also lässt du mir die Story?«

Er schnaubte. »Keine Chance, Baby.«

Ihr Magen zog sich zusammen. Warum sollte ihr Stelldichein auch irgendetwas an der Situation geändert haben? Phil war eiskalt in seinem Job. »Dann lässt du mir leider keine andere Wahl, als dich zu erpressen.«

»Womit denn?« Er grinste spöttisch und schaute auf den Sklavenstuhl. »Willst du jemandem davon erzählen?«

»Das muss ich nicht. Ich habe Fotos. Die würden sich prima auf der Titelseite der BLITZ machen.«

Sein Lächeln gefror. »Das ist nicht dein Ernst.«

Lässig zuckte sie mit den Schultern. »Kannst es gern drauf ankommen lassen.« Sie schnappte sich ihre Handtasche, schleuderte ihm ein »Man sieht sich« entgegen und marschierte triumphierend zur Tür hinaus.

»Das wirst du noch büßen, Sophie Caprice!«, rief er ihr nach.

Sicherheitshalber würde sie John gleich anweisen, ein Beweisfoto an Philipps E-Mail-Adresse zu schicken, damit er auch wirklich nicht im »Estelle« auftauchte.

Im Hotel angekommen, zog Sophie sich sofort aus. Alles an ihr klebte. Ihre Haare waren ein einziges Desaster. Sie musste heute Abend doch top gestylt sein! Sie hatte nur noch wenige Stunden Zeit.

John kam mit auf ihr Zimmer, da er ihren Laptop benutzen wollte, um Philipp das Bild zu mailen. Sophie wusste genau, dass er nur einen Grund suchte, um bei ihr zu sein. Der junge Hengst war unersättlich.

Während er den Computer hochfuhr, ging Sophie ins Badezimmer. Sie drehte die Dusche an und genoss das prickelnde Gefühl des Wassers auf ihrer Haut.

Das Hotel war keines der Extraklasse – ihr Chef war nicht besonders großzügig –, aber das Zimmer machte einen ordentlichen und sauberen Eindruck. Das Badezimmer war mit weißem Marmor gefliest und die Duschkabine verglast.

Als sie sich gerade die Haare gewaschen hatte, ging die Tür auf und John kam herein. »Kann ich Ihnen behilflich sein, schöne Frau?«

Sie grinste. »Ich könnte eine Schaummassage vertragen.«

»Kommt sofort.«

Ehe sie sich versah, war er ausgezogen und zu ihr in die Kabine gesprungen.

Rrrr, der Junge war ein Prachtkerl wie aus einem Modemagazin. John war fünf Jahre jünger als sie und ein richtiger Don Juan. Er konnte immer und überall. Maren und sie hatten des Öfteren Spaß mit ihm. Auch jetzt war er schon fast bereit zu neuen Schandtaten. Sein bestes Stück stand auf Halbmast.

Aus dem an der Wand montierten Spender gab er sich Duschgel auf die Hand und begann, Sophie damit einzureiben, während das Wasser auf sie beide herabrieselte.

Entspannt lehnte Sophie sich zurück gegen die kühlen Kacheln. »Meine Oberschenkel könnten eine kräftigere Massage vertragen, *chéri*«, sagte sie überheblich und grinste dabei.

John salutierte. »Zu Befehl, Madame.«

Er fing bei den Schultern an, massierte ihren Nacken und wanderte bald tiefer zu ihren Brüsten. Diese seifte er besonders gründlich ein, als wollte er Philipps Spuren restlos beseitigen.

Sophie genoss seine kraftvollen Bewegungen auf ihrem Körper. John hatte schöne Männerhände, gepflegt, mit langen, schlanken Fingern.

»Hast du das Bild abgeschickt?«

»Hm«, brummte er geistesabwesend. Er stierte auf ihre Brüste, wobei sein Penis gegen ihre Hüfte stupste.

Ihre Nippel prickelten und ragten John entgegen, der sie abwechselnd einsog, nachdem er den Schaum abgespült hatte. Lust schoss in ihren Schoß.

Philipp ... Was er wohl gerade machte? Sich bestimmt grün und blau ärgern.

John ließ seine Hände weiter abwärts wandern, über ihre Hüften und die Oberschenkel. Jedem Bein widmete er sich mit größter Sorgfalt und knetete ihre müden Muskeln.

Aufatmend stellte sie einen Fuß auf seine Schulter. »Das machst du fantastisch.«

John wäre nicht John, wenn er nicht bald an ihrer Spalte angelangte, der er sich am gründlichsten zuwandte. Seine Hand flutschte regelrecht durch ihre Ritze, als wollte er nicht nur Phils Körpersäfte fortwischen, sondern auch die Erinnerung an seine Berührungen. Hart rieb er über ihren Kitzler. John wusste mittlerweile, dass sie nicht zimperlich war und eine etwas härtere Behandlung bevorzugte. Er führte einen Finger in sie ein, um sie auch dort gründlich zu säubern.

Sophie schloss die Augen und ließ die Session mit Phil Revue passieren. Es hatte ihr tatsächlich großen Spaß gemacht, ihren Rivalen zuzureiten. Doch einen Hengst wie ihn konnte man nur schwer zähmen. Sophie konnte es kaum erwarten, sich die Fotos anzusehen.

Aber erst war John dran. Ohne seine Hilfe hätte die Aktion nicht stattfinden können. Eine Belohnung hatte er sich redlich verdient.

Wenn doch alle Männer so leicht zufriedenzustellen wären!

Sie drehte sich um und streckte ihm lasziv den Po entgegen. »Bereit zum Entern, Pirat?«, fragte sie über ihre Schulter, doch da war er schon in sie eingedrungen ...

Sophie glaubte, an Verfolgungswahn zu leiden, denn ständig sah sie sich um, als sie mit John im Schlepptau durch eine düstere Gasse huschte. Es war Nacht, und sie befanden sich in der Altstadt von Saint-Tropez, in einem Viertel, in der das »Estelle« lag. Das Klappern ihrer Absätze hallte von den Hauswänden wider; Lachen und Stimmengewirr drang von den Nebenstraßen an ihre Ohren. Straßenhändler und Künstler schwirrten durch die Gassen, zahlreiche Stände waren aufgebaut worden, um auch zur späteren Stunde von den Touristen zu profitieren.

Sophie atmete auf, als sie die dunkle Gasse verließen und sich wieder unter die Passanten mischten. Ihr Ziel war nicht mehr weit.

Das »Estelle« war ein exklusiver Erotik-Klub, zu dem nur ausgewählte Gäste Zutritt erlangten. John hatte, während sie mit Phil beschäftigt gewesen war, eine weibliche Angestellte bezirzt und tatsächlich zwei Tickets ergattert. Er war einfach der Beste!

Gut sah er außerdem aus in seiner schwarzen Jeans und dem hellen Hemd. Sophie grinste. Wollte er Philipp nacheifern?

Erneut blickte sie über ihre Schulter. Sie traute dem Kerl zu, dass er trotz allem hier auftauchte.

Sophie trug eine schwarze Langhaarperücke, um nicht aufzufallen, falls sie tatsächlich auf den Rapper stießen. Ihre rote Mähne erregte leider viel zu viel Aufsehen, wenn es darum ging, jemanden zu observieren. Manchmal kam sie sich nicht wie eine Journalistin, sondern wie eine Agentin auf Undercover-Einsatz vor.

»Wir sind da.« John blieb so abrupt stehen, dass Sophie in ihn hineinlief. Schmunzelnd fing er sie auf. »Wo bist du nur mit deinen Gedanken?«

»Bin nur etwas nervös. Ich möchte zu gern wissen, warum dieser Informant so dringend wollte, dass wir in diesen Klub kommen.« Sie schnupperte an seinem Kragen. »Mmm, du duftest gut.«

»Ich muss mir schließlich was einfallen lassen, wenn ich bei dir auch mal zum Zug kommen will.«

Sophie lachte. »Oh, eine Runde Mitleid für John-Boy.« Er konnte sich nun wirklich nicht beschweren. Seit sie in Saint-Tropez waren, hatten sie schon drei Mal miteinander geschlafen. Übertrieben klimperte sie mit ihren getuschten Wimpern. »Eifersüchtig?«

John verdrehte die Augen. »Auf Bergmann? Ganz bestimmt nicht.« Er kniff ihr in den Po und zog sie weiter. »Los komm, bevor die besten Plätze belegt sind.«

»Warte!« Sophie blieb an der Hausecke stehen und deutete zur anderen Straßenseite, wo ein unscheinbares Gebäude aus roten Ziegeln stand. Nur der Eingangsbereich war beleuchtet. »Ist das nicht Mac Teek?«

Zwei große Männer standen vor dem Klub. Einer trug eine Sonnenbrille sowie ein Käppi, außerdem ein langärmliges Shirt, sodass niemand seine Tätowierungen erkennen konnte. Als er in das Gebäude ging, humpelte er leicht. »Bingo, das ist er!«

»Ja«, flüsterte John. »Der andere Typ ist sein Bodyguard.«

Gerade noch hatte sie einen Blick auf den nur unwesentlich kleineren Mann erhascht. Der Leibwächter hatte schwarzes Haar und trug eine Lederjacke. »Wieso nimmt er ihn mit, wenn er inkognito da ist?«

»Vielleicht leidet er ja auch an Verfolgungswahn wie du.« John grinste.

Konnte er Gedanken lesen oder verhielt sie sich wirklich so auffällig?

»Auf geht's, Prinzessin, der böse Wolf wird schon nicht kommen.«

Sie hakte sich bei ihm unter, und gemeinsam schritten sie auf das Backsteingebäude zu. »Dein Wort in meinem Ohr ...«

Im Inneren des Klubs war es kaum heller als draußen. Der Eingangsbereich bestand aus einer Garderobe, hinter der ein Playboy-Bunny stand. Sophie hatte nichts zum Ablegen dabei. Sie trug bloß ein schwarzes Stretchkleid. Auf Unterwäsche hatte sie bewusst verzichtet, weshalb sich ihre harten Nippel, die sanft am Stoff scheuerten, deutlich abzeichneten. Weniger hatte sie ohnehin nicht anziehen können, aber sie fühlte sich herrlich verrucht in aufreizender Kleidung. Wie üblich lenkte sie die Blicke einiger Gäste auf sich – egal ob männlich oder weiblich. Auch John starrte ihr immer wieder auf die Brüste. Die waren neben ihrem Haar das Auffälligste an ihr. Sophie schämte sich nicht für ihre üppige Oberweite – im Gegenteil. Sie betonte sie, wann immer sie konnte.

Es gab eine Tanzfläche, und aus den Boxen plärrte die übliche Disko-Musik. Weiter hinten luden Sessel sowie mehrere Sofas zum Verweilen ein. Davor räkelte sich auf einem Catwalk eine nackte Blondine.

John nahm Sophie an die Hand und zog sie weiter. Ganz hinten befanden sich Separees mit Sitzecken, vor die ein Vorhang gezogen werden konnte. In einer dieser Kammern entdeckte sie den Rapper und seinen Bodyguard.

Da diese Nischen alle besetzt waren, drückte Sophie John

auf eine verlassene Couch, die mit der Rückseite zu den Separees stand. Von dieser Position aus hatten sie den Sänger gut im Blick – sofern sie sich die Köpfe verdrehten. Weil das zu auffällig war, setzte sich Sophie kurzerhand auf Johns Schoß. Dabei rutschte ihr enges Kleid bis über ihre Pobacken.

»Du passt auf, dass Philipp nicht auftaucht, während ich Mac Teek im Auge behalte«, sagte sie. »Gib mir deine Kamera.«

»Hey, *ich* bin hier der Fotograf.« Sein Protest war jedoch nur schwach, denn sobald John ihr die winzige Digitalkamera gereicht hatte, die er in seiner Hosentasche in den Klub geschmuggelt hatte, legten sich seine Hände an ihre nackten Pobacken.

Sophie tat so, als würde sie seinen Hals küssen, positionierte jedoch die Kamera an der Sofalehne und verdeckte sie mit dem Haar ihrer Perücke. Mac Teek und sein Bodyguard saßen Arm in Arm auf der Sitzecke und warteten, bis die Kellnerin ihnen zwei Longdrinks hingestellt hatte.

»Was machen sie?«, fragte John und hob die Hüften. Ihr Kollege war offensichtlich schon wieder geil. Er massierte ihre Pobacken, was Sophie sehr angenehm fand. Ihr taten ohnehin noch die Muskeln weh, weil sie Philipp so wild geritten hatte.

Bei der Erinnerung kribbelte ihr Kitzler. Sanft scheuerte sie ihre Mitte an Johns Hose und genoss die Reibung.

»Sie schlürfen ihre Drinks.« Sophie seufzte. Wieso saß keine heiße Braut bei Teek? Angeblich sollte er doch seine Frau betrügen.

Sie wollte schon fast selbst zu den beiden Männern marschieren, als sich die Hand des Leibwächters plötzlich auf

Teeks Oberschenkel schob und in Richtung Schritt wanderte.

Sophie stutzte. Die Männer grinsten sich an. Anscheinend standen sie sich nah.

Als sich der Bodyguard an den Sänger schmiegte und dessen Hals küsste, vergaß Sophie beinahe auf den Auslöser zu drücken. »John, das wirst du nicht glauben«, wisperte sie aufgeregt und machte Fotos.

John wollte aufstehen. »Was ist? Ich will auch was sehen!«

»Bleib wo du bist und mach weiter!« Sophie drückte ihn nach unten. »Teek und sein Babysitter stecken sich gerade die Zunge in den Hals.«

»Was?« John erstarrte. »Ich dachte, er hasst Schwule.«

»Was, wenn das alles nur Tarnung war?«

»Das ist ein starkes Stück«, murmelte er. »Mac Teek lässt alle Welt glauben, dass er ein Problem mit Schwulen hat, damit niemand von seiner Neigung erfährt!«

»Schwule Rapper gelten als unmännlich. Vielleicht hatte er Angst um seine Karriere.«

»Ts-ts-ts«, machte John. »Das passt auch nicht in die heile Welt eines Skandalrappers.«

Sophie freute sich ein Loch in den Bauch. Die Story würde es garantiert auf die Titelseite der BLITZ schaffen!

»Jetzt öffnet der Bodyguard Teeks Hose«, wisperte sie in Johns Ohr und leckte es ab.

»Das will ich gar nicht so genau wissen, Süße. Mach einfach ein paar geile Bilder und dann lass uns damit im Hotel weitermachen.« Erneut drückte er sich mit dem Unterleib gegen sie, wobei er aufkeuchte.

Sie fühlte seinen harten Penis, der durch die Hose gegen ihre Scham drückte. Ihr Schoß prickelte. Sophie fand es erregend, zwei waschechten Kerlen beim Küssen zuzusehen. Als der Bodyguard Teeks Schwanz hervorholte, zog sich ihre Scheide zusammen.

»Er ist beschnitten.« Schnell machte sie weitere Fotos. Die würden niemals abgedruckt werden, außer mit einem schwarzen Balken davor, aber Sophie würde die Bilder ihrer Privatsammlung hinzufügen.

»Mann, John, ich glaub, der bläst ihm gleich einen«, sagte sie und drückte erneut auf den Auslöser.

»Behalte die Details für dich, ja. Ich stell mir lieber vor, wie du meinen Schwanz bläst.« Er legte den Kopf gegen die Lehne und stöhnte.

Sophie schaute John an. Er hatte die Augen geschlossen, während er immer noch ihre Pobacken knetete. Er war schon ein Sahneschnittchen. Sanft knabberte sie an seinem Hals und fuhr ihm durchs Haar, woraufhin er lauter stöhnte.

»Süße, du bist hammergeil. Es macht echt Spaß, mit dir zusammenzuarbeiten.«

Im Moment mach ich ja die ganze Arbeit, wollte sie sagen, als er den Kopf drehte und sie küsste. Ungestüm drang seine Zunge in ihren Mund.

»Johnny, ich muss Fotos machen«, murmelte sie an seinen Lippen, ließ aber noch einmal die Zunge in ihm kreisen. Seine Küsse waren nicht zu verachten. Sie verrieten jugendliche Unbekümmertheit, eine Leichtigkeit, die Sophie an John liebte.

»Süße, ich halte deinen Prachtkörper auf mir nicht mehr lange aus.«

Es machte ihr Spaß, ihn zu reizen. Seine Hose musste bereits ganz feucht sein, denn den beiden Männern zuzusehen machte sie zusätzlich an.

Der Leibwächter hatte sich mittlerweile über Teeks Schoß gebeugt und saugte an seinem Schwanz, und zwar so, dass alle zusehen konnten. Ob es die beiden erregte, beobachtet zu werden? Teek verhielt sich für Sophies Geschmack viel zu auffällig, obwohl er ständig versuchte, den Mann von sich zu drücken. Aber seine Bemühungen waren nur halbherzig.

»Ich muss dich ficken«, wisperte John auf einmal.

»Tu dir keinen Zwang an.« Sophie hob die Hüften, damit er seine Hose öffnen konnte.

Hastig holte John seinen Schaft hervor. »Du bist unglaublich.« Er hielt den Schaft fest und Sophie senkte sich auf ihn. Fast ohne Widerstand glitt er in sie hinein.

Erneut warf John den Kopf zurück. »Du bist so nass ...«

Sophie ließ ihre Hüften kreisen und rieb sich an ihm. Dabei nahm sie allerdings nie den Blick von Mac Teek und versuchte, weitere Bilder zu machen.

Plötzlich drehte der Leibwächter den Kopf und schaute ihr direkt in die Augen.

Sofort erstarrte sie. »Verdammt, der Kerl hat die Kamera gesehen!« Sophie rutschte von Johns Schoß und zog ihr Kleid nach unten.

Schützend hielt er sich die Hand vor seine Erektion. »Hey, du kannst doch nicht einfach aufhören ... Wo ich kurz davor war!«

»Lass uns hier verschwinden, bevor wir die Bilder verlieren.« Sie überreichte John die Kamera und eilte voran durch den Klub, er trottete murrend hinterher.

»Ich kann kaum laufen!«

Auf der Straße angekommen, rannte Sophie ziellos in eine Richtung, so schnell sie es in ihren hohen Schuhen vermochte. Hauptsache weg und dorthin, wo viele Menschen waren, falls der Bodyguard sie verfolgte.

»Sophie!« John joggte hinter ihr her, bis er sie am Arm zu fassen bekam. Sein Gesicht war verzerrt. »Was ist mit mir?«

Sie schaute auf seine Hose. John war immer noch hart.

Lachend erwiderte sie: »Und ich dachte, nur ich wäre sexgeil.«

Er deutete vorwurfsvoll auf seinen Schritt. »Wenn mein Ständer nicht behandelt wird, kann er ernsthaft Schaden nehmen.« Hektisch schaute er sich um.

Sie befanden sich am Jachthafen, wo auch zu dieser späten Stunde noch reges Treiben herrschte. Hier waren besonders viele Verkaufsstände aufgebaut worden.

»Verdammt«, fluchte er. »Gibt's denn hier kein privates Eckchen, wo wir beide unsere Nummer beenden können?«

John hätte ihr fast leidgetan, wenn sie nicht wüsste, dass er ihr lediglich etwas vorspielte, um zum Zug zu kommen.

Die Nacht war herrlich warm und Sophie hatte ebenfalls Lust. Ihre geschwollenen Schamlippen rieben bei jedem Schritt aneinander und steigerten das Verlangen. Leider würden sie wohl ewig suchen müssen, um ein geschütztes Plätzchen zu finden, falls sie keine Anzeige wegen Erregung öffentlichen Ärgernisses riskieren wollten. Seufzend ließ sie den Blick über den Jachthafen schweifen. Am Ende des Anlegestegs erkannte sie Megs Schiff, auf dem eine rote Laterne baumelte, worauf sie unweigerlich an Philipp denken musste. John würde es sicher auch gefallen, eines der Spielzimmer auszuprobieren.

»Vielleicht hat Meg noch eine Kajüte frei.« Auffordernd schaute sie ihn an. »Was meinst du?«

Sofort hellte sich seine Miene auf.

»Komm!« Grinsend nahm sie seine Hand, dann liefen sie gemeinsam über den Holzsteg in Richtung Jacht.

Meggie freute sich, Sophie zu sehen. Die kleine Frau mit den üppigen Kurven reichte ihr gerade bis zur Brust, als sie sich auf dem Hauptdeck umarmten.

»So schön, dass du noch mal gekommen bist«, sagte Meg mit ihrem osteuropäischen Akzent. »Was ist denn mit deinen Haaren?« Mit den schwarzen Locken sahen sie sich fast ein bisschen ähnlich.

»Immer im Dienst, was?« Meg zwinkerte. »Was kann ich für euch tun?«

Sophie holte ihr Portemonnaie aus der Handtasche. »Hast du eine Kabine für uns frei? Eine Abstellkammer würde es auch tun.« Sie deutete auf John, der versuchte, seinen Penis durch die Hose zurechtzurücken. »Mein Kollege hat ein dringendes Bedürfnis.«

Meg lachte. »Behalte dein Geld, Liebes. Ich lade euch ein. Eben ist die Klinik frei geworden, da wird ihm geholfen.«

»Die Klinik?« John schaute die beiden in einer Mischung aus Angst und Neugier an.

Meg, die gerade unter Deck verschwinden wollte, winkte sie zu sich. »Na kommt, es wird euch gefallen!«

»Los, John-Boy, jetzt zeig mir, dass du nicht feige bist.« Sophie grinste schelmisch und eilte Meg hinterher.

John folgte ihr wie ein gehorsames Hündchen.

Meg führte sie zu einer Kabinentür, auf der tatsächlich »Klinik« stand. Als sie eintraten, waren ein schwarzhaariger Mann und eine blonde Frau in weißen Kitteln damit beschäftigt, einen gynäkologischen Stuhl zu desinfizieren und eine frische Auflage über einer Liege auszubreiten. Der Kittel der Frau war so kurz, dass Sophie den Ansatz ihrer Pobacken erkannte. Der Mann sah wie ein gewöhnlicher Arzt aus, trug eine dunkle Hose unter seinem langen Kittel.

Die Kabine war weiß gefliest und wirkte beinahe wie ein Operationssaal.

»Wir haben noch zwei Kunden«, sagte Meg zu dem vermeintlichen Arzt, um dessen Hals ein Stethoskop hing.

Sophie und John traten ein, und Meg stellte ihre beiden Mitarbeiter vor. »Das sind Doktor Torture und seine Helferin Natascha. Sie werden euch behandeln.« Dann wünschte ihnen Meg viel Vergnügen und schloss die Tür hinter sich.

Natascha schnappte sich sofort John und steuerte mit ihm auf die Liege zu, während der Doktor Sophie aufforderte, auf dem gynäkologischen Stuhl Platz zu nehmen.

Sophie erschauderte wohlig, als sie sich setzte und ihre Knie über die Halterungen legte. Ihr Stretchkleid rollte sich dabei fast bis zum Bauch hoch.

Dr. Torture ... Ihre Klitoris pulsierte. Er würde sicher nicht zärtlich mit ihr umspringen.

Der Mann setzte sich auf einen Drehhocker genau zwischen ihre gespreizten Schenkel und hatte vollen Einblick in ihre Spalte, die noch immer nass und geschwollen war.

»Wollen wir mal sehen, was Ihnen fehlt«, sagte er mit dunkler Stimme.

Sophie konnte kaum den Blick von seinem kantigen Gesicht und den kühlen Augen nehmen. Er sah eher wie ein Feldherr aus als ein Arzt. Aber das gefiel ihr. Sie mochte keine Weicheier, sondern bevorzugte robuste Kerle, die anständig zupacken konnten.

Seine Haare mussten schwarz gefärbt sein, denn seine

Augenbrauen waren hellbraun. Seine Nase besaß einen leichten Höcker. Der machte ihn jedoch nur noch männlicher.

Kurzerhand schob er den elastischen Stoff über ihren Busen nach unten, sodass ihre prallen Halbkugeln freilagen. Vor Erregung waren ihre Nippel hart.

Der Arzt legte seine großen, kräftigen Hände auf ihre Brüste und massierte sie. Mal fester, mal zärtlicher, wobei er mit Daumen und Zeigefinger ihre Brustwarzen zwirbelte und leicht zusammendrückte.

Sophie biss sich auf die Lippe. Das tat gut.

Sie schielte zu John, der mit entblößtem Unterkörper auf der Behandlungsliege lag. Dabei ragte sein Penis schräg nach oben. Die Helferin rieb ihn mit einer durchsichtigen Creme ein.

Ihm schien diese Spielart zu gefallen. Sophie ihrerseits genoss die rauen Hände des Doktors, der ihre Brüste abtastete.

»Hier ist alles in Ordnung«, sagte er. »Ich werde Ihren Tittchen noch eine Spezialanwendung zukommen lassen.« Er kramte in einem fahrbaren Schränkchen herum, das sich neben dem Stuhl befand, und holte zwei Klemmen heraus, an denen lange Kabel hingen.

Sophie wusste, was das werden würde: eine Reizstrombehandlung.

Der Doktor befestigte die Klemmen an ihren harten Nippeln. Die Klammern saßen nicht so fest, dass sie schmerzten, sondern gerade fest genug, dass sie die Kabel an Ort und Stelle hielten. Dann steckte er die Enden in einen rechteckigen Kasten. »Sagen Sie mir, falls die Behandlung für Sie unangenehm wird.«

Als er den Regler auf Stufe eins stellte, kniff Sophie die Augen zu und holte scharf Luft. Ein Schwall Feuchtigkeit ergoss sich aus ihrer Scheide, die sofort kontrahierte, als der leichte Strom durch ihre Nippel schoss. Sie krallte die Finger in den Sitz. Was für ein Gefühl! Als würden tausend Ameisen über ihre Brüste wandern und sie beißen.

»Ich sehe schon, wo Ihr Problem liegt.« Der Arzt schaute zwischen ihre Schenkel, während er sich Latexhandschuhe überzog. »Sie leiden an einer Form von Dauergeilheit, die ich Ihnen austreiben werde.«

Ihre inneren Muskeln zogen sich erneut zusammen. *Na hoffentlich fängt er bald an*, dachte sie, weil sie es kaum erwarten konnte.

Erneut schielte sie zu John, der sich laut stöhnend auf der Liege wand. Die Helferin massierte vorsichtig seine Hoden, während sie mit der anderen Hand seinen Schaft hart zusammendrückte.

John schien eine sanfte CBT-Anwendung zu genießen. *Cock and Ball Torture*. Ein Gleitgel stand auf der Behandlungsfläche, mit der Aufschrift »Steril«. Natascha griff zu einem silbernen Stab, der so lang wie ein Bleistift war, aber viel dünner.

Sophie grinste. Ob John schon mal die Bekanntschaft mit einem Harnröhrenvibrator gemacht hatte?

Er hob den Kopf und fragte unterwürfig: »Was haben Sie vor?«, als die Blondine den Stab zum Summen brachte und an seine Eichel hielt.

Johns Kopf fiel auf die Liege zurück. »Bitte, bitte nicht«, winselte er, während Natascha das dünne Ende vorsichtig in die Harnröhre einführte. Nicht tief, vielleicht zwei Zentimeter.

Johns Beine zitterten, aber er wehrte sich kaum, sondern lag schwer atmend da. Sein Glied zuckte in Nataschas erfahrenen Händen. Behutsam spielte sie mit dem Vibrator in Johns Eichel und stimulierte seinen U-Punkt, wobei sie sein Glied an der Wurzel abdrückte, damit er nicht zu früh kam. Die lustvolle Spielart gefiel ihm offensichtlich.

Sophie würde sich auch eine Reizung ihres G-Punktes wünschen. Der Doktor kramte hingegen erneut in seinem Schrank herum, während ihre Brüste elektrisch massiert wurden.

»Da habe ich endlich das Passende für Sie gefunden.« Er hielt einen riesigen Dildo vor ihre Nase, der wie ein natürlicher Penis geformt war. Das Teil war gigantisch! Es hatte fast die Ausmaße ihres Unterarmes!

»Das ist nicht Ihr Ernst«, hauchte sie, doch ihre Vagina schien da anderer Meinung zu sein, denn sie lechzte nach einer ausgiebigen Dehnung.

»Mein voller Ernst.« Dr. Torture lächelte verschmitzt; seine Zähne blitzten. »Ich weiß genau, was Sie brauchen.«

Himmel, der Kerl sah richtig sexy aus, wenn er nicht so geschäftsmäßig tat. Wie er wohl gebaut war? Sophie hob den Kopf. Leider konnte sie nichts erkennen, da der Kittel den Schritt des Arztes bedeckte.

»Aber erst werde ich Sie gründlich vorbereiten.« Er legte den Riesendildo auf das Kästchen und zog mit beiden Händen ihre Schamlippen auseinander.

Stöhnend lehnte sich Sophie zurück. Endlich fasste der Kerl sie an. Die Gummihandschuhe erregten sie zusätzlich.

Dr. Torture schob zwei Finger in sie und verteilte die Creme in ihrer Spalte, auf dem Kitzler und ihren Schamlippen. Er massierte ihr gereiztes Fleisch, zog es immer wieder auseinander und rieb mit festem Druck über ihren Kitzler. Die zusätzliche Elektrostimulation ihrer Brustwarzen entfachte in ihr ein riesiges Feuer. Ihre Schenkel zuckten und zitterten.

»Ich werde Ihre Beine lieber fixieren«, meinte der Arzt und band ihre Schenkel mit Gurten aus Klettverschluss an den Halterungen fest. »Die Behandlung wird etwas ruppig.«

Sophie war ihm ausgeliefert. Normalerweise gab sie ungern den Ball ab, aber sie war nach dem langen Tag erschöpft und genoss die Anwendung, bei der sie sich nur zurücklegen und genießen musste.

Während es bei ihr erst losging, war John bereits am Ziel angekommen. Er stöhnte laut und bewegte seinen Unterleib auf und ab, während Natascha den Vibrator aus seiner Eichel zog und Johns Schwanz tief in den Mund nahm.

»Ja«, rief John, »schluck, du Biest.« Er verkrallte sich in ihrem Haar, um ihren Kopf tiefer auf seinen Schoß zu drücken. Unter einem gutturalen Aufschrei kam er, und Natascha schluckte alles. Hingebungsvoll leckte sie seinen Penis sauber und deckte John anschließend zu, da er sich noch ausruhen sollte. Dann verließ sie die Kajüte.

Unter halb gesenkten Lidern schaute er Sophie eine Weile zu, bevor seine Augen endgültig zufielen.

Sophie hingegen war nicht nach Schlaf zumute. Sie konzentrierte sich auf die Finger des Arztes, die ihren Eingang sanft weiteten. Jeweils zwei Finger jeder Hand hatte er eingeführt, die rhythmisch ihre Scheidenwände dehnten. Dabei leckte er über ihren Kitzler.

Sophie bebte; ihre Brüste spannten und prickelten. Ihr Unterleib pulsierte im hektischen Takt ihres Herzens.

»Doktor«, wisperte sie, »ich bin so weit.«

Er schob mehrere Finger in sie und tastete sie aus. »Versuchen wir es.« Er griff nach dem Dildo und setzte die mächtige Eichel an ihren Eingang.

Sophie zuckte; das Material war kühl.

Mit Nachdruck schob der Arzt das Toy voran. Ihre Öffnung wurde extrem gedehnt, ihr Gewebe gespannt.

Sophie stöhnte auf. »Er ist zu dick!« Die künstliche Eichel war gewaltig.

Der Doktor hörte auf, Druck auszuüben, zog den Dildo jedoch nicht zurück, sondern züngelte um ihren Kitzler. Dabei krallte er seine freie Hand in ihren Venushügel und schob ihn nach oben, sodass ihre Spalte bis zum Zerreißen gespannt war und ihr Kitzler vollkommen frei lag.

Sophie schrie. Die Reizung war enorm; der Dehnungsschmerz verwandelte sich allerdings in Wellen aus purer Lust.

Der Arzt stand auf und drückte mit seinem Körper gegen den Dildo. Plötzlich drang die gewaltige Eichel ein.

Sophie stockte der Atem. Die Dehnung war intensiv; alles in ihr pulsierte.

Dr. Torture tätschelte ihren Oberschenkel. »Ich habe gewusst, dass Sie das schaffen.«

Während das Toy in ihr feststeckte, hörte sie den Arzt erneut in den Schubladen kramen. Was kam nun wieder? Es fehlte nicht viel und sie würde einen gigantischen Orgasmus erleben. Wenn der Doc doch nur ein wenig ihren Kitzler reizen würde, käme sie sofort.

Er hob einen dicken Stab in die Höhe, der wie das Gehäuse einer Taschenlampe aussah. An einer Seite befand sich eine größere Kugel.

Der Arzt grinste diabolisch. »Gleich werden Sie wissen, warum ich Dr. Torture genannt werde.«

Sophies Herz klopfte wild. Sie schaute zu John, der leise schnarchte. Die Helferin war auch nicht mehr zurückgekommen. Sie war dem Kerl tatsächlich ausgeliefert.

Er stellte sich zwischen ihre Beine und drückte den Dildo tiefer in sie, während er den Stab anschaltete. Ein tiefes Summen ertönte. Als er die Kugel an ihren Kitzler legte, schrie Sophie auf. Das Ding war ein Vibrator mit extrastarken Schwingungen. Ihr Kitzler stand in Flammen, ihr ganzer Körper glühte.

Während der Arzt ihren Unterleib folterte und den Vibrator auf ihren freigelegten Kitzler hielt, packte Sophie ein so heftiger Orgasmus, dass ihr kurz schwarz vor Augen wurde. Wie Stromstöße peitschte der Höhepunkt durch sie hindurch und wollte nicht enden. Nur langsam ebbte die Lust ab, und die Vibrationen wurden unangenehm, ja, schmerzten beinahe.

»Bitte nehmen Sie das Ding weg!«, flehte sie. Nach einem Orgasmus war ihr Kitzler besonders empfindlich.

Doch Dr. Torture hielt weiterhin gnadenlos drauf. »Ich habe gesagt, dass ich Ihnen Ihre Geilheit austreiben werde!«

Sophie warf den Kopf zurück; Tränen liefen über ihre Wangen. Der Schmerz steigerte sich, bis sie es fast nicht mehr aushielt und kurz davor war, den Klettverschluss aufzureißen und vom Stuhl zu springen. Da verwandelte sich die Pein erneut in Lust und ein weiterer Höhepunkt fegte wie ein Tornado durch sie.

Doch auch diesmal gab Dr. Torture nicht nach und drehte sogar den Regler des Reizstromgerätes eine Stufe höher. Ihre Brustwarzen brannten. Er folterte sie weiter, ließ sie immer wieder Schmerz und höchste Lust erleben, rammte den Dildo tiefer in sie und malträtierte ihre Klitoris, bis Sophie wirklich nicht mehr konnte.

Während sie kraftlos auf dem Stuhl lag, schaltete der Arzt den Strom ab und entfernte die Klammern sowie den Dildo. Sie fühlte sich wund, war jedoch mehr als befriedigt.

Kurz hob sie ihren bleischweren Kopf, um zwischen ihren Brüsten nach unten zu schauen. Die Schamlippen brannten und ihren Kitzler hatte sie noch nie so geschwollen gesehen.

Da knöpfte der Arzt plötzlich seinen Kittel auf. Darunter trug er eine schwarze Latexhose, aus der er seinen Penis befreite. Er war steif.

Wollte der Doktor tatsächlich eine weitere Runde einläuten?

Plötzlich murmelte John etwas und reckte sich.

»Ah, unser Patient ist aufgewacht«, sagte Dr. Torture.

John bekam große Augen, als er Sophies feuerrote Brustwarzen erblickte. Sie musste wirklich fertig aussehen. Schweiß lief an ihren Schläfen hinab, ihr Gesicht war erhitzt und morgen würde sie bestimmt überall am Körper einen Muskelkater haben, so sehr hatte sie sich angespannt. Sie war wirklich erledigt.

Sofort war John an ihrer Seite. »Alles okay bei dir?«

»Bestens«, hauchte sie und zwinkerte ihm zur Beruhigung zu. Lieb von ihm, dass er sich um sie sorgte.

»Doc, was haben Sie mit ihr angestellt?« John hatte sie garantiert noch nie so fix und fertig gesehen.

Der Arzt zuckte mit den Schultern. »Ihr die Geilheit ausgetrieben. Ich wollte gerade testen, ob ich's tatsächlich geschafft habe. Wollen Sie mir assistieren? Meine Helferin hat leider schon Feierabend gemacht.«

John runzelte die Stirn. »Sophie?«

»Von mir aus«, wisperte sie, zu gespannt, was nun kam. Sie würde garantiert nicht als Erste das Handtuch schmeißen.

»Was soll ich tun, Doc?« John stand neben dem Arzt und starrte auf Sophies Mitte. Sein Penis füllte sich langsam wieder mit Blut. John war beinahe so nymphoman veranlagt wie sie, nur dass Männer meist das Problem hatten, nicht so oft hintereinander zu können. Na ja, John kannte dieses Problem weniger. Seine Standfestigkeit war bewundernswert.

Dr. Torture legte den Kittel ab. Darunter trug er bis auf die Latexhose nichts. Seine Brustwarzen waren gepierct und seinen Oberkörper schmückten zahlreiche Tätowierungen. Er hatte unglaublich breite Schultern; sein Body erinnerte sie an einen Wrestler. Jeder Zentimeter strotzte vor Stärke. John, obwohl kein Spargeltarzan, sah neben dem Arzt trotzdem schmächtig aus.

»Wir werden sie abwechselnd ficken und schauen, wie sie darauf reagiert. Eigentlich dürfte sie dadurch nicht mehr erregt werden.« Dr. Tortures Mundwinkel zuckten.

Aha, so ganz überzeugend spielte er seine Rolle nicht. Außerdem, was bedeutete »nicht mehr erregt«? Sophies Inneres zog sich bereits wieder lustvoll zusammen, nur weil sie auf diese zwei herrlichen Schwänze starrte. Johns Prachtstück kannte sie ja zur Genüge, daher konzentrierte sie sich auf den Arzt. Verdammt, der Kerl hatte vielleicht einen Prügel! Nicht nur stattlich im Umfang, sondern auch sehr lang. Der würde sie damit glatt aufspießen!

Jetzt bekam sie es doch ein wenig mit der Angst zu tun. Sehnsüchtig schaute sie auf Johns Penis, aber der war noch nicht ganz hart. John half mit der Hand nach, doch der Doktor schien ohnehin zuerst zum Zug kommen zu wollen.

»Keine Sorge, Sie werden mich aufnehmen können, ich habe Sie ausreichend vorgedehnt.«

Seine Worte machten sie an.

Er fuhr den gynäkologischen Stuhl nach oben, bis Sophies Unterleib auf einer Höhe mit seiner Erektion war. Ohne Vorwarnung drang er in sie ein.

Sophie schrie auf, weil sie befürchtete, er würde ihr Schmerzen zufügen, aber Dr. Torture hatte rechtzeitig abgebremst. Er steckte jedoch tief genug in ihr, dass er ihren Muttermund reizte.

Heftig trieb er sich in sie, wobei er seine großen Hände auf ihre Brüste presste und diese nicht gerade sanft massierte.

John schaute zuerst skeptisch, aber als ihr ein Stöhnen entwich, grinste er frech. »Doc, ich glaube, Ihre Methoden haben versagt.«

»Wir werden sehen«, erwiderte er und zog sich aus ihr zurück. Schweiß glitzerte auf seiner Stirn. »Nun Sie.«

John stellte sich zwischen Sophies gespreizte Schenkel und glitt deutlich behutsamer in sie. Er war einfach ein Süßer. Auch ihre Brüste fasste er wesentlich sanfter an.

Die beiden benutzten sie, als wäre sie eine Gummipuppe. Abwechselnd gebrauchten sie ihren Körper, wie es ihnen gefiel. Der Arzt ließ die Rückenlehne herunter, sodass Sophie die beiden Männer zusätzlich mit dem Mund verwöhnen konnte.

Sie musste zugeben, dass diese Spielart durchaus ihren Reiz hatte. Sie war noch zu erschöpft, um etwas anderes zu tun, als zu atmen, ihren Mund hinzuhalten und immer mehr erregt zu werden. Tatsächlich steuerte sie auf einen neuen

Orgasmus zu. Ihr malträtierter Unterleib forderte erneut seinen Zoll, denn er war süchtig nach diesem unglaublich befreienden Gefühl.

Sophie war süchtig.

Süchtig nach Ekstase, süchtig nach Nähe, nach Berührungen, nach heftigem Sex.

Kurz bevor sie kam, zog sich der Arzt aus ihr zurück und ejakulierte auf ihren Bauch. Das Sperma schwappte eher heraus, als dass es spritzte. Dr. Torture rieb dabei über seine Eichel, um auch die letzten Tropfen herauszupressen.

Dann war John wieder an der Reihe. Er rubbelte mit dem Daumen über ihren Kitzler, während er sie so hart nahm, dass der ganze Stuhl wackelte. Als er sich in sie ergoss und auf dem Gipfel seiner Leidenschaft so losgelöst und sexy aussah, verkrampfte sich Sophies Inneres. Sie brachte kaum Kraft auf, laut zu stöhnen, wie sie es sonst immer tat, sondern hörte sich nur »Ja, ja ...« hauchen, während die Lust durch ihre Nerven raste.

Danach war sie wirklich am Ende, konnte kaum mehr ihre Finger heben. John würde sie zum Auto tragen müssen. Sie hatte nicht gedacht, dass sie zu so vielen Orgasmen hintereinander fähig war.

Sophie grinste in sich hinein. Wenn Philipp sie so sehen könnte, matt und geschlagen ... Das würde ihm sicher Genugtuung verschaffen.

»Sie sind ein hoffnungsloser Fall«, sagte Dr. Torture und reichte ihr eine Papierrolle.

Sie zwinkerte ihm zu und wisperte: »Dann werde ich wohl noch öfter zur Therapie kommen müssen.«

Eine Woche später in Hamburg…

Endlich Mittagspause!

Sophie konnte es kaum erwarten, aus der Redaktion zu kommen. Sie musste zu Philipp. Dringend. Wieso raste ihr Herz immer, wenn sie an ihn dachte? An seine grauen Augen, den Schlafzimmerblick … Die Fotos hatte sie sich bereits so oft angesehen, dass sich jeder Zentimeter seines Körpers in ihr Gehirn gebrannt hatte. In so einen Kerl könnte sie sich glatt … *Hör auf, Sophie*, ermahnte sie sich. *Denk nicht mal dran.*

Die elektrisch gesteuerte Drehtür des Gebäudes, in dem die Redaktion der BLITZ untergebracht war, bewegte sich heute viel zu langsam, sodass sie gegen die Scheibe drückte, bis das Getriebe quietschte.

Sophie hastete auf den Bürgersteig. Ihr Auto stand zwei Straßen weiter, da sie am Morgen keinen Parkplatz in der Nähe gefunden hatte. Daher musste sie zwischen zwei eng beieinanderstehenden Häusern durchgehen. Sophie hasste diese schmutzige Gasse, in der sich lediglich Mülltonnen und abgestellte Fahrräder befanden. Nachts nahm sie lieber einen Umweg in Kauf, aber nicht heute, obwohl die Passage wegen des schlechten Wetters noch düsterer war als sonst.

»Frau Caprice!«, hörte sie plötzlich einen Mann hinter sich. »Warten Sie!«

Sophie drehte sich um. Ein großer Typ kam im Eilschritt

auf sie zu. Er trug ein Käppi, eine Sonnenbrille, legere Kleidung, sein Teint war gebräunt … Moment, den kannte sie doch!

Merde! Er war bestimmt gekommen, um sie zu killen. Immerhin hatte sie sein Leben zerstört!

Ihr Magen zog sich zusammen, ihr Puls trommelte in den Schläfen.

Sophie schaute sich um. Das Ende der Gasse war noch weit und Mac Teek versperrte den Ausgang in Richtung Redaktion. Natürlich war gerade jetzt keine Menschenseele in der Nähe. Verflixt!

Vor Angst war sie ohnehin wie festgewurzelt. Noch bevor sie die Flucht ergreifen konnte, hatte er sie am Arm gepackt.

»Bitte fürchten Sie sich nicht«, sagte Mac Teek.

Sophie hob ihr Kinn, ihre Knie waren butterweich. »Tu ich nicht.«

Als er lächelte, entblößte er einen Goldzahn. »Kommen Sie, bevor mich jemand erkennt.« Er zog sie tiefer zwischen die Häuser, hinter eine große Mülltonne.

Was hatte er vor? Auch wenn er freundlich wirkte, machte sich Sophie beinahe ins Höschen – und diesmal hatte sie eines an. Sie trug ihren schönsten Tanga. Für Philipp. Verdammt, wenn sie jetzt starb, würden die Fotos an die Öffentlichkeit gelangen und dann …

Sie sah schon die Schlagzeilen: *Reporterin der BLITZ in der Nähe der Redaktion ermordet. In ihrer Handtasche wurden brisante Bilder von Philipp Bergmann gefunden …*

Oh nein, das wollte sie Phil auf keinen Fall antun!

»Lady, ich tu Ihnen nix, versprochen«, sagte Mac Teek. »Ich will nur mit Ihnen reden.«

Schaute sie wirklich so ängstlich aus der Wäsche?

Moment, er wollte reden? Wo sie versucht hatte, ein Interview mit ihm zu bekommen, er jedoch nur ein paar Fragen auf einer Pressekonferenz beantwortet hatte? Da stimmte was nicht.

Aber sie würde jetzt nicht den Schwanz einziehen. Vielleicht bekam sie ja doch noch ihre Exklusivstory!?

Hilfe, sie war genauso sensationsgeil wie Philipp! Seine Narbe kam ihr in den Sinn ...

»Ich wollte Ihnen noch persönlich danken«, sagte er zu ihrer Überraschung. Nur wenig von seinem üblichen Slang war zu hören. Teek konnte tatsächlich fast normal sprechen.

»Danken?« Ihre Stimme klang wie ein Reibeisen.

Teek nickte und nahm seine Sonnenbrille ab. Seine Lider waren gerötet. Hatte er geweint?

Quatsch, so ein Kerl heulte doch nicht.

Seine Augen waren von so einem dunklen Braun, dass sie fast schwarz wirkten. Außerdem hatte er sich nicht rasiert, weshalb er noch wilder aussah.

Er senkte die Stimme und schaute zu Boden. »Ich bin Ihnen dankbar, dass mein Versteckspiel ein Ende hat. Es war heftig und hässlich, entwickelt sich aber in eine positive Richtung.«

Sophie räusperte sich und hatte ihre Stimme wiedergefunden. Sie konnte ihr Glück kaum fassen. Ein Exklusivinterview mit Mac Teek! »Darf ich unser Gespräch aufzeichnen?« Sie war schon im Begriff, ihr Diktiergerät aus der Handtasche zu holen, aber Teek machte ihr einen Strich durch die Rechnung.

»Ich möchte, dass das unter uns bleibt.«

»Oje, Schätzchen, da sind Sie bei mir an der falschen Adresse.«

Er lächelte und schaute eher wie ein großer Junge denn

wie ein Krimineller aus. Bestimmt war die Geschichte mit den Waffen auch erfunden. Teek machte, so aus der Nähe, einen eher soften Eindruck, wie er mit hängenden Schultern neben ihr stand.

»Keine Sorge«, sagte er, »ich möchte mich nicht bei Ihnen ausheulen. Eigentlich wollte ich Sie nur fragen, ob Sie etwas von Mike gehört haben. Hat er sich noch mal bei Ihnen gemeldet?«

»Mike?« Sie wusste beim besten Willen nicht, wovon er sprach.

»Michael Schäfer. Er war mein Bodyguard.«

»Oh.« Sophie verstand. Der Name war ihr sehr wohl ein Begriff. »Der Informant.«

»So ist es«, wisperte er.

»Sie wollen es ihm sicher heimzahlen.«

Teek schüttelte den Kopf. »Eigentlich wollte ich mit ihm reden. Ihn fragen, warum er das getan hat und ob er mir nur was vorgespielt hat, also, seine Gefühle für mich.« Seine Lider zitterten. Hastig setzte er die Brille wieder auf.

Sophie war gerührt. Ein Gangsta-Rapper mit Herz. »Sie lieben ihn, hm?«

»Und wie«, flüsterte er. »Ich vermisse ihn wie Hölle.«

Eigentlich wollte Sophie jetzt, da sie kein Interview bekam, nur so schnell wie möglich zu Philipp, aber sie hatte eine Schwäche für geknickte Kerle. Die ließen sich so leicht trösten.

»Ich würde Sie ja gerne aufheitern, *chéri*, aber ich glaube, Sie fahren nicht auf mich ab, hm?«

Er grinste. »Nicht wirklich. Hab ich noch nie. Aber das wurde mir erst bei Mike bewusst. Er ist ... war meine erste große Liebe.«

Was für eine Verschwendung. Der Frauenwelt entging definitiv eins der besseren Häppchen am Buffet. »Also wenn Mike sich noch einmal meldet, dann sag ich Ihnen Bescheid.« Sophie überlegte. »Glauben Sie, dass er sich erneut an die Presse wendet, um aus dem Nähkästchen zu plaudern?« Sie witterte bereits eine weitere Story.

Teek zuckte mit den Schultern. »Ich weiß es nicht, schätze ihn eigentlich nicht so ein. Andererseits hat er's ja schon einmal getan.« Er seufzte. »Man kann in keinen hineinsehen.«

Plötzlich riss die Wolkendecke auf, und ein breiter Sonnenstrahl erhellte die Gasse. Da bemerkte Sophie einen Schatten neben dem Müllcontainer.

Sie stellte sich dicht zu Mac Teek und flüsterte: »Wir werden belauscht.« Dabei deutete sie auf die Tonne.

Teek drückte Sophie zur Seite und sprang vor den Container. »Mike!«

Zurück kam er mit einem schwarzhaarigen Mann, den er am Kragen gepackt hielt.

Der Bodyguard!

Abwehrend hob der Mann die Hände. »Schlag mich nicht!«

»Keine Sorge!« Teek ließ ihn los.

Die beiden starrten sich an. Alle möglichen Gefühlsregungen spiegelte Teeks Mimik wider: Unglauben, Wut, Traurigkeit … Liebe.

Mike hingegen war eher ängstlich, zurückhaltend. Aber er sah nicht weniger angeschlagen aus als der Rapper. Seine Augen waren ebenfalls gerötet, und rasiert hatte er sich auch nicht.

Sophie schaute einfach nur schweigend zu und war gespannt, was passierte.

»Wieso bist du hier, Mike?« Teek drängte den Leibwächter

gegen die Wand. Mike wirkte keinesfalls schwach. Unter seinem engen Shirt zeichneten sich kraftvolle Muskelpakete ab. Sollten die beiden aneinandergeraten, wüsste Sophie nicht, wer den Kürzeren ziehen würde.

Teek schnaubte. »Wolltest du eben wieder zur Zeitung?«

Vehement schüttelte Mike den Kopf. »Ich wollte zu dir.«

»Wieso jetzt? Wieso hier?« Mac Teeks Stimme wurde immer lauter, seine Hände ballten sich zu Fäusten.

»Ich ...« Mikes Stimme brach und eine Träne lief über seine Wange. »Ich schleiche schon die halbe Woche hinter dir her und hab immer versucht, dich allein zu erwischen. Und jetzt ... Ich hab euer Gespräch belauscht und ... ich bin so glücklich, dass du dich nicht an mir rächen möchtest und ... mich vermisst.«

»Verdammt, Mann!« Teek wirbelte Mike herum, drückte ihn gegen den Container und holte mit dem Arm aus.

Sophie hielt die Luft an und wich einen Schritt zurück. Sie wollte nicht in eine Schlägerei geraten.

Aber Teek traf nicht Mike, sondern die Tonne. Es schepperte, und eine Delle blieb im Metall zurück. Dafür lief Blut über Teeks Knöchel. Der schien es nicht mal zu bemerken.

»Ich hab dich so vermisst, Mann!« Er riss Mike in seine Arme und küsste ihn heftig.

Mike erwiderte die Küsse ebenso stürmisch, umarmte Teek und begann so sehr zu schluchzen, dass der Rapper die Küsse unterbrach.

Oh mein Gott, das hielt sie nicht aus. Den beiden gestandenen Männern beim Weinen zuzusehen, war zu viel für Sophies marodes Herz.

»Ich wollte wirklich erst Rache«, sagte Mike mit erstickter Stimme, »aber als es aus war, als ich feige weglief ... Du hast mir so gefehlt! Da hab ich erst bemerkt, dass ich mich in dich verliebt hatte.«

»Du hast ... was?« Teek riss die Augen auf.

»Verliebt«, flüsterte Mike und fuhr zärtlich über Teeks Gesicht. »Ich war so dumm. Ich wollte nur, dass du zu deinen Gefühlen stehst, dich nicht hinter einer Fassade versteckst. Ich war auch so eifersüchtig auf deine Frau, obwohl ich wusste, dass du sie nie angerührt hast.«

»Wieso bist du zur Zeitung gegangen?«

»Ich hab überreagiert, weil ich egoistisch war und dich nur für mich allein wollte. Niemals hatte ich mit solchen Konsequenzen gerechnet. Ich hab nicht nachgedacht, sondern nur noch rotgesehen, weil du diese Show abgezogen und mich in der Öffentlichkeit total ignoriert hast. Bitte verzeih mir.«

»Nur wenn du wieder bei mir einziehst«, erwiderte Teek. Seine Augen strahlten.

»Sofort«, antwortete Mike, worauf sich die beiden halb auffraßen, so wild waren ihre Küsse. Sophie befürchtete, dass sie jeden Moment übereinander herfielen. Auch wenn sie das zu gern miterlebt hätte, beschloss sie, die Turteltauben allein zu lassen. Die beiden bemerkten sie ohnehin nicht. Erleichtert, dass der Rapper ihr nichts nachtrug und die Sache für die Männer mit einem Happy End ausgegangen war, machte sie sich auf zu Philipp.

Philipp saß hinter dem Schreibtisch und schaute aus dem Panoramafenster, das die gesamte Außenwand einnahm. Sein Büro befand sich im zweiten Stock eines verglasten Hochhauses, auf dessen gesamter Etage sich die Redaktion der X-PRESS befand.

Dunkle Wolken hingen über der Stadt. Die Menschen, die unter ihm auf der Straße vorbeiliefen, trugen zusammengefaltete Schirme. Der Wetterbericht hatte Regen gemeldet.

Was für ein beschissener Sommer.

Seufzend wandte er sich seinem Computer zu. Auf dem Monitor leuchtete ihm der Top-Artikel der BLITZ entgegen: *Schwulenfeindlicher Rapper beim Sex mit seinem Bodyguard erwischt.*

Sophie, dieses Miststück, hatte tatsächlich ihre Topstory bekommen, und was hatte er für seinen Chef gehabt? Einen Artikel über die Ausstellung eines französischen Malers. Mann, war sein Chef sauer gewesen.

Philipp überflog den Bericht bereits zum dritten Mal, da er sich nicht auf seine Arbeit konzentrieren konnte. Seit Tagen dachte er darüber nach, wie er es Sophie heimzahlen konnte. Wie er sie einschätzte, würde sie ihn von nun an laufend mit den Fotos erpressen. Er war geliefert. Schon bald würde er sein Luxusbüro und das erstklassige Gehalt verlieren – und das nur wegen diesem Luder!

Philipp klickte eine Seite weiter und versuchte sich auf den anderen Artikel zu konzentrieren. Mac Teeks Bodyguard war die Kontaktperson gewesen, die ihnen die Info zugespielt hatte, wann der Rapper im »Estelle« auf Saint-Tropez anzutreffen wäre. Der Leibwächter hatte dem Sänger eins auswischen wollen und war danach untergetaucht.

Der Rapper hatte sich öffentlich entschuldigt und geoutet. Auch die Ehe zur Schauspielerin Raffaela Cielo war ein Fake gewesen. Er hatte die Frau großzügig dafür bezahlt, damit sie sich an seiner Seite in der Öffentlichkeit blicken ließ.

Erst hatte es einen großen Aufruhr gegeben, Kollegen hatten sich von Teek abgewandt. Seine Plattenfirma war kurz davor gewesen, den Vertrag mit ihm zu kündigen, als sich das Blatt gewendet hatte.

Homo Hop hatte sich für den Sänger stark gemacht. Die schwul-lesbische Rap-Szene bildete seit Jahren die Gegenbewegung zu den homophoben, frauenfeindlichen und gewaltverherrlichenden Inhalten, mit denen vor allen Gangsta-Rapper immer wieder für Skandale sorgten und den Hip-Hop ins Macho-Milieu katapultierten.

Teek hatte sich bereiterklärt, mit Homo Hop durch Europa zu touren. Die Bewegung organisierte Events auf der ganzen Welt.

Vielleicht würde Teek eines Tages auch zu einer schwulen Rap-Ikone werden. Ein queeres Label hatte sich bereiterklärt, mit dem Rapper zusammenzuarbeiten.

Und das alles nur wegen Sophie Caprice ...

Als hätte er sie mit seinen Gedanken herbeigerufen, ging plötzlich die Bürotür auf und Sophie trat ein. Sexy gekleidet wie immer – das knappe Businesskostüm wirkte an ihr wie bei keiner anderen Frau –, eine angezündete Zigarette zwischen den Fingern.

Philipp sprang auf, sein Herz raste. »Du wagst es, hier aufzutauchen?«

Hastig schaltete er den Monitor aus und riss ihr den Glimmstängel aus der Hand. »Im ganzen Gebäude herrscht Rauchverbot!«

»Hm«, machte sie und zuckte mit den Schultern.

Natürlich, eine Sophie Caprice scherte sich nicht um Regeln.

Er drückte die Zigarette im Waschbecken aus und legte sie auf den Rand. Vor zwei Monaten hatte er mit dem Rauchen aufgehört und war eben erst von Nikotinkaugummis auf normale umgestiegen. Er hatte stets das Gefühl, etwas im Mund zu brauchen. Der Anblick des gelöschten Glimmstängels reizte ihn.

Nein, Sophie reizte ihn! »Was suchst du hier?«, fragte er scharf.

Sie hockte sich an die Kante seines Schreibtisches und verschränkte die Arme. Dadurch pressten sich ihre Brüste nur noch mehr hervor. »Ich wollte mich entschuldigen und dir die Fotos zurückgeben.«

»Was?« Konnte es sein? Hatte sie etwa ein schlechtes Gewissen? Besaß sie überhaupt so etwas wie ein Gewissen? Oder war sie nur gekommen, um ihn auszuspionieren?

Sie öffnete ihre Handtasche und holte einen USB-Stick heraus.

Doch Philipp traute dem Braten nicht. Dazu war sie ihm einfach zu ähnlich.

Zögerlich nahm er den kleinen Datenträger entgegen und schob ihn in die Buchse seines Rechners. Dann schaltete er den Monitor an. Scharf sog er die Luft ein, als er sich gefesselt und fast nackt sah. *Ein* Beweisbild hatte das Luder ihm geschickt, aber dass es so viele waren ... Sein Schwanz zuckte.

Auf der Jacht hatte er zunächst eine Scheißangst gehabt, doch als Sophie ihn berührt hatte ... Dieses Ausgeliefertsein hatte ihn erregt.

»Woher weiß ich, dass du keine Kopien hast?«, fragte er, wobei er den Bildschirm wieder ausschaltete.

»Gar nicht. Du musst mir einfach vertrauen.«

Was er nicht tat. Einer Klatschreporterin, die über Leichen ging, konnte er nicht vertrauen. »Ja klar.« Er lachte humorlos auf. »Ich hätte große Lust, dich anzuzeigen.«

Unschuldig klimperte sie mit den Wimpern. »Weswegen denn?«

Er stand auf und stellte sich vor sie. »Du hast mich mit einer Waffe bedroht!«

Sie schüttelte so resolut den Kopf, dass ihre roten Locken um ihren Nacken schwangen. »Ich war das nicht.«

»Dann dein Kollege, dieser blonde Kerl, mit dem du im Museum warst. John Dingsbums.«

»Hast du Beweise, dass wir eine Waffe hatten?« Als sie in ihrer Handtasche kramte, versteifte er sich. Sie würde doch nicht schon wieder ... Zu seiner Erleichterung holte sie einen Lippenstift hervor, obwohl ihr Make-up perfekt war. Wie immer. Er hatte sie noch nie ungeschminkt gesehen. Warum malte sie sich überhaupt an? Sie war eine schöne Frau und hatte das nicht nötig.

Überraschenderweise zog sie sich nicht die Lippen nach, sondern drückte das Gehäuse des Stiftes gegen seine Brust. »John hat nie behauptet, dass er dich mit einer Waffe bedroht.«

Verflucht, er war tatsächlich auf diesen Uralttrick reingefallen!

Er kochte innerlich. Schnell sperrte er die Tür ab und schloss die Jalousie vor dem kleinen Fenster, das in den Flur zeigte. Jetzt konnte sie niemand mehr sehen.

Sophie hob die Brauen. »Und was hast du nun vor?«

»Jetzt wird nach meinen Regeln gespielt«, sagte er gefährlich leise und drängte sie gegen den Tisch. Obwohl Sophie ihn rasend machte, erregte sie ihn zugleich. Wenn er ihre scharfen Kurven sah und ihren Duft roch ... »Ich habe dir ja gesagt, dass du büßen wirst.«

»Oh«, machte sie und kräuselte ihre süße Nase. »Willst du

mich nackt an deinen Schreibtisch binden und fotografieren?«

»Das würde dir so passen.« Der Gedanke gefiel ihm und seinem Schwanz sowieso. Er war knallhart. Sophie musste ihn an ihrem Bauch spüren.

Ihre üppigen Brüste pressten sich an ihn. Philipp schaute in den tiefen Ausschnitt ihres Kleides und wollte am liebsten sein Gesicht zwischen den prallen Hälften versenken.

Wenn zuerst Brüste den Raum betreten, dann lange nichts kommt und danach eine Frau mit roten Haaren, weißt du, dass das Sophie Caprice ist, hatte ein Kollege mal zu ihm gesagt, als Philipp Sophie noch nicht gekannt hatte.

Er hatte recht. Ihre Brüste waren riesig, wie die Hälften einer Honigmelone. Philipp hätte sie auf der Jacht so gerne berühren wollen.

Jetzt konnte er das alles nachholen ...

Sophie ließ ihre Handtasche auf den Boden fallen und legte die Hände an seine Hüften. Ein verwegenes Lächeln umspielte ihre Lippen, ihre grünen Iriden funkelten. »So, du willst dich also rächen.«

Philipp versuchte so unnachgiebig zu bleiben, wie er konnte, denn dieses Luder machte ihn schon wieder schwach. Er brauchte ihr bloß in die Augen zu sehen, schon raste sein Herz. »Genauso ist es, Sophie.« Er packte ihre Handgelenke und hielt sie hinter ihrem Rücken zusammen. Dadurch schoben sich ihre Brüste nur noch mehr hervor.

Nun war er der Herr, er bestimmte, wo's langging. »Jetzt werde ich dich ficken. Hart. Hier, auf dem Tisch.«

Ihr Blick verklärte sich. »Und du glaubst, ich lass mich einfach von dir nehmen?«

Philipp schaute auf ihren Busen. Ihr Brustkorb hob und

senkte sich schnell. Das Miststück war heiß. Sein Schwanz zuckte. Niemals würde er eine Frau mit Gewalt nehmen. So einer war er nicht. Es machte ihm nur Spaß, solange es ein Spiel blieb. »Du hast keine Wahl«, wisperte er. »Ich bin viel stärker als du.«

Ihre Lider flatterten.

Er drängte sie härter gegen den Tisch und rieb sich an ihr.

»Das ist keine Strafe«, flüsterte sie. »Das ist dir schon klar, oder?«

Lächelnd erwiderte er: »Ich werde mir schon was einfallen lassen.« Abrupt ließ er sie los. »Und jetzt auf die Knie mit dir.«

»War… hey!«, protestierte sie, als er sie an den Schultern herunterdrückte. Ihr Gesicht befand sich in Höhe seines Schrittes. Philipp nestelte an der Hose und holte seinen Schwanz heraus.

Mit glänzenden Augen starrte sie ihn an.

»Weißt du noch, wie er schmeckt?«

Als sie ihren Mund öffnete, um zu antworten, griff er mit einer Hand in ihr Haar und zog ihren Kopf zu sich. Zeitgleich schob er seinen Penis in sie. Ohne Widerstand glitt er in ihre feuchte, warme Höhle. Dann umfasste er ihre Wangen und gab den Rhythmus vor. Rein und raus.

Sophie stöhnte und der Laut vibrierte an seinem Schaft. Ihr saugender Mund zeigte schnell Wirkung. Er hatte große Lust, ihr eine ordentliche Portion in den Rachen zu spritzen, bis sie würgte. Und sie würde alles schlucken müssen.

Seine Fantasie lief auf Hochtouren. Er sah Sophie tatsächlich gefesselt auf seinem Schreibtisch, nackt und wehrlos, die Beine gespreizt. Er würde sie ficken und auf ihr kommen. Dann würde er seine Kollegen holen, die sie ebenfalls nehmen würden, alle reihum. Einer würde sie vögeln, einen anderen würde sie mit dem Mund befriedigen müssen und zwei weitere mit den Händen, bis sie um Gnade wimmerte …

Hastig zog er sich aus ihr zurück. Sein Penis glänzte von ihrem Speichel.

Nein, eigentlich wollte er sie mit niemandem teilen.

»War das schon alles?« Unterwürfig schaute sie zu ihm auf, aber ihre Augen funkelten frech.

Verdammt, sie forderte ihn heraus, und er war kurz davor zu kommen. Er musste sich abkühlen!

»Steh auf«, sagte er möglichst herrisch.

Sie gehorchte erneut.

Philipp drehte sie an den Schultern herum und zog den Reißverschluss bis zu ihrem Hintern herunter. Schwarze Spitzenunterwäsche kam zum Vorschein. Sophie trug einen sündhaften Stringtanga, der ihren prallen Pobacken voll zur Geltung brachte.

Sein Schwanz zuckte erneut. Zu gerne wollte er einmal zwischen diese drallen Hälften stoßen. Alles an ihr war rund und fest. Sophie war kein Klappergestell, sondern eine richtige Frau. Ein Vollweib. Und irgendwas hatte sie an sich, das ihn zu ihr hinzog. Immer, wenn sie sich über den Weg gelaufen waren, hatte er kaum den Blick von ihr abwenden können. Was nicht nur an ihrem Aussehen, ihrem Temperament und ihrer frechen Klappe lag. Nein, da war mehr zwischen ihnen. Als gäbe es eine unsichtbare Verbindung auf mentaler Ebene. Bisher schien sie immer einseitig gewesen zu sein, doch jetzt fühlte Philipp, dass auch Sophie es spürte. Das sah er an ihrem Blick. Erkennen lag darin, und Erstaunen.

Er streifte ihr die Träger von den Schultern, musste allerdings nachhelfen, um das Kostüm über ihre Kurven zu bekommen. Als es endlich zu ihren Füßen lag und sie aus dem Stoff stieg, schluckte Philipp. Ihr Körper war die pure Versuchung. Kein Wunder, dass kein Mann ihr widerstehen konnte.

»Wo bleibt deine Rache, Philly?«, säuselte sie verführerisch und ging mit schwingenden Hüften um ihn herum.

Benutz deinen Verstand, ermahnte er sich, doch seine Gehirnfunktionen waren weitgehend lahmgelegt. Sein Denken konzentrierte sich nur noch darauf, wie er dieses Luder nehmen würde.

Als sie erneut an ihm vorbeiwackelte, packte er sie an den Oberarmen, drehte sie herum und presste ihren Körper gegen die Fensterscheibe, sodass sie beide auf die Straße hinuntersehen konnten. Sein nackter Schwanz, der aus der Hose ragte, bohrte sich zwischen ihre Pobacken.

Sophies Wange berührte das Glas, ihr Atem schlug gegen die Scheibe.

Philipp öffnete den Verschluss ihres BHs und zog ihn herunter, sodass sich ihre nackten Brüste gegen das Fenster drückten. Ob sich ihre Nippel wegen des kühlen Glases zusammenzogen? Aber bestimmt waren sie schon vorher hart gewesen.

Er strich ihr Haar zur Seite und leckte über ihre Ohrmuschel. »Jeder kann dich sehen«, flüsterte er. »Vielleicht beobachtet uns gerade jemand vom Gebäude gegenüber.«

Sophie schloss stöhnend die Augen.

Verdammt, das schien sie auch noch anzumachen!

Er griff hinter sich, holte eine Schere aus der Schublade und durchschnitt kurzerhand die Riemchen ihres Stringtangas.

Sie riss die Augen auf. »Hey, der war schweineteuer!«

»Wie du mir, so ich dir«, raunte er an ihrer Schläfe und riss das Höschen fort.

Philipp schaute nach unten auf die Straße. Ein junger Mann stand zufällig dort und machte mit seinem Handy ein Foto vom Hochhaus. Philipp konnte den glücklichen Zufall kaum fassen.

»Sieh nur, morgen kommst du aufs Titelblatt.«

Gewiss fotografierte der Passant nicht Sophie, sondern das gigantische und beeindruckende X-PRESS-Logo des Verlags, aber das musste sie ja nicht wissen.

Philipp presste sie härter gegen die Scheibe. Er war stärker als sie, doch sie hätte sich wehren können. Aber das tat sie nicht. Diesem Luder gefiel es, wenn man sie sah!

Mist, so eine abgebrühte Frau konnte nichts erschüttern.

Er ließ sie los, und sie wich zurück, blieb jedoch am Fenster. Schnell rollte er seinen Stuhl heran, solange sich der Mann dort unten auf der Straße befand, und hob Sophies Bein an. »So will ich dich haben.« Er stellte ihren Fuß auf die Sitzfläche. »Jetzt kann der Kerl da unten wirklich alles sehen.«

Philipp fuhr von hinten über ihren weiblichen, sanft gewölbten Bauch, dann über ihren Venushügel. Ihre Schamlippen fühlten sich wie warmer Samt an. Unglaublich weich und verletzlich. Dazwischen war sie feucht.

»Vielleicht zoomt er gerade heran. Dann kann er deine Geilheit in Nahaufnahme bewundern.« Er schob einen Finger in sie, dann den zweiten, wobei er ein wenig in die Knie ging, um seinen Schwanz zwischen ihre Pobacken zu schieben. Sophie legte den Kopf zurück. Ihre Lippen waren leicht geöffnet und glänzten verführerisch. Zu gern hätte er seinen Mund auf sie gepresst, um von ihnen zu kosten.

Während er sie fingerte, nahm ihr Stöhnen zu. Philipp schaute über ihre Schulter, um ihre Brüste zu betrachten, die beim Auf und Ab seiner Hand wackelten. Ihre Nippel hatten sich zusammengezogen. Am liebsten hätte er an ihnen gesaugt, bis sie vor Lustpein aufschrie. Er zog die Hand zurück und steckte die Finger in ihren Mund.

»Saubermachen«, befahl er leise.

Widerstandslos gehorchte sie. Ihre Zunge schlängelte sich um seine Finger und leckte den Saft ab. Sophie war eine hingebungsvolle Frau. Doch er hatte sie auch anders erlebt. Dominant. Unnachgiebig. Offensichtlich gefielen ihr beide Rollen. Genau wie ihm. Sie war ihm wirklich verdammt ähnlich.

Der junge Mann war inzwischen weitergegangen, und das Spiel am Fenster hatte an Reiz eingebüßt, aber Sophie saugte an seinen Fingern wie damals an seinem Schwanz. Das Gefühl schoss bis in seinen Unterleib.

Er wollte sie endlich ficken! Nein, er musste, wie er nach einem Blick auf seine Armbanduhr feststellte. In einer halben Stunde hatte er ein Meeting, verdammt.

Langsam zog er die Finger aus ihrem Mund, ließ sie über ihre sündhaft geschwungenen Lippen gleiten, immer tiefer, umkreiste ihre Nippel und machte sie feucht.

Ohne Widerrede ließ sie alles über sich ergehen. Bereute sie wirklich oder spielte sie mit, weil sie einfach immer Lust auf Sex hatte?

Oder fand sie vielleicht Gefallen an ihm?

Sein Puls hämmerte bis in seinen Kopf. Philipp verbot sich, an mehr zu denken. Eine Frau wie Sophie band sich nicht.

Außerdem hatte sie den Ruf einer Nymphomanin. Ein Mann reichte ihr nicht. Er allein würde ihr niemals genügen.

Aber jetzt war sie hier, gehörte nur ihm. Wie weit war sie bereit zu gehen?

Philipp wagte den nächsten Schritt und löste seine Krawatte, die er nur im Büro trug. Damit band er ihre Arme hinter dem Rücken zusammen. Der Knoten würde nicht halten, sollte sie sich wehren, doch allein der Anblick schürte seine Erregung.

Philipp zog sie weg von der Scheibe, hin zu seinem Tisch, fegte Papiere sowie Stifte zur Seite und drückte ihren Oberkörper auf die Platte. Gut, dass er so einen riesigen Arbeitsplatz besaß.

Ihr draller Hintern schwebte nun genau auf Höhe seiner Lenden.

»Vögelst du mich jetzt endlich, oder was?«, fragte sie atemlos, wobei sie einen Blick über ihre Schulter warf.

Alle möglichen Antworten blieben ihm im Hals stecken. Sophies Anblick war einfach zu geil. Auffordernd hatte sie die Beine auseinandergestellt, sodass er zwischen ihren Schenkeln alles sehen konnte: ihre geschwollenen Schamlippen und das Glitzern um ihren Eingang.

Philipp ging hinter ihr in die Hocke, zog ihre Pobacken auseinander und leckte einmal von vorne bis hinten durch ihre Ritze. Mm, sie schmeckte köstlich.

Ihre Beine zitterten. »Bitte, mach's mir endlich«, flehte sie.

Zufrieden grinste er. Diesmal machte er sie schwach. Damit war ja schon etwas erreicht.

Er öffnete seine Hose ganz, sodass sie ihm bis zu den Knien rutschte, und presste seinen Unterleib an ihren Hintern. Sein Schwanz drängelte gegen ihren Eingang.

Die Position auf dem Tisch musste unbequem für sie sein. Sie lag auf ihren Brüsten und die Arme waren verdreht, dennoch schob sie ihm den Po entgegen.

Philipp rieb seine Eichel an ihren Schamlippen, bis sie feucht war, und glitt vorsichtig in sie.

Sophie stöhnte und verkrampfte sich. Sie war eng, und er war gut gebaut. Die Frauen schätzten seinen Umfang. Nicht alle konnten ihn problemlos aufnehmen, aber Sophie schaffte es mit Leichtigkeit. Sie war gut geschmiert. Außerdem hatte sie schon genug Schwänze in sich gehabt, um ordentlich vorgedehnt zu sein.

Der Gedanke, dass sie sich durch die Welt vögelte, gefiel ihm nicht. Er wollte etwas mit ihr machen, was nicht jeder Mann mit ihr getan hatte. Er wollte keine unbedeutende Nummer in ihrem Leben sein, sondern sie sollte sich noch lange an ihn erinnern. Er würde die Aktion auf der Jacht jedenfalls nicht so schnell vergessen.

Während er ihre Pobacken knetete, kam ihm eine Idee. Warum nicht einmal ihr Hintertürchen ausprobieren?

Philipp grinste. Ob ihr das gefallen würde?

Er stieß noch ein paarmal kräftig in sie, sodass Sophie auf dem Tisch durchgeschüttelt wurde, und zog sich dann aus ihr zurück. Sein Schwanz war klitschnass, gut vorbereitet also. Er presste seine Eichel an ihre sternförmige Pforte und wartete ab.

Sophie versteifte sich, protestierte jedoch nicht.

Er übte mehr Druck aus, bis sich der Ringmuskel öffnete und ihn hineinließ. Nur ein winziges Stück.

Sophie zitterte.

»Hiermit hast du noch nicht so viel Erfahrung, was?«, sagte er in einem möglichst abschätzigen Tonfall. Er mochte es, sich wie ein Gebieter aufzuführen, und Sophie schien das ebenfalls zu erregen. Ein dunkles Stöhnen entrang sich ihrem Mund, als er weiter vorstieß.

»Wenn du wüsstest«, murmelte sie.

Immer musste sie ihn provozieren.

Heiß und eng wurde sein Schaft umschlossen. Es kostete Anstrengung, Sophie zu dehnen. Entweder sperrte sie sich oder es war tatsächlich so eng.

»Du bist riesig«, presste sie hervor. Sie wimmerte, ihr Gesicht verzog sich. Hatte sie Schmerzen? Sofort verharrte er und ließ sie sich an seinen Schwanz gewöhnen.

Philipp beugte sich über sie, um in ihr Haar zu fassen. »Jetzt bist du nicht mehr so vorlaut, was?«

»Sei einfach nur ein wenig vorsichtig, ja?«, wisperte sie, die Augen geschlossen.

Philipp war erleichtert. Sie ließ ihn einen Traum ausleben. Bisher hatte es nicht viele Frauen in seinem Leben gegeben, die diese Praktik zugelassen hatten.

Während er eine Pause machte, streichelte er ihr Gesäß und ihre Hüften. Als er fühlte, dass sie lockerer wurde, schob er sich tiefer in sie. Ihre Enge brachte ihn fast um den Verstand.

Stöhnend bog Sophie den Rücken durch, während Philipp weiter in sie glitt, bis zum Anschlag. Sie atmete stoßweise, doch ihr Gesicht entspannte sich. Behutsam glitt er ein Stück zurück und wieder hinein, genoss das herrlich enge Gefühl und war im Himmel.

Er beugte sich zu Sophie hinunter und fuhr unter ihre Brüste. Mit beiden Händen umschloss er die üppigen Hügel, wobei er sie knetete, während er Sophie vorsichtig fickte.

Sie wurde lockerer; er stieß schneller zu, bis seine Hoden bei jedem Hieb gegen ihre Schamlippen klatschten.

Sophie stöhnte ungehemmt.

»Das macht dich richtig geil, wenn ich dich so nehme, was?« Philipp war kurz davor zu kommen. Schweiß lief ihm über das Gesicht, da er sich nur noch mit Mühe zurückhalten konnte. Aber er wollte diese seltene Gelegenheit auskosten, so lange genießen wie möglich.

Ihre Brüste in seinen Händen waren richtig heiß. Philipp zog einen Arm zurück, führte ihn um ihre Hüfte und rieb an ihrem Kitzler.

Sophie bäumte sich auf. »Ja ...«, stöhnte sie. »Fester.«

Ihn hielt nichts mehr. Hart trieb er sich in sie, während er ihre Schamlippen und ihre Klit massierte.

Als sich ihr Anus plötzlich fest zuzog und sich ein Schwall ihrer Lust auf seine Hand ergoss, kam er zum Höhepunkt.

»Sophie«, stöhnte er und wollte sie am liebsten küssen, um ihre Vereinigung noch inniger zu spüren. Der Orgasmus raste durch seine Lenden und schickte ein Kribbeln über seine Wirbelsäule. Jeder Nerv in ihm schien zu schwingen; sein Puls raste. Tief entlud er sich in sie – ein Mal, zwei Mal – und zog sich dann zurück, um die letzten zwei Portionen auf ihren zuckenden Muskel zu spritzen. Das hatte etwas Animalisches und Erniedrigendes, was ihm unheimlich gefiel. Es gab ihm das Gefühl, Sophie überlegen zu sein.

Schwer atmend lag sie auf dem Tisch, die Augen geschlossen. »Das war wirklich eine bittersüße Rache, Philipp.«

Grinsend zog er sich die Hosen hoch. Ihr Hintern würde bestimmt noch eine Weile brennen.

Philipp machte die Krawatte von ihren Handgelenken ab und wischte damit gentlemanlike die Spuren seiner Leidenschaft von ihren Pobacken. Zum Glück hatte er ein paar Ersatzkrawatten in der Schublade.

»Dann sind wir ja jetzt quitt«, meinte sie und drehte sich um.

Wie sie so vor ihm stand, nackt und zerzaust, konnte Philipp nicht anders. Er zog Sophie in seine Arme und küsste sie. Er ließ seine Finger durch ihr Haar gleiten, sein Herz raste erneut.

Diese Frau machte ihn schwach.

Sie erwiderte den Kuss mit Leidenschaft. Aber die währte nur kurz. »Ich muss los«, sagte sie leise. Ihre Wangen waren gerötet, als sie sich voneinander lösten. Sie räusperte sich; er gab ihr Freiraum, damit sie sich anziehen konnte.

Mit wenigen Handbewegungen saß ihr Kostüm. Vor dem Spiegel ordnete sie ihre Haare, zog sich die Lippen nach und hauchte ihm einen Kuss auf die Lippen.

»Wir sehen uns, *chéri.*« Sie sperrte die Tür auf und war Sekunden später verschwunden.

Tief atmete Philipp durch. *Eine Frau wie Sophie kann Mann nicht zähmen,* dachte er grinsend und schlenderte zum Waschbecken, um sich frisch zu machen. Dabei fiel sein Blick auf ihre Zigarette. Früher hatte er nach einem guten Fick immer geraucht. Vielleicht war heute der Tag, um wieder damit anzufangen …

Als Sophie das Gebäude verließ, schaute sie kurz nach oben. Ob Philipp ihr nachsah? Leider konnte sie das nicht erkennen. Die Fassade war verspiegelt, sodass man tagsüber von außen nicht in die Räume blicken konnte. Sie hatte jedoch mitgespielt und die Show genossen. Sex mit Phil war nicht zu verachten. Vielleicht sollte sie ihn öfter besuchen. Irgendwas hatte der Kerl an sich. Und er hatte nichts gegen sie in der Hand, nichts, womit er sie erpressen konnte. Sie hingegen hatte natürlich Bilder zurückbehalten, aber nur, um sich an ihr gemeinsames, erotisches Abenteuer zu erinnern und weil sie sich an Phils Körper nicht sattsehen konnte. Doch sie würde die Fotos niemals mehr gegen ihn einsetzen.

Wobei ... Vielleicht, um noch einmal so ein außergewöhnliches Intermezzo zu provozieren.

Sophie öffnete ihre Handtasche und holte eine Zigarette heraus. Dabei fiel ihr Blick auf einen lilafarbenen Vibrator, der wie ein Delfin aussah. Den hatte sie am Vormittag besorgt. Er erinnerte sie daran, dass sie eigentlich Maren etwas Gutes tun wollte. Ob es ihr endlich besser ging? Die Grippe hatte sie heftiger erwischt als erwartet, und heute Morgen war sie noch nicht aus dem Bett gekommen.

Sophie zündete sich die Zigarette an und stieg in ihr pinkfarbenes VW Cabrio. Sie düste durch Hamburg, ignorierte sämtliche Verkehrsschilder und parkte schließlich neben Marens rotem Smart.

»Maren Janson und Sophie Caprice« stand an der Tür ihres Apartments. Sie teilten sich eine Wohnung in einem schmucken Mehrparteienhaus, seitdem sie sich auf einer Geschäftsreise besser kennengelernt hatten und Freundinnen geworden waren. Zuvor hatte Sophie Maren immer für ein graues Mäuschen gehalten, nur um erstaunt festzustellen, was für eine subtile Verführerin sie eigentlich war.

Nach der Arbeit machten sie gerne Hamburg unsicher, besuchten Bars, Ausstellungen und Konzerte. Hoffentlich war ihre Freundin bald wieder fit. Sophie vermisste ihre gemeinsamen Touren.

Als sie aufsperrte, kam ihr im Flur eine Frau im Trainingsanzug entgegen. Sie sah verschlafen aus. Ihr blonder Bob war durcheinander.

»Entschuldigung, ich hab mich wohl in der Tür geirrt«, sagte Sophie grinsend.

Maren streckte sich und gähnte. »Sehe ich so schlimm aus?«

»*Chérie*, du siehst richtig fertig aus.« Sophie gab ihr links und rechts ein Küsschen auf die Wange. »Geht's dir denn besser?«

Maren nickte und schlurfte in Richtung Badezimmer. »Kein Fieber mehr, nur noch ein wenig schlapp. Ich komme morgen wieder in die Redaktion, Papierkram aufarbeiten. Aber große Sprünge sind noch nicht drin.«

Sophie eilte an ihr vorbei, flitzte ins Badezimmer und stellte ihre Handtasche auf den Toilettendeckel. »Ich werde dich schon aufpäppeln.«

Sie ließ Wasser in die geräumige Wanne laufen und goss duftendes Öl dazu. »Jetzt nimmst du erst mal ein schönes Bad.«

»Das klingt gut.«

Während Sophie die Temperatur des Wassers überprüfte, zog Maren ihren Trainingsanzug aus. Zum Vorschein kam eine schlanke, sportliche Figur.

Im Gegensatz zu ihr ging Maren regelmäßig zum Joggen und fuhr zwischendurch mit dem Fahrrad zur Redaktion. Dementsprechend trainiert war ihr Körper. Maren lebte überhaupt sehr gesund, rauchte und trank nicht. Dennoch hatte ein klitzekleines Virus sie für ein paar Tage ausgeknockt.

In meinem Körper würden sich die Biester vermutlich nicht so wohl fühlen, dachte Sophie schmunzelnd.

Maren schämte sich nicht, sich vor Sophie auszuziehen, dennoch waren die beiden von ihrer Art sehr unterschiedlich. Maren war eher der reservierte Typ. Aber stille Wasser waren bekanntlich tief und Maren hatte schon das eine oder andere Mal bewiesen, dass sie auch anders konnte. Sie hatte nur eine andere Masche, die Männer für sich zu gewinnen. Sie machte gern auf naives Häschen – was sie ganz und gar nicht war.

Sophie stellte das Wasser ab und setzte sich auf den Rand der Wanne, während Maren ins warme Nass glitt. »Hm, das hab ich nach dem ganzen Rumliegen gebraucht.«

Sophie legte die Hände an Marens Nacken. »Du bist auch ganz verspannt.« Während Sophie ihre Freundin massierte, sank diese seufzend tiefer. Unverhohlen betrachtete Sophie ihren nackten Körper. Sie hatte extra ein Badeöl gewählt, das nicht schäumte, damit sie jedes bildschöne Detail im Wasser erkennen konnte. Sophie hegte mehr als freundschaftliches Interesse an Maren, was diese wusste, aber ihre Freundin war leider nur auf der Suche nach dem Mann fürs Leben.

»Tut das gut?«, fragte sie, während sie Öl auf Marens Schulter goss und diese kräftig knetete.

»Hmm, wunderbar.«

Ihre Hände flutschten wie aus Versehen immer wieder über Marens Dekolleté. Klein und fest waren ihre Brüste, so ganz anders als Sophies. Nur eine Hand voll, mit zierlichen Brustwarzen. Dadurch wirkte Maren wie ein unschuldiges Mädchen.

Sophie warf einen Blick auf Marens Venushügel, auf dem bloß ein schmaler Streifen Haare stehengeblieben war. Die Schamlippen waren blitzblank rasiert. Flipper hatte freie Bahn. Wie Maren wohl auf ihn reagieren würde?

Sophie stand auf und holte den wasserdichten Delfinvibrator aus ihrer Handtasche. »Ich hab eine Überraschung für dich.«

»Typisch.« Ihre Freundin verdrehte die Augen.

Für einen Moment versank Sophie in deren blauen Tiefen. Maren war eine attraktive Frau und genau nach ihrem Geschmack.

»Ist doch nur zur Entspannung, Süße.« Sie drehte am Regler, bevor sie wieder am Wannenrand Platz nahm und den Vibrator an Marens Nacken hielt. »Siehst du.«

Maren grinste. »Du brauchst nicht so unschuldig zu tun, ich kenne deine Absichten.« Sie streckte ihren Hals und legte den Kopf zur Seite. »Na ja, das ist wirklich angenehm.«

»Sag ich doch.« Sophie spielte mit dem Delfin an Nacken sowie Schultern und fuhr dann über Marens Brüste.

Diese schielte zu ihr, sagte jedoch nichts.

Sophie ließ den Vibrator um die winzigen Brustwarzen kreisen, bis sie sich zusammengezogen hatten. Nun wirkten die Brüste noch straffer. Sophie hatte große Lust, sie zu berühren.

»Sophie«, murmelte Maren, »könntest du vielleicht aus dem Badezimmer gehen?« Sie grinste verlegen, die Wangen gerötet. »Aber mir den Delfin hierlassen?«

Sophie zog eine Schnute und tat beleidigt. »Hm, das ist aber mein Delfin.«

»Och, bitte.« Ihre Freundin schaute so süß aus, da konnte ihr Sophie nichts abschlagen. Theatralisch seufzend drückte sie ihr den Vibrator in die Hand. »Irgendwann bekomme ich dich schon noch rum«, sagte sie lächelnd und verließ das Badezimmer.

Maren legte den Kopf zurück auf den Wannenrand und ließ den Vibrator genüsslich an den Innenseiten ihrer Oberschenkel entlanggleiten. Sophie hatte sie mit dem Ding ziemlich angeheizt, aber sie war nicht bereit, mit ihrer Freundin Sex zu haben. Einerseits, weil das ihre wunderbare Beziehung gefährden könnte, andererseits, weil sie nicht auf Frauen stand. Sophie war attraktiv, keine Frage, dennoch wollte Maren einen Mann. Ihren Traummann, nach dem sie schon ewig suchte. Ob er ihr irgendwann begegnen würde? Das konnte man nie wissen. Und bis dahin würde sie eben mit sich selbst oder einer kurzen Affäre vorliebnehmen.

Sie ließ das Toy über ihre Schamlippen gleiten und nahm die andere Hand dazu, um sie auseinanderzuziehen, damit ihr Kitzler freilag. Als die vibrierende Schnauze des Silikontieres auf ihre Perle traf, durchzuckte es Maren. In den letzten Tagen hatte sie keine Lust verspürt, doch nun war ihr Verlangen erwacht und sie wollte befriedigt werden. Sie drückte die Spitze in ihre Scheide und genoss eine Weile das angenehme Vibrieren in ihrem Inneren. Aber um zum Höhepunkt zu kommen, brauchte sie mehr. Das schaffte sie meist nur, wenn sie auch ihre Klitoris stimulierte.

Erneut drückte sie die summende Spitze auf die empfindliche Stelle und drehte den Regler ganz hoch. Ihre Libido erwachte schlagartig. Ihr Kitzler kribbelte, das Pochen steigerte sich unaufhörlich und entlud sich schließlich in einem herrlich warmen Höhepunkt. Sexuelle Energie flutete ihren Körper und hauchte ihm neues Leben ein. Genau das brauchte sie jetzt.

Maren stöhnte leise auf, genoss das Abebben ihrer Erregung und schaltete das Gerät aus. Als sie es auf den Wannenrand legte, betrat Sophie das Badezimmer – nackt.

»Das ging flott, Süße, du hattest es ja megadringend nötig.« Sie hockte sich einfach zu ihr ins Wasser, worauf die Wanne beinahe überlief. »Ich hätte dafür sorgen können, dass du es länger genießt.«

»Du bist unverbesserlich.« Grinsend zog Maren die Beine an, um Sophie Platz zu machen. Sie badeten öfter zusammen oder entspannten sich auf ihren gemeinsam Reisen in den hoteleigenen Whirlpools. Da war nichts dabei, und irgendwie fühlte sich Maren fast geehrt, von einer Frau umschwärmt zu werden.

Entspannt legte sie sich zurück. »Und jetzt will ich alle Details. Wie hat Philipp reagiert, als du in sein Büro gekommen bist?«

Sophie lehnte sich ebenfalls genießerisch zurück und begann zu erzählen …

Angelina Kay:

Lagune der Lust

Sophie Caprice saß lässig auf ihrem Stuhl. Die langen Beine übereinandergeschlagen, zog sie an ihrer Zigarette und beobachtete ihren Boss. Er war in einen ihrer Artikel vertieft.

Walter Stein, der Chefredakteur der BLITZ, nickte während des Lesens immer wieder grimmig und murmelte Zustimmung. »Die Schlagzeile sitzt«, lobte er seine Mitarbeiterin. »Genauso habe ich mir das vorgestellt.« Er legte das Manuskript beiseite und sah Sophie eindringlich an.

»Für den nächsten Auftrag braucht es Fingerspitzengefühl. Eigentlich hatte ich an Maren gedacht. Aber sie musste ja unbedingt ihren Urlaub durchboxen.«

Sophie lachte gutgelaunt auf. »Den hat sie sich auch verdient. Bedeutet das, dass ich für dich nur zweite Wahl bin?« Sie sah Walter amüsiert an.

Der winkte ab. »Nicht unbedingt. Nur in diesem Fall wäre Maren tatsächlich geeigneter. Sie ist aufrichtig und zum Umfallen ehrlich.« Walter Stein strich sich über sein schütteres Haar. »Ihr offenes, manchmal schüchternes Auftreten ist das Einzige, was bei dem Kerl ziehen könnte.«

Sophie beugte sich leicht vor. Ihre Neugierde war geweckt.

Walter schob ihr einen Stapel Unterlagen zu. »Es geht um Rudolf Kastens.«

»Der Computerspezialist, der für die Banken arbeitet?«, fragte Sophie und strich sich eine rote Locke aus der Stirn.

»Genau der. Ein schwieriger Fall. Die gesamte Kastens-Sippe hat entschieden was gegen Reporter. Trotzdem kommt Rudolf Kastens um eine Pressekonferenz nicht herum. Es geht um sein Sicherheitssystem. Die Konferenz findet in zwei Tagen in Düsseldorf statt.«

»Könnte sich für unsere Leser als langweilig erweisen.« Sophie blätterte in den Unterlagen. »Warum ausgerechnet er? Sein System ist genial und funktioniert. Das Thema ist doch eher was für Wirtschaftszeitungen. Ohne eine Schlagzeile können wir nicht punkten.«

»Genau darum geht es.« Walter beugte sich weit über seinen Schreibtisch. »Schau mal ein Blatt weiter.«

Sophie überflog die nächste Seite und pfiff durch die Zähne. »Du meinst, wir sollten das wieder aufwärmen?«

»Lieber nicht«, meinte Walter. »Aber bei Kastens sollten wir tiefer graben. Gestern kam ein anonymes Schreiben. Laut Poststempel stammt es aus Kastens Heimatort Cuxhaven.«

»Und was steht drin?«

»Dass Rudolf Kastens im Begriff sei, mit Hilfe der Banken die Kunden zu betrügen. Und dass wir's nicht bereuen würden, wenn wir uns das Ganze mal näher ansähen. Es heißt auch, wir würden demnächst mehr Informationen bekommen.«

»Ich halte nicht viel von anonymen Schreiben«, wehrte Sophie ab. »Zu viel ›würde‹. Das ist nicht unsere Masche.«

»Richtig!«, lachte Walter. »Dennoch könnte an der Geschichte etwas dran sein. Ich will, dass du Kastens unter die Lupe nimmst. Die Konkurrenz war bisher erfolglos. Vielleicht findest *du* die Leiche im Keller.«

Sophie überlegte. »Schwierig. Wo hält sich Rudolf Kastens gerade auf?«

»Seit gestern in Düsseldorf. Er ist im Breidenbacher Hof abgestiegen, wo auch die Konferenz stattfindet. Gleich danach fliegt er in den Urlaub. Wohin, haben wir noch nicht rausgefunden.«

Sophie warf den Kopf in den Nacken. »Dann sollten wir die Tage in Düsseldorf nutzen.« Sie lächelte aufreizend.

Walter Stein nickte zufrieden und griff in die Schublade. Grinsend reichte er ihr ein Ticket. »Dein Flieger geht in drei Stunden. Hotelzimmer ist bereits gebucht. Beeil dich und ... viel Glück.«

Du wirst es brauchen, dachte er noch, als Sophie verschwunden war. Kastens war aalglatt und kalt wie Eis. Maren wäre ihm für diese Aufgabe viel lieber gewesen. Ihre einfühlsame Art wäre bei Kastens vielleicht angekommen. Aber Maren stand der BLITZ momentan nicht als Journalistin zur Verfügung. Leider!

Rudolf Kastens saß mit seinem Cousin René in der Halle des A-Capella-Hotels. Die beiden Männer waren in eine Akte vertieft, als Sophie Caprice, elegant und schön, an ihnen vorbeirauschte. Rudolf schaute von seinen Unterlagen auf.

»Die hat Klasse«, meinte René und folgte seinem Blick. Auch er beobachtete, wie die rothaarige Frau den Portier charmant begrüßte.

Rudolf ließ den Blick auf der Fremden ruhen. Sie war aufreizend und mit einem kurzen Rock bekleidet. Ihr enges Top betonte ihre Figur, der Ausschnitt war ebenso tief, wie ihre schwarzen Halbstiefel hoch waren. Die grünen Augen wurden nicht nur durch den passenden Lidschatten, sondern auch durch die rote Lockenmähne voll zur Geltung gebracht.

»Die hat die Kurven an den richtigen Stellen«, meinte René. »Und der Schwung ihrer Hüfte ist formvollendet.« Es amüsierte ihn, dass sein Cousin noch immer in den Anblick der jungen Dame vertieft war. »Alles vom Feinsten«, fuhr er fort. »Teures Make-up, Designerklamotten, wahrscheinlich ein Model.«

»Für meinen Geschmack etwas zu stark geschminkt.« Rudolf beobachtete, wie der Page die Frau zum Aufzug begleitete. Dort drehte sie sich um, und beide sahen sich in die Augen.

Sophie hielt seinem Blick stand. Sie lächelte ihm verführerisch zu, wandte sich dann ab und stieg mit dem Pagen in den Lift.

»Die nimmt sich, was sie will.« Rudolf riss sich von ihrem Anblick los.

»Genau wie du«, konterte René, der gerade eine eingetroffene SMS auf seinem Handy las. »Alles klar«, meinte er dann. »Der Bürgermeister erwartet uns.«

Als die beiden Männer das Hotel verließen, stand Sophie in ihrem Zimmer am Fenster und schaute hinaus.

»Kommen Sie doch mal her«, bat sie den Pagen, »können Sie mir sagen, wer die Herren dort unten sind?«

Der Hoteldiener trat neben sie. »Das sind die Herren Kastens.«

Sophies Augen blitzten. »Und welcher der beiden ist Rudolf Kastens?« Sie griff in ihre schicke, knallrote Handtasche und fischte einen Geldschein hervor.

»Der Größere.« Der Hoteldiener ließ den Schein in seiner Hosentasche verschwinden. »Der mit den dunklen Haaren.«

»Wissen Sie zufällig, wohin die beiden gehen?«

Der Page nickte und meinte mit verschwörerischer Stimme: »Ganz zufällig hab ich gehört, dass sie einen Termin beim Bürgermeister haben. Das Rathaus ist vom Hotel aus bequem zu Fuß zu erreichen. In zwei Stunden hat René Kastens ein Taxi für den Flughafen bestellt. Er fliegt beruflich nach Mailand. Seine Koffer sind bereits in der Hotelhalle.«

Sophie reichte ihm einen weiteren Schein und entließ ihn mit einer Handbewegung. Erst als er das Zimmer verlassen hatte, öffnete sie ihren Koffer. Ihr Start war nicht schlecht, und Rudolf Kastens gefiel ihr sogar. Allerdings machte er auf sie den Eindruck, dass er nur schwer manipulierbar war. Das rein *zufällige* Zusammentreffen zwischen ihnen musste daher besonders raffiniert ausfallen. Nichts durfte den Verdacht erwecken, dass sie seine Bekanntschaft suchte.

Als Sophie ihren Stringtanga auspackte und in den Schrank räumte, lächelte sie versonnen. Ihr Plan war soeben gefasst. Sie wusste, was sie zu tun hatte.

Sophie hielt sich im Hintergrund, als Rudolf und René Kastens das Rathaus verließen. Es war leicht, den beiden unauffällig zu folgen. Sie waren in ein Gespräch vertieft und schlugen den Weg zurück zum Hotel ein.

Dort angekommen, blieb Sophie auf der Straße stehen, die beiden Männer verschwanden im Eingangsbereich. Durch die Glasfront des Hotels konnte Sophie beobachten, dass Rudolf Kastens seinen Aktenkoffer einem Mann übergab. Wahrscheinlich war das sein Sekretär. Laut Walter Stein nahm er auf Geschäftsreisen immer einen Sekretär mit. René Kastens bezahlte seine Rechnung. Währenddessen wurden seine Koffer zu dem bereitstehenden Taxi gebracht. Rudolf Kastens begleitete seinen Cousin noch hinaus.

Darauf hatte Sophie gehofft. Sie wandte den Herren den Rücken zu und schlenderte gemütlich vom Hotel fort.

Noch immer sprachen die beiden Männer miteinander und achteten kaum auf ihre Umgebung. Sophie behielt mit Hilfe ihres Taschenspiegels das Taxi im Auge. Sie hörte, wie die Tür des Wagens zuschlug, und sah, dass Rudolf Kastens von der Straße zurücktrat.

Das Taxi fuhr an. Sophie ließ den Spiegel in ihre Tasche gleiten. *Hoffentlich ist der Fahrer aufmerksam und reagiert schnell*, dachte sie. Aber sie hatte keine Wahl. Sie musste auf seine Reaktion vertrauen. Noch fuhr das Taxi im Schritttempo. Sie musste handeln, bevor es an Geschwindigkeit gewann.

Kurz bevor der Wagen Sophie erreichte, knickte sie mit ihrem Absatz an der Bordsteinkante um. Sie hörte das Quietschen der Reifen, spürte, wie etwas sie am Bein berührte, dann folgte ein kurzer Schmerz. Mit einem Aufschrei ließ Sophie sich zu Boden fallen.

Der Taxifahrer riss erschrocken die Fahrertür auf und sprang aus dem Wagen. Auch Rudolf Kastens setzte sich in Bewegung. In wenigen Schritten war er bei ihr und kniete vor ihr nieder.

Sophie erkannte an seinem besorgten Gesichtsausdruck, dass ihr Trick funktioniert hatte, und hielt ihr Bein schmerzhaft umschlungen. Zufrieden sah sie, dass ein Teil des Inhalts ihrer Handtasche verstreut vor dem Wagen lag.

»Mein Gott, Sie sind verletzt!«, rief der Taxifahrer.

»Holen Sie den Erste-Hilfe-Kasten«, befahl Rudolf geistesgegenwärtig und drückte ein Taschentuch auf die blutende

Schramme an Sophies Oberschenkel. Bei der Berührung ihres langen Beins wurde ihm heiß. Ihr Rock war hochgerutscht und gab den Blick auf einen fast durchsichtigen Spitzentanga frei.

Der Taxifahrer schaltete den Warnblinker an und brachte den Verbandskasten.

»Es ist meine Schuld«, bekannte Sophie. »Diese dummen Schuhe.« Sie deutete zu René Kastens, der betroffen am Straßenrand stand, und sagte zu dem Taxifahrer: »Bringen Sie lieber Ihren Fahrgast zu seinem Bestimmungsort. Ich komme schon klar.«

»Ich kümmere mich um sie«, nickte Rudolf René zu, während er einen provisorischen Druckverband anlegte.

Sekunden später fuhr das Taxi davon. Rudolf half Sophie beim Aufstehen. Sie strich sich den Rock glatt und sah sich um. Eine Menschengruppe hatte sich am Unfallort versammelt. Erst als Sophie auf den Gehsteig humpelte, zerstreute sich die Menge.

»Soll ich Sie zu einem Arzt bringen?«, fragte Rudolf Kastens, ohne auf seine Umgebung zu achten.

Sophie richtete sich mit beiden Händen die rote Lockenmähne. »Das ist doch nur ein Kratzer. Mein Fußgelenk schmerzt zwar, ansonsten bin ich bis auf den Schreck okay.« Lächelnd sah sie zu ihm auf. »Ich sollte darauf verzichten, beim Gehen in meiner Handtasche zu kramen.« Sie sah ihm direkt in die Augen, den Mund mit den sinnlichen vollen Lippen leicht geöffnet.

Rudolf Kastens fand, dass sie aus der Nähe betrachtet sehr reizvoll war. Rothaarige Modepuppen mit grünen Augen waren zwar nicht sein Typ, aber diese Frau regte seine Fantasie weit mehr an, als ihm lieb war. Der tiefe Schlitz zwischen ihrem üppigen Busen machte ihn an. Er reagierte auf sie, ehe er es verhindern konnte. Rudolf riss sich zusammen. Hier, von Gaffern umgeben, war nicht der richtige Ort für körperliche Reaktionen.

»Sie müssen sich ausruhen.« Er deutete auf die Straße. »Zuerst sollten wir die Fahrbahn räumen.« Als er sich vergewissert hatte, dass sein Schützling ohne Hilfe stehen konnte, sammelte er den Inhalt ihrer Tasche ein. Dabei griff er nach einer ihrer Visitenkarten und warf einen Blick darauf.

Sophie Meller, Schmuckfachhandel

Sophie sah, dass ihre Botschaft angekommen war. Den Presseausweis hatte sie vorsorglich in ihrem Hotelzimmer gelassen.

»Kontrollieren Sie bitte, ob alles vorhanden ist«, forderte Rudolf sie auf.

Sophie tat, was er verlangte, dann ließ sie ihre Handtasche zuschnappen. »Danke, es fehlt nichts.«

Rudolf Kastens reichte ihr den Arm. »Damit Sie nicht erneut umknicken. Diese hohen Treter mit den Pfennigabsätzen sind ja die reinsten Stolperfallen.«

Sophie lachte. »Normalerweise bewege ich mich damit wie im Schlaf.« Sie lächelte ihn an, dass ihm heiß wurde. »Ich heiße Sophie«, fuhr sie fort. »Und Sie?«

Es war ihm recht, dass sie ihm nur ihren Vornamen nannte. »Rudolf«, stellte er sich vor und warf bei dem intensiven Blick in ihre Augen jede Vorsicht gegenüber Fremden über Bord.

»Könnten Sie mich auf mein Zimmer begleiten?« Sophie deutete zum Hotel. »Ich bin hier abgestiegen. Und Sie? Leben Sie in Düsseldorf?«

»Nein.« Rudolf führte sie in den Empfangsbereich. »Ich bin wie Sie Gast dieses Hauses. Und damit Ihr Kreislauf wieder in Schwung kommt, lade ich Sie zu einem Glas Sekt an der Hotelbar ein. Danach muss ich mich leider entschuldigen. Ich habe einen wichtigen Termin. Aber heute Abend …«

»Ja?«, fragte Sophie und sah ihn aufmerksam an. Das klappte ja besser als gedacht.

Sie kann einem verdammt gefährlich werden, schoss es Rudolf durch den Kopf. »Ich möchte Sie zum Essen einladen«, fuhr er fort.

»Die Einladung nehme ich dankend an.« Sophie deutete auf ihre Schramme und den Schmutzfleck auf ihrem Rock. »Heute Abend bin ich nicht mehr so derangiert. Versprochen.«

Rudolf wurde wieder heiß und kalt, als er ihre Beine betrachtete. Diese rothaarige Hexe war dabei, ihn völlig einzunehmen. In Gedanken sah er sie plötzlich nackt nur mit Strapsen bekleidet vor sich liegen, die Beine angewinkelt und einladend gespreizt.

Zur Hölle mit ihr und mir, dachte er. *Ich muss sie haben.*

Der Chefredakteur des Konkurrenzblattes der BLITZ starrte auf die dürren Zeilen des anonymen Schreibens.

Kastens Sicherheitssystem nicht sicher. Hacker konnten den Code entschlüsseln. Die Programmfehler liegen diesem Schreiben als Liste bei.

Er sah die Liste sofort durch und griff zum Telefon. Für diese Sache brauchte er einen seiner besten Reporter. Wenn der Artikel noch in der Abendausgabe erscheinen sollte, war Eile geboten.

Rudolf war alles andere als guter Laune, als er das Hotelrestaurant betrat. Die Nachricht, dass ein Auftrag geplatzt war, hatte ihn bereits verärgert, aber das war nichts, womit er sich lange aufhielt. Nein, die Schlagzeile der Yellow Press, dass sein elektronisches System für die Sicherheit der Banken doch nicht hundertprozentig sicher wäre, hatte ihn in Rage versetzt. Der Artikel strotzte nur so vor unsachlichen Behauptungen und Falschinformationen. Kastens war so wütend, dass er dem Reporter am liebsten den Hals umgedreht hätte. Grimmig nahm er an seinem Tisch Platz und bestellte Champagner.

Als Sophie wenig später das Restaurant betrat, waren alle Blicke auf sie gerichtet. Rudolf Kastens, noch immer misslaunig, war im ersten Moment wie geblendet. Sophie hatte ihren Typ verändert und sah umwerfend aus. Wie auch am Tag war sie geschminkt. Der volle sinnliche Mund leuchtete auffallend rot, genau wie die langen und lackierten Fingernägel. Das grüne Minikleid ließ den Blick auf zwei sexy Beine frei und betonte vor allem ihr Dekolleté. Eine Halskette mit einem rubinroten Anhänger lenkte den Blick geradezu auf ihren wohlgeformten Busen. Die Haare waren zu einem Knoten aufgesteckt, nur eine rote Haarlocke fiel ihr ins Gesicht.

Wie ein Filmstar, schoss es Rudolf durch den Kopf. Er stand auf, als sie zu ihm an den Tisch kam. Rudolf schob ihr den Stuhl zurück und wartete, bis sie bequem saß. Am liebsten hätte er sie jedoch auf der Stelle in sein Zimmer geschleppt und ihr dort die Kleider vom Leib gerissen.

Der Ober holte ihn in die Realität zurück, indem er die Speisekarte brachte. Rudolf dankte ihm, ohne den Blick von Sophie abzuwenden. Obwohl sie mit der Hochsteckfrisur verführerisch aussah, hätte er ihr gern das Haar gelöst und seine Finger in ihren Locken vergraben. Er wollte sie küssen, hart, ja brutal. Diese Hexe legte es doch geradezu darauf an, ihn zu verführen. Und das war auch gut so. Sie war genau das, was er heute Nacht brauchte, um seine Wut auszutoben.

Wie soll ich dieses Essen nur überstehen?, fragte er sich und gab sich gleich selbst die Antwort. *Wie immer. Mit Disziplin und Selbstbeherrschung und der Aussicht, dass sie ihm hinterher mit Haut und Haaren gehörte.*

Sophie war indessen in die Speisekarte vertieft. Als sie ihr Menü gewählt hatte und zu ihrem Gastgeber aufsah, entdeckte sie in seinen Augen eine Glut, die ihre eigenen Gefühle in Aufruhr brachte.

Er will mich, dachte sie triumphierend. *Und er will es auf die harte Tour.*

Die Aussicht, diesen Mann heute Nacht in sich zu spüren, erregte sie. Die Nässe zwischen ihren Beinen war deutlich spürbar. Sie wollte, nein, sie musste ihn haben. Die Vorstellung, ihn zum Wahnsinn zu treiben, törnte sie an.

»Sie sehen wundervoll aus.« Rudolf griff nach seinem Glas Champagner.

Sophie nahm ihres in die Hand. »Danke, du auch.« Sie lächelte, als er bei dieser Anrede nur die Brauen hob. »Ich mag gut gekleidete Männer mit Stil.«

»Und was magst du noch?«

»Unkomplizierte Männer, die nicht lange fragen, sondern gleich zur Sache kommen.«

»Welche Sache meinst du? Eine ganz bestimmte?«

Sophie lachte. »Die auch.« Sie stieß mit ihm an. »Das Leben ist kurz. Viel zu kurz für lange Reden und um sich mit Zweifeln zu plagen.«

»Ganz so einfach ist es aber nicht.« Er nahm ihre Hand.

Sophie umfasste seine mit der anderen. »Doch, das ist es. Und du weißt das. Was hat dich so in Rage versetzt?«

Rudolf lachte. »Dir entgeht wohl nichts.«

Sophie schüttelte den Kopf. »Sprich dich aus.«

»Nein!« Rudolf ließ ihre Hand los und winkte dem Ober.

Sophie erkannte, dass es verdammt schwer sein würde, ihn aus der Reserve zu locken.

Obwohl beide bis zum Äußersten erregt waren, ließen sie sich beim Essen Zeit und flirteten miteinander. Rudolf stellte zufrieden fest, dass Sophie die Kunst der Verführung perfekt beherrschte. Der Augenaufschlag, jede Bewegung und zufällige Berührung, alles war darauf ausgelegt, einen Mann um den Verstand zu bringen. Er ging gern auf ihr Spiel ein, ihre Art war unterhaltsam. Nur ihre Neugierde über das, was er beruflich oder privat tat, ließ er unbefriedigt. Er wollte sich nicht mit ihr austauschen. Seine Angelegenheiten gingen sie nichts an. Er wollte nur eines. Dieses Katz-und-Maus-Spiel beenden.

Als sie gemeinsam den Speisesaal verließen und zum Lift schlenderten, wurde Rudolf vom Portier aufgehalten.

»Da ist ein Herr, der sie dringend sprechen muss.« Er deutete auf einen älteren Mann mit Aktenkoffer, der sich von seinem Sitz erhob.

»Einer meiner Mitarbeiter«, sagte Rudolf zu Sophie. Er wirkte angespannt und nervös. »Entschuldige mich einen Moment, es ist geschäftlich.«

»Aber sicher«, antwortete Sophie. »Falls dir noch nach Gesellschaft ist, weißt du ja, wo du mich findest.« Sie winkte ihm unbekümmert zu und ließ ihn stehen.

Rudolf sah ihr eine Weile nach. Dann riss er sich zusammen und wandte sich seinem Angestellten zu.

Sophie griff nach einem der Fläschchen im Badezimmer und rieb sich das Öl auf ihre noch feuchte Haut. Ihre Brustwarzen stellten sich augenblicklich auf. Sophie war erregt, dennoch ging es in ihrem Kopf bunt durcheinander.

Rudolf Kastens war eine harte Nuss. Er hatte nichts aus seinem Privatleben verraten, auch hinsichtlich seines Berufs hatte er sich nur sehr vage ausgedrückt.

Sophie betrachtete sich im Spiegel. Wie immer war sie mit ihrem Aussehen und ihrer Figur zufrieden. Sie war schlank, wohl geformt, so wie es sein sollte. Ihr Po war knackig und fest und hatte eine ansprechende Form. Die Beine waren schlank und der Busen, ihr bestes Kapital, prall, rund und vor allem straff. Die rosa Brustwarzen waren hart.

Es musste einen Weg geben, mehr zu erfahren. Vielleicht morgen, wenn sie mit ihm fertig war und er nicht mehr wusste, wo ihm der Kopf stand. Vielleicht konnte sie ein Telefonat belauschen oder ein Gespräch mit seinem Sekretär.

Sophie schaute auf die Uhr. Es war Zeit, dass sie sich ankleidete. Sie griff nach ihrem neusten Dessous, ein schwarzes Nichts aus durchbrochenem Stoff und feinen Spitzen. Je nachdem, wie sie sich darin bewegte, konnte man den Busen sehen oder auch nicht. Dann schlüpfte sie in ihre schwarzen Strapse und betrachtete sich im Spiegel. Normalerweise verzichtete sie auf einen Slip, heute entschied sie sich für einen Stringtanga. Noch einmal drehte sie sich nach allen Seiten, griff nach dem hauchdünnen Morgenmantel in hellgrüner Farbe und schlüpfte hinein.

Unterdessen stand Rudolf vor Sophies Zimmertür. Auch er hatte geduscht, sich umgezogen und den Anzug gegen eine bequemere Hose und ein legeres Jackett getauscht. Sein Penis war hart und stand wie eine Eins. Doch jetzt, kurz vor dem Ziel, zögerte er. Vielleicht war es besser, wenn er die Finger von dieser Frau ließ. Nicht nur die Schlagzeile in der Yellow Press, auch die Nachricht von seinem Mitarbeiter im Foyer hatten seine Wut wieder aufleben lassen. Er konnte heute Nacht für nichts garantieren.

Andererseits schien Sophie alles andere als zimperlich zu sein und erweckte nicht den Eindruck, als wäre sie auf Streicheleinheiten aus. Im Gegenteil, sie war genau der Typ Frau, der danach verlangte, dass man sie hart nahm. Und sie war genau wie er auf einen One-Night-Stand aus. Was war dabei, wenn er sich heute Nacht an ihr abreagierte. Sie benutzte ihn doch ebenfalls für ihre Spielchen.

Rudolf hob die Hand, um zu klopfen. Genau in diesem Moment öffnete sich die Tür.

Sophie sah in ihrem grünen Morgenmantel und den aufgesteckten roten Haaren nicht nur wie ein Vamp, sondern aufregend sexy aus. »Lässt du dir immer so viel Zeit?«, fragte sie und deutete in ihr Zimmer.

Rudolf trat ein und schloss die Tür. Sophie hatte für eine gedämpfte Beleuchtung gesorgt und zwei Gläser und eine Flasche Champagner auf den Tisch gestellt. Rudolf setzte sich auf einen Stuhl. Als Sophie an ihm vorüberging, packte er sie und zog sie zu sich auf den Schoß. Sie lächelte verführerisch und fuhr sich mit der Zunge über die Lippen. Wenige Sekunden später spürte er eben diese Lippen auf seinem Mund. Sie waren weich, ihre Zunge fordernd. Rudolf schlang die Arme um sie und presste sie an sich. Während er den Kuss erwiderte, zog er ihr den Morgenmantel aus. Er war erregt und wollte sich nicht lange mit dem Vorspiel aufhalten. Das Jackett warf er auf den Boden, dann fasste er in ihren BH und berührte die pralle Brust. Als er mit den Fingerspitzen über ihre Nippel fuhr, die sich sofort aufstellten, sprang er mit ihr auf.

Sie standen sich gegenüber. Rudolfs Hände wanderten von ihren Armen nach oben, dann löste er den Knoten an ihrem Kopf. Eine Flut rotlockiger Haare fiel ihr über die Schultern.

Sophie streifte den Träger ihres BHs von der Schulter und sah ihn herausfordernd an.

Rudolf umfasste sie und küsste sie leidenschaftlich auf den Hals. Der Kuss würde Spuren hinterlassen, doch Sophie kümmerte es nicht. Im Gegenteil, heute konnte ihr nichts hart genug sein. Dieser Mann war kalt wie Stahl. Kein einziges Wort hatte sie von ihm erfahren. Aber noch war sie nicht mit ihm fertig.

Sophie schlang ein Bein um ihn. Rudolf ließ von ihr ab und öffnete ihren BH. Langsam zog er ihr das raffiniert gearbeitete und durchbrochene Oberteil aus und warf es auf den Boden. Er berührte ihren üppigen Busen mit festem Griff. Dann strich er mit den Fingerspitzen erneut über die Brustwarzen und zupfte daran. Gleichzeitig fuhr er mit seiner anderen Hand durch Sophies lockiges Haar, streichelte über ihren Rücken, um dann ihren Po zu umfassen. Er drückte sie heftig an sich. Der Tanga hinderte ihn nicht daran, sie an dieser Stelle zu streicheln.

Sophie schnurrte wie eine Katze. Dieser Wechsel zwischen hartem Zugriff und zärtlicher Berührung machte sie an.

Seine Finger wanderten weiter nach vorn in ihren Tanga, wo er sie in ihren feuchten Schlitz versenkte. Rudolf ließ seine Finger kreisen und saugte gleichzeitig an ihrer Brustwarze. Sophie schob ihr Becken vor und warf den Kopf zurück.

Rudolf griff ihr unter die Knie, hob sie auf und trug sie zum Bett. Während er sich auszog, beobachtete Sophie jede seiner Bewegungen. Sie selbst lag halb aufgerichtet da, den Oberkörper auf die Unterarme gestützt und sah in ihrer Reizwäsche so sexy aus, dass er es kaum mehr erwarten konnte, sie zu nehmen. Er griff nach dem Tanga und riss ihn ihr vom Körper. Sophie war jetzt nur noch mit schwarzen Strapsen bekleidet. Rudolf fuhr ihr mit der Hand zwischen die Beine, drückte sie weit auseinander und spreizte ihre Schamlippen mit den Fingern. Dann tauchte er mit seinem Mund in ihren Schoß und saugte sich an ihr fest. Sophie begann sofort mit dem Becken zu kreisen.

Kurz bevor sie explodierte, ließ Rudolf von ihr ab.

Sophie griff lachend nach einem Kissen und schlug auf ihn ein. »Sobald es so richtig geil wird, wechselst du die Taktik. Oder bist du erschöpft und brauchst eine Pause?«

»Biest«, erwiderte Rudolf und drehte sie geschickt um.

Sophie kniete nun vor ihm und streckte ihm ihr Hinterteil entgegen. Einladend hob sie ihr Becken, wippte mit dem Po hin und her.

Rudolf packte sie von hinten und drang mit einem heftigen Stoß in sie ein. Er bewegte sich kraftvoll vor und zurück. Seine linke Hand griff nach ihrem Busen und drückte zu. Mit den Fingern massierte er die Brustwarze, die andere Hand massierte die kleine Perle zwischen den Beinen.

Sophie hob den Po so hoch sie konnte und drückte sich ihm gierig entgegen. Rudolf steigerte das Tempo.

Sophie liebte es, heftig von hinten geritten zu werden. Es dauerte nicht lange und beide keuchten. Ein letztes Zustoßen, dann fühlte Sophie, wie er sich in ihr verströmte. Im selben Moment explodierte auch sie. Für einen kurzen Moment kauerte sie sich nieder und genoss die Konvulsionen in ihrer Vagina. Als Rudolf aus ihr herausglitt, drehte sie sich zu ihm um.

»Stehst du das auch länger durch?«, fragte sie provokativ. »Ich will mehr. Und ich will es härter.« Sie lehnte sich aufreizend und mit weit gespreizten Beinen zurück.

»Wie du willst«, meinte Rudolf und riss sie erbarmungslos an sich. Diese rothaarige Hexe war genau das, was er brauchte. Es würde noch eine lange Nacht werden.

Als Uwe Jeneck, seines Zeichens freier Reporter ohne feste Anstellung, kurz nach Mitternacht sein Apartment betrat, gab sein Handy einen längeren Klingelton von sich. Noch während er aus seiner Jacke schlüpfte, las er die eingetroffene SMS.

Rudolf Kastens ist ein Betrüger. Sein System funktioniert nicht. Die BLITZ recherchiert bereits, aber der Bessere gewinnt.

»So ist es«, meinte der junge Journalist und betrat sein Wohnzimmer. »Wenn die BLITZ schon an der Sache dran ist, kann ich mich schleichen.«

Nachdenklich schenkte er sich ein Glas Whisky ein. Diese BLITZ-Journalisten waren durch die Bank große Klasse. Sie verstanden ihr Handwerk. Gegen diese Konkurrenz kam er nicht an. Andererseits könnte er ja trotzdem mal seine Fühler ausstrecken. Offensichtlich legte es jemand darauf an, Rudolf Kastens zu schaden. Ob etwas an den Behauptungen dran war?

Der junge Mann starrte nachdenklich in seinen Drink.

Anonymen Schreibern sollte man nicht unbedingt über den Weg trauen. Aber wenn an den Anschuldigungen etwas dran war, würde die Welt sicher bald darüber aufgeklärt werden. Und zwar von der BLITZ. Wenn es einen Skandal gab, dann würden die ihn aufdecken, dessen war er sich sicher.

Als Rudolf am nächsten Morgen aufwachte, schlief Sophie noch tief und fest. Sie lag neben ihm und atmete in gleichmäßigen Zügen. Rudolf drehte sich zur Seite, stützte sich auf den Ellenbogen und betrachtete ihren schönen Körper. Sophie lag auf dem Rücken, ihre Haut wirkte auf der dunkelgrünen Decke ungewöhnlich weiß. Die eine Hand hielt sie an die Wange gedrückt, und eine Flut roter Locken umrahmte ihr Gesicht. Sophie sah beinahe unschuldig aus.

Rudolf lächelte. Unschuldig war ein Wort, das so ganz und gar nicht zu ihr passte. Sie war heiß und hemmungslos. Er hätte nichts dagegen, wenn er sie noch für ein oder zwei Nächte bei sich behalten könnte.

Rudolf trat die Bettdecke beiseite. Bei dieser Bewegung rührte sich Sophie und öffnete die Augen.

»Schon wach?« Sie fasste nach seiner Hand und lächelte ihn verschlafen an. Ihre Fingerspitzen strichen an seinem Arm entlang und fuhren tiefer bis zu seiner Hüfte.

»Gib dir keine Mühe«, wehrte Rudolf sie lachend ab. »Ich hab einen Termin. Vorher will ich in Ruhe frühstücken.«

»Und nach deinem Termin?«

»Kommt noch einer. Und morgen auch.«

»Und dann?« Sophie richtete sich auf. »Ich hab Urlaub. Eigentlich hatte ich vor, in den Süden zu fahren. Irgendwohin ans Meer.«

»Und jetzt?« Rudolf schwang die Beine aus dem Bett und beobachtete sie. Ihre nackte Haut schimmerte im Licht der Morgensonne wie Porzellan.

»Kommt ganz auf dich an«, meinte Sophie. »Was sagt dein Terminkalender?«

Rudolf zögerte. »Morgen ist mein letztes Meeting. Danach beginnt mein Urlaub.«

Sophie rollte sich auf die Seite und stützte ihren Kopf in die Hand. Dabei sah sie ihn unbekümmert an.

»Zwei Wochen Kreta«, fuhr Rudolf fast gegen seinen Willen fort. Er hob sein Jackett vom Boden auf und hängte es über den Stuhl.

»Kreta klingt nett.« Sophie ließ sich zurück in die Kissen fallen und räkelte sich. »Ich hatte für meinen Urlaub Korfu im Sinn. Mal sehen, was es an Last-Minute-Flügen noch gibt. Karibik wäre auch nicht schlecht.«

Rudolf nickte. Dass sie sich ihm nicht aufdrängte, gefiel ihm. Ein Blick auf die Uhr ließ ihn jedoch hochfahren. »Ich muss noch duschen.«

»Das kannst du doch bei mir tun.« Sophie stand auf und trat nackt auf ihn zu. Rudolf zog sie an sich und küsste sie. Dann verschwand er in ihrem Badezimmer.

Als Sophie das Wasser rauschen hörte, schlüpfte sie in ihren Morgenmantel. Im Jackett von Rudolf hatte sie gestern einen Terminkalender gesehen. Vielleicht stand dort, wo genau er auf Kreta absteigen wollte und mit wem er sich traf. Er war hinsichtlich solcher Informationen äußerst zugeknöpft. Noch ein, zwei Nächte, dann würde ihm sicher einiges entschlüpfen. Wenn sie in seiner Nähe blieb, konnte er nicht verhindern, dass sie irgendetwas mitbekam.

Ein Signalton von ihrem Handy unterbrach ihre Gedanken. Sophie rief die SMS ab. Sie war von Lori Schneider, der Sekretärin von Walter Stein.

Urlaubsort ist Heraklion auf Kreta. Hotel Astoria. Berufliche Treffen sicher, wissen nur nicht, mit wem und wo. Grüße Lori.

Sophie blickte Richtung Bad. Die Tür war verschlossen, das Wasser rauschte. Sofort durchwühlte sie Rudolfs Jackett und griff nach seinem Terminkalender. Aufmerksam blätterte sie in den Seiten. Dabei bemerkte sie nicht, dass ihr Lover die Badezimmertür öffnete und sie beobachtete.

Enttäuscht schloss Rudolf die Tür und presste die Lippen aufeinander. *Also doch*, dachte er. *Immer wieder das Gleiche.* Sobald bekannt war, wo er sich aufhielt, machte sich jemand an ihn heran. Rudolf drehte das Wasser ab. Dass Sophie in seinem Terminkalender herumschnüffelte, störte ihn nicht. Wichtige Dinge verfasste er in Steno. Und seine spezielle Schrift konnten nur er und René entziffern. Er wartete noch einen Moment, dann räusperte er sich und öffnete zum zweiten Mal die Tür.

»Das Bad gehört dir.« Er lächelte gezwungen. »Frühstücken wir zusammen? Ich gehe schon mal vor.«

»Gern.« Sophie strich ihm über die Lippen und schlenderte an ihm vorbei ins Badezimmer. Dass er sie einigermaßen gefühllos anblickte, kümmerte sie nicht. Sie schob es auf sein launisches Temperament.

Rudolf wartete erst gar nicht, bis er das Wasser rauschen hörte. Er öffnete, kaum, dass Sophie verschwunden war, ihre Handtasche. Bald hatte er gefunden, wonach er suchte.

Als Sophie das Badezimmer verließ, stand Rudolf mit zusammengekniffenen Augen im Raum und hielt ihr ihren Presseausweis entgegen.

»Klug eingefädelt«, sagte er kalt. »Vor allem die Inszenierung mit dem Unfall. Der Inhalt der Handtasche verstreut auf der Straße. Die Visitenkarte, die mich in Sicherheit wiegen sollte, dass ich es mit einer Schmuckhändlerin und nicht mit einer Reporterin zu tun habe.« Er schleuderte ihr den Presseausweis entgegen. »Ich bin tatsächlich auf dich reingefallen.« Er lächelte böse. »Aber du hast dich verkalkuliert. Ich sorge dafür, dass kein BLITZ-Mitarbeiter zu der Pressekonferenz zugelassen wird.«

»Das können wir leicht verkraften«, meinte Sophie ungerührt. »Dort geht es sowieso nur um langweilige Details.«

»Richtig, du und deinesgleichen, ihr sucht ja nach dem Dreck, mit dem ihr andere bewerfen könnt.«

Sophie griff nach ihrem Zigarettenetui. »Wir suchen nach Geschichten, nach Tatsachen. Es ist nicht unsere Schuld, wenn sich vieles als Dreck entpuppt.«

Rudolf packte sie am Handgelenk. »Ihr grabt doch nur da, wo ihr Sensationen vermutet. Und ihr habt keinerlei Hemmungen, auch Falschmeldungen herauszubringen.«

»Wir täuschen uns manchmal, okay, aber bei mir gibt es keine Fehlgriffe. Ich erledige meine Arbeit gründlich.«

»Und der Artikel, der besagt, mein elektronisches System funktioniere nicht? Und die Warnung, die Kunden sollten lieber die Finger davonlassen?«

»Ist nicht von mir.« Sophie zündete sich eine Zigarette an. Während sie den Rauch ausblies, sah sie ihn herausfordernd an. »Du hast ein angeblich sicheres System für Banken entwickelt, also stehst du im Interesse der Öffentlichkeit. Wir Journalisten sind dazu da, um zu berichten. Wir kommentieren und informieren darüber, was Sache ist. Vor allem, was, wie und warum du etwas tust.«

Sophie sah in sein hartes, unbeugsames Gesicht. »Du solltest lieber mit *mir* reden. Wenn ich nicht über dich schreibe, tut es die Konkurrenz. Also! Mit wem triffst du dich auf Kreta?«

Rudolf biss die Zähne so fest aufeinander, dass seine Wagenmuskeln hervortraten. »Von mir erfährst du kein einziges Wort.« Er griff nach seinem Jackett und schlüpfte hinein. »Ihr habt schon genug Unheil angerichtet und meine Familie mit falschen Behauptungen diskreditiert.«

»Wo Rauch ist, ist auch Feuer«, meinte Sophie achselzuckend. »Wenn dein System einen Fehler hat, gib es lieber gleich zu. Dann hast du's hinter dir. Ansonsten recherchiere ich ohne deine Hilfe.«

»Sieh zu, wie du deine Informationen zusammenbekommst. Mein System funktioniert. Und wenn du Mist baust, wird sich meine Rechtsabteilung mit dir und deiner aufwieglerischen Klatschzeitung beschäftigen.«

»Wird nicht passieren«, meinte Sophie lässig. »Ich verstehe mein Handwerk.«

»Du übst es aus wie eine Nutte«, entgegnete Rudolf brutal.

Sophie lachte. »Nur weil ich die Arbeit mit dem Vergnügen verbinde. Sei nicht albern.«

Rudolf lief rot an. »Ich will dich nie wiedersehen, kapiert! Und überleg dir genau, was du tust. Ich bin schon mit ganz anderen fertig geworden.«

»Wie interessant.« Sophie lächelte süffisant. »Kannst du mir mehr darüber verraten?«

Rudolf ging zur Tür. »Du bist nicht die Erste, die glaubt, sie könne mich hereinlegen. Es ist bisher weder jemandem gelungen noch gut bekommen.« Die Tür knallte laut ins Schloss.

Mist, dachte Sophie. *Walter wird toben.* Sie dachte einen Augenblick lang nach. Schließlich wusste sie, was sie zu tun hatte.

Wenn Maren die richtige Entscheidung getroffen hatte, war noch nichts verloren.

Er stand auf einem Felsen und sah sich um. Das Klettern in den Bergen hatte ihm seine Ruhe zurückgegeben. Angenehm erschöpft sah er von seinem Platz aus auf das Kloster Gouverneto hinab, das inmitten der Berge beinahe wie eine Festung wirkte. Er wollte gerade weitergehen, als ein Auto vor dem Kloster parkte.

Die Tür des Wagens öffnete sich. Kurz darauf kletterte eine junge Frau vom Rücksitz. In der einen Hand hielt sie einen Rucksack und in der anderen ein Paar Schuhe. Ihr Lachen klang bis zu ihm hinauf und berührte ihn. Daher nahm er sein Fernglas in die Hand und fixierte die junge Dame.

Was er sah, gefiel ihm. Sein Beobachtungsobjekt war groß, blond und bildhübsch. Ihre langen Beine steckten in Jeansshorts, und das enge Top brachte ihre schlanke Figur wundervoll zur Geltung.

Gutgelaunt winkte sie dem Fahrer zu, der gleich darauf anfuhr und ihr »Adío, Kyría Maren!« zurief.

Kurz darauf stöckelte die Angesprochene auf hohen Schuhen zu einem Felsvorsprung und tauschte sie gegen bequeme Wanderschuhe aus. Die High Heels ließ sie im Rucksack verschwinden. Dann stand sie auf, schwang den Rucksack auf ihren Rücken und marschierte zu dem kleinen Pfad, der in Serpentinen stetig nach oben führte.

Als sie dicht an ihm vorbeiging, hatte er sich längst hinter einem Busch versteckt. Von der Nähe aus betrachtet, gefiel sie ihm sogar noch besser. Ihre blonden Haare waren halblang in Form eines hübschen Bob geschnitten und fielen ihr offen auf die Schulter. Sie wirkte unbeschwert und folgte dem Pfad zielstrebig nach oben. Er konnte nicht anders, er musste ihr folgen, obwohl er ahnte, dass es vernünftiger wäre, sofort zurückzugehen.

Maren ist ihr Name, schoss es ihm durch den Kopf. *Wahrscheinlich ist sie auf dem Weg zur Klosterruine.*

Bewundernd beobachtete er ihre elastischen Schritte, die jede Menge Energie verrieten. Auf unerklärliche Weise fühlte er sich von der jungen Frau angezogen.

Etwas Zeit bleibt mir noch, rechtfertigte er sein Verhalten und folgte der Fremden in sicherer Entfernung.

Maren bemerkte nicht, dass sie verfolgt wurde. Sie war ganz in ihre Umgebung vertieft, blieb immer wieder stehen und betrachtete die angrenzenden Hügel. Ihr Pfad schlängelte sich zwischen Bäumen hindurch, und der süße Duft von Orangenblüten mischte sich mit dem von Pinien. Immer wenn sie einen Blick aufs Meer erhaschen konnte, blieb sie eine Weile stehen und streckte ihre Arme nach oben.

Schließlich führte sie ihr Weg zwischen Hügeln und Felsen hinunter zu einer Ruine. Das Moni Katholiko war ein verlassenes Kloster, dessen Kirche weit in eine natürliche Felsenhöhle hineinreichte. Um das Kloster herum wuchsen Olivenbäume, verschiedene bunte Blumen und sogar Orchideen. Die Grillen zirpten in der Hitze der Nachmittagssonne.

Maren betrat die breite Bogenbrücke, die über die Schlucht führte und in deren Senke das Kloster gebaut war. Dort blieb sie erneut stehen und ließ die Landschaft auf sich einwirken. In den Felswänden rundherum gab es zahlreiche Höhlen. Die Schlucht darunter war begehbar und endete direkt in einer Bucht im Meer.

Maren setzte ihren Weg in die Klosterruine fort. An der Marienkapelle blieb sie stehen, öffnete die Tür und verschwand im Inneren.

Auch er näherte sich langsam der Kapelle. Durch die offene Tür sah er, dass die junge Frau eine Kerze anzündete und auf einen Tisch zu ihrer Linken stellte.

Ein Blick auf seine Armbanduhr verriet ihm, dass es bereits zu spät war, sie anzusprechen. Wenn er zu seinem Termin in Chania pünktlich sein wollte, musste er auf der Stelle umkehren. Er zögerte. Schließlich straffte er sich. Er warf noch einen letzten Blick auf Maren, dann trat er den Rückweg an. Erst als er die Straße erreicht hatte, wo er seinen Leihwagen in einer Felsnische geparkt hatte, blickte er zurück. Von der Fremden war auf dem Hügel nichts zu sehen.

Schade, dachte er. Obwohl er sich wünschte, sie wiederzusehen, glaubte er, dass es besser wäre, wenn dies nicht passierte. Warum er das glaubte, konnte er sich nicht erklären.

Währenddessen verließ Maren die Klosterruine. *Auftrag erfüllt*, dachte sie. *Und das gleich am Tag meiner Ankunft. Nun kann mein Urlaub endlich beginnen.*

Sie kletterte hinunter in die Schlucht und wanderte den steinigen Weg weiter bis zur Bucht. Eine sanfte Brise umwehte sie, das Meer glitzerte türkisfarben in der Sonne. Es war ein wundervoller Anblick.

Wahnsinn, dachte Maren. Sie liebte das Meer und freute sich jetzt schon auf die morgige Schiffsfahrt.

Linda Kastens, die Mutter von Rudolf Kastens, saß am Küchentisch und ließ die Zeitung sinken. »Sie greifen ihn schon wieder an«, sagte sie zu ihrem Mann. »Sein System sei nicht sicher. Immer mehr Zeitungen behaupten das.«

Peter Kastens war gerade dabei, das Haus zu verlassen. »Die Presse macht um jede Neuerung erst einmal viel Wirbel«, meinte er. »Unser Junge steht das schon durch. Hauptsache, die Banken wissen, was er leistet. Solange das System gekauft wird und funktioniert, kann ihm kein Reporter mehr was anhaben. Und es funktioniert, ich bin selbst begeistert.« Er küsste sie auf die Wange. »Übrigens beschäftigt sich Rudolfs Rechtsabteilung bereits mit den Verleumdungen.«

Linda biss sich auf die Lippen. »Wenn ich die Zeitung aufschlage und unseren Namen lese, bekomme ich keine Luft mehr. Ich muss dann immer an meinen Vater denken.«

»Das wird kein zweites Mal passieren«, meinte ihr Mann und griff nach seinem Aktenkoffer. »Lass den Kopf nicht hängen. Ich komme heute Abend früher nach Hause.« Er nickte ihr liebevoll zu.

Linda lächelte dankbar zu ihm auf. Doch kaum war ihr Mann verschwunden, erstarb ihr Lächeln und sie barg den Kopf in den Händen. Sie fühlte sich so elend, so müde. Die Ahnung, dass etwas Schlimmes passieren würde, ließ sie nicht mehr los. Es war, als wären die Schatten der Vergangenheit zurückgekommen. Und wie damals krochen Gefühle der Angst und Hilflosigkeit wie giftige Schlangen an ihr empor.

Der Fremde stand an der Reling und schien alles um sich herum vergessen zu haben. Er achtete weder auf die einsteigenden Passagiere, noch reagierte er auf den Tumult und das Drängeln hinter ihm auf Deck.

Maren hatte ihn gleich bemerkt. Sie suchte sich einen Platz in seiner Nähe, lehnte sich über die Brüstung und musterte ihn neugierig. Der düster dreinblickende Mann gefiel ihr. Er war groß und schlank, selbst durch die Kleidung erkannte sie, dass er durchtrainiert und muskulös war.

Maren schätzte ihn auf Mitte 40. Sein Gesicht war markant, die braunen Haare kurz geschnitten. Seine grauen Augen, in denen sie für einen kurzen Moment abgetaucht war, wirkten abweisend, beinahe kalt. Er hatte durch Maren hindurchgesehen und sich danach wieder der offenen See zugewandt. Wahrscheinlich hatte er sie überhaupt nicht registriert.

Maren stellte sich so, dass sie ihn unauffällig betrachten konnte. Erst als das Schiff ablegte, gab sie ihre Beobachtungen auf und blickte nach oben. Über ihr war nur blauer Himmel. Die Sonne brannte heiß auf sie herab.

Endlich Urlaub, dachte Maren. Glücklich versank sie in den Anblick der Wellen, die gleichmäßig an den Bug schlugen.

»Das Meer ist immer wieder faszinierend«, hörte sie plötzlich eine Stimme sagen. Maren hob den Kopf und schaute geradewegs in zwei graue Augen. Es war der Mann, der ihr gleich auf Anhieb gefallen hatte. Jetzt, wo sie ihm direkt gegenüberstand, kam er ihr seltsam vertraut vor.

Der Fremde betrachtete sie mit einer gewissen Zurückhaltung. Es schien, als wäre er vor irgendetwas auf der Hut.

»Ich finde das Meer wundervoll«, antwortete Maren. Sie schaute zurück aufs Wasser und überlegte, an wen er sie erinnerte. Sie kam zu keinem Ergebnis. Als sie erneut zu ihm aufsah, irritierte sie der warme, intensive Blick.

Diese grauen Augen sind der Wahnsinn, dachte sie. *Er gehört eindeutig zu der Sorte Männer, die alles erreichen, was sie wollen.* Wenn ihre Menschenkenntnis sie nicht völlig im Stich ließ, war dieser Mann sogar bereit, dafür über Leichen zu gehen. Sein plötzlich freundlich interessierter Blick konnte sie darüber nicht hinwegtäuschen.

»Sind Sie zum ersten Mal auf Kreta?«, unterbrach er ihre Überlegungen. Seine Stimme war dunkel und melodisch. Maren lief ein Schauer über den Rücken. Es war ein angenehmer Schauer. Ihre Neugierde war nun erst richtig geweckt.

»Den südlichen Teil von Kreta kenne ich, auch die Hauptstadt. Jetzt will ich die Nordküste erkunden. Gestern war ich im nördlichen Teil der Halbinsel Akrotiri.«

»Ich weiß.«

Maren sah ihn überrascht an.

»Ich hab Sie zufällig vor dem Kloster Gouverneto gesehen.« Dass er sie mit dem Fernglas beobachtet hatte und ihr sogar gefolgt war, verschwieg er.

Maren schien erleichtert. »Ich bin von da aus zur Ruine des Klosters Katholiko gewandert. Eine Großtante von mir starb dort vor Jahren an einem Herzanfall. Ich habe meiner Mutter versprochen, in der Marienkapelle eine Kerze für sie anzuzünden.« Sie lachte. »Das kommt davon, wenn man kurz vor dem Urlaub zuhause noch einen Pflichtbesuch absolviert.« Sie blickte wieder hinaus aufs Meer. »Und was ist mit Ihnen?« Maren sah zu ihm auf. »Ist das Ihr erster Besuch auf Kreta?«

»Ich komme öfter hierher.« Er reichte ihr die Hand. »Mein Name ist Rolf Tereg. Vor mir liegen zwei herrliche Wochen Urlaub.«

Maren legte zögernd ihre Hand in seine. »Ich bin Maren Janson. Es heißt zwar immer, dass es keine Zufälle gibt, aber auch ich habe zwei Wochen Urlaub.«

»Sind Sie gut untergebracht?«, wollte er wissen.

Maren nickte. »Mein Hotel liegt wundervoll an einer Bucht mit eigenem Strandzugang. Von meinem Zimmer aus kann ich direkt aufs Meer sehen.«

»Der Beschreibung nach tippe ich auf Hotel Elena?« Er lächelte. »Genau da habe auch ich mich eingenistet. Mir sind diese Bettenburgen zuwider.«

Maren schaute verträumt in die schäumenden Wellen. Der Urlaub versprach interessant zu werden.

»Da wir im gleichen Hotel wohnen«, fuhr Rolf fort, »und uns dadurch sicher öfter begegnen, schlage ich vor, wir verzichten auf das lästige Sie.«

»Warum nicht?«, ging Maren auf seinen Vorschlag ein.

Rolf lächelte zufrieden. »Was hältst du davon, wenn wir –« Das Klingeln von Marens Handy ließ ihn verstummen.

»Entschuldige«, sagte sie irritiert und checkte das Display. Es war eine Nachricht von Sophie.

Für einen Schwatz hättest du dir wirklich einen anderen Zeitpunkt aussuchen können, dachte Maren, während sie unschlüssig auf die Nummer starrte.

»Nimm das Gespräch ruhig an«, meinte Rolf. »Ich besorge inzwischen etwas Kühles zum Trinken.« Er nickte ihr zu und verschwand in der Menschenmenge.

Maren drückte seufzend die grüne Taste. »Was gibt's Sophie? Langeweile schließe ich bei dir eigentlich aus.«

Am anderen Ende ertönte ein helles Lachen. »Wie liebenswürdig du sein kannst. Und das an deinem ersten Urlaubstag.«

»Da bin ich besonders empfindlich«, konterte Maren bissig. »Übrigens bin ich auf Kreta. Jetzt gerade stehe ich an der Reling. Das Meer ist so klar, dass ich bis auf den Grund sehen kann. Es ist blautürkis und wunderschön.«

»Ich weiß, Chérie. Und ich bin froh, dass du dich nicht für Mallorca entschieden hast. Nun sei ein Engel und gestehe. Hab ich dich bei etwas sehr Schönem gestört? Bist du gerade dabei, einen braungebrannten, sexy Hotelboy zu vernaschen?«

Maren war durch die unbekümmerte Reaktion der Freundin gleich versöhnt. »Mit dem Hotelboy liegst du falsch, dennoch stimmt deine Vermutung. Du störst. Sehr sogar. Andererseits hast du für eine Erfrischung gesorgt.«

»Geht er die Drinks holen? Erzähl mir alles. Ein Tourist?«

»Volltreffer. Wir wohnen im gleichen Hotel. Weiter bin ich mit ihm noch nicht gekommen. Fasse dich also kurz. Er kommt sicher bald zurück.«

»Hat er wenigstens einen knackigen Arsch?«

Maren lachte. »Bisher wurde mir mehr die Vorderseite zuteil. Und jetzt Schluss der Debatte. Weshalb rufst du an? Ich hoffe, du willst nur wissen, wie es mir geht.«

»Tut mir leid, Chérie. Ich muss dich auf jemanden ansetzen.«

»Ich bin im Urlaub.« Maren war alles andere als begeistert.

»Gestrichen!«, sagte Sophie gnadenlos.

»Bei der BLITZ hat man nie seine Ruhe. Ich hätte mich für Mallorca entscheiden sollen. Aber wie ich dich kenne, hättest du mich auch von dort fort- und hierhergejagt.«

»Du hast's erfasst«, gab Sophie ohne Reue zu. »Ich hab das Interview mit Rudolf Kastens verbockt.« Sie kicherte. »Um genau zu sein, zu einem Interview ist es erst gar nicht gekommen.«

»Deinem Gekicher nach zu urteilen kam es stattdessen zu etwas handfesteren Sachen?«

»Wie gut du mich doch kennst.« Sophie zündete sich eine Zigarette an. »Die Nummer mit ihm hatte es in sich. Echt scharf, der Mann. Nervig war nur seine Abneigung gegen alles, was nach Presse riecht. Durch einen unglücklichen Zufall hat er mitbekommen, dass ich für die BLITZ arbeite.« Sophie prustete vergnügt in den Hörer. »So schnell ist mir noch keiner abgehauen. Er hat mich von jetzt auf gleich vor die Tür gesetzt.«

»Da ich auch für die BLITZ arbeite, wird mir das Gleiche passieren«, stellte Maren trocken fest.

»Nicht, wenn du es klug einfädelst«, widersprach Sophie. »Walter Stein will das Interview haben. Er tobt, weil der Kerl nicht mitgezogen hat. Wenn wir das nicht wieder hinbiegen, platzt er. Walter setzt seine ganzen Hoffnungen auf dich. Und ich, Chérie, will nur noch eines: Rache. Rudolf Kastens hat mich schnöde abserviert. Das soll er mir mit einer Schlagzeile bezahlen. Lass mich also nicht im Stich.«

Maren seufzte. »Kastens. Das ist doch dieser Typ, der das Sicherheitssystem für Banken und deren Kunden entwickelt hat. Ich weiß nicht viel von ihm. Nur, dass er als schwierig gilt und mit der Yellow Press nichts zu tun haben will.«

»Genauso ist es«, meinte Sophie. »Und sein Computerprogramm gilt als absolut sicher. Das System konnte bisher niemand knacken, trotz gegenteiliger Behauptungen der Konkurrenz. Der Typ ist genial. Und wundervoll böse, wenn er sich hintergangen fühlt. Liefert sicher genug Stoff für mehrere Artikel.« Sie lachte. »Sofern du es schaffst, ihn zum Reden zu bringen.«

»Was hast du herausbekommen?«, fragte Maren.

»Er kommt aus einer Bankerfamilie. Verkehrt ausschließlich mit den oberen Zehntausend und beehrt nur die teuersten Hotels, Restaurants und Läden mit seiner Gegenwart. Die Presse lässt er prinzipiell nicht an sich heran. Operiert lieber im Hintergrund. Wenn dir eine Schlagzeile gelingt, bekommst du von mir einen Orden und wirst als *die* Top-Journalistin ausgezeichnet.«

Sophie berichtete, in welchem Hotel Rudolf Kastens abgestiegen war und was sie genau von der Freundin erwartete.

»Lass auf keinen Fall durchblicken, dass du Reporterin bist«, ermahnte sie Maren zum Schluss. »Weißt du, wie er aussieht?«

»Nur vage«, gab Maren zu. »Es gibt so gut wie keine Fotos von ihm. Ich kann mich an eines mit Sonnenbrille erinnern. Darauf ist allerdings nicht viel zu erkennen. Macht nichts. Der Portier im Astoria ist ein alter Freund. Der hilft mir sicher dabei, diesen Rudolf Kastens kennenzulernen, ohne dass der Gute Verdacht schöpft.«

»Prima, und dann schnappst du ihn dir.« Sophie zog an ihrer Zigarette. »Der Chef lässt ausrichten, dass du die Urlaubstage irgendwann anders nehmen kannst. Und vergiss nicht, immer schön unerkannt und in Deckung bleiben.«

»Ich gebe mein Bestes«, seufzte Maren. »Sophie, ich muss Schluss machen.«

»Okay, Chérie, viel Spaß beim Vernaschen deines Touristen. Und wenn du noch ein Abenteuer suchst, kann ich dir Rudolf Kastens nur empfehlen. Er ist die Begierde und Leidenschaft in Person.« Sie lachte. »Zumindest, solange er nicht weiß, wer du wirklich bist. Dann ist Schluss mit lustig.«

»Kein Interesse«, lachte Maren. »Ich hab einen anderen Fisch an der Leine. Und jetzt lass mich wenigstens meinen ersten Urlaubstag genießen.«

»Bin schon aus der Leitung, Süße«, antwortete Sophie und legte auf. Genau in diesem Moment erschien Rolf mit den Getränken.

Der Tag verging wie im Flug. Maren genoss den Ausflug mit allen Sinnen. Es gefiel ihr, wie Rolf sie ansah, und auch er gefiel ihr. Obwohl sie nur an einem Flirt interessiert war, schlug ihr Herz doch einige Takte schneller, wenn er ihr zärtlich in die Augen blickte. Maren konnte es sich selbst nicht erklären, aber sie fühlte sich auf unerklärliche Weise zu ihm hingezogen.

Als sie am Abend im Hafen von Chania anlegten und von Bord gingen, spazierten sie gemeinsam am Strand entlang und beobachteten die untergehende Sonne. Maren fühlte sich so unbeschwert wie seit Langem nicht mehr. Dass sie morgen ganz früh in die Hauptstadt, nach Heraklion, reisen musste, passte ihr überhaupt nicht. Obwohl sie ihren Beruf liebte, fühlte sie sich in ihrem Privatleben gestört.

Maren tröstete sich mit dem Abendessen und der Hoffnung, dass sie trotz ihres Auftrags noch genügend Zeit mit Rolf verbringen konnte.

***

Wie erwartet verlief der gemeinsame Abend harmonisch. Das Essen war vorzüglich, der Wein, den Rolf gewählt hatte, brillant.

Nachdem der Ober den Tisch abgeräumt und sie beide einen Aperitif getrunken hatten, fasste Rolf nach Marens Hand.

»Ich bin froh, dass ich dir begegnet bin«, gestand er. »Noch vor Kurzem hatte ich beruflich Ärger. Seit heute ist das alles wie weggeblasen.«

Maren sah neugierig zu ihm auf. »Darf ich fragen, wer und was dich verärgert hat?«

Rolf zog die Stirn in Falten. »Lieber nicht. Einer meiner Partner hat etwas sehr Wichtiges vermasselt. Aber lassen wir das. Im Urlaub soll man keine beruflichen Probleme wälzen.«

Maren seufzte. »Wem sagst du das. Aber es ist nicht so leicht abzuschalten.« Sie zögerte kurz. »Was machst du beruflich?«

»Informatik.« Rolf griff nach der Flasche Rotwein und füllte die Gläser.

»Meins bitte nur halbvoll«, sagte Maren. »Der Wein ist gut, aber ich trinke nie viel. Sonst verliere ich die Kontrolle.«

»Kann ich mir nicht vorstellen.« Rolf zog ihre Hand an seine Lippen. »Andererseits würde ich dich gern einmal hemmungslos erleben.«

Maren entzog ihm ihre Hand. »Lieber nicht.«

Rolf sah sie prüfend an. »Es passiert nicht oft, dass man in der heutigen Zeit auf eine so zurückhaltende Frau wie dich trifft. Du wolltest vor dem Essen nicht für einen Drink mit auf mein Zimmer. Ich durfte dich nicht zum Abendessen einladen. Du erlaubst nur, dass wir gemeinsam essen. Du bist bisher jeder näheren Berührung ausgewichen.« Er strich ihr sanft über die Wange.

Maren nahm seine Hand und legte sie zurück auf den Tisch. »Nicht so schnell«, meinte sie. In diesem Moment klingelte ihr Handy. Maren warf einen Blick auf ihr Display. »Nein, nicht das«, stöhnte sie. »Meine Mutter. Sie will sicher wissen, wie es mir hier gefällt. Als ob ich ein kleines Mädchen wäre.«

»Niemand zwingt dich, den Anruf anzunehmen.« Rolf griff erneut nach ihrer Hand. »Mir wäre es auch lieber, wir würden stattdessen gemeinsam zum Strand gehen. Der Mond ist fast voll.«

Maren holte tief Luft. »Es hat keinen Sinn. Ich muss mit ihr reden, sonst nervt sie nur noch.« Sie drückte den grünen Knopf und zuckte mit den Schultern. »Es dauert nur fünfzehn Minuten«, flüsterte sie ihm zu und verschwand mit ihrem Handy auf der Terrasse.

Rolf blickte ihr in Gedanken versunken nach.

Doch nicht so leicht zu erobern, dachte er und griff nach der Serviette. *Fünfzehn Minuten,* schoss es ihm durch den Kopf. *Das genügt.* Er warf die Serviette auf den Tisch und stand auf. Dem Kellner gab er kurz Bescheid, dass er gleich wieder zurück sein würde. Danach ging er in die Halle, betrat den Aufzug und fuhr in den vierten Stock. Als er den Lift verließ, war niemand auf dem Korridor zu sehen.

Rolf suchte nach Marens Zimmertür. Dort zog er eine Plastikkarte aus seinem Jackett und steckte sie vorsichtig in den dafür vorgesehenen Schlitz. Von der Karte war nichts mehr zu sehen.

Rolf nickte zufrieden und ging zurück ins Restaurant. Er hatte gerade seinen Platz eingenommen, als auch Maren wieder auftauchte.

»Tut mir leid, dass du warten musstest.« Maren setzte sich zu ihm an den Tisch. »Meine Mutter hat ein untrügliches Gespür dafür, immer im richtigen Moment anzurufen.«

Rolf lächelte. »Kein Problem. Wir hatten den Hauptgang ja gerade beendet.«

»Das schon, nur unser Gespräch wurde unterbrochen.«

»Da hilft nur eines.« Rolf deutete auf ihr Handy. »Ausschalten. Der Knopf wurde eigens dafür angebracht.«

Maren lachte. »Stimmt. Und was ist mit dir? Droht von deinem Handy keine Unterbrechung?«

»Nein. Ich setze immer Prioritäten. Jetzt bin ich mit dir zusammen. Wer mich erreichen will, soll warten.« Rolf beugte sich vor. Er griff nach ihrer Hand und zog sie sanft an seine Lippen. »Möchtest du noch ein Dessert?« Bei der Frage sah er ihr so tief in die Augen, dass Marens Herz einige Takte schneller schlug. Nach einem Dessert war ihr nicht, eher nach …

Maren entzog ihm ihre Hand. »Durch das Gespräch mit meiner Mutter ist mir der Appetit vergangen. Morgen vielleicht.« Sie schob ihren Stuhl zurück und stand auf. »Für mich wird es Zeit. Aber ich möchte noch etwas frische Luft schnappen.«

Rolf erhob sich ebenfalls. »Darf ich dich begleiten?«

»Das darfst du.« Sie lächelte ihm verführerisch zu. »Aber nur bis zu meinem Zimmer. Die frische Luft genieße ich allein und von meinem Balkon aus.«

Rolf erwiderte nichts, sondern reichte ihr galant den Arm. Ohne ein weiteres Wort begleitete er sie in den vierten Stock. Erst vor ihrer Tür brach er das Schweigen.

»Lädst du mich noch zu einem Drink bei dir ein?« Rolf fuhr ihr sanft mit dem Finger über den Oberarm. Die Berührung war kaum spürbar, aber sie ging Maren durch und durch. Sie fühlte tausend Schmetterlinge in ihrem Bauch tanzen. Warum sie sich noch immer gegen die Gefühle wehrte, die er in ihr auslöste, konnte sie selbst nicht begreifen.

Nicht so schnell! Nicht am ersten Abend, ermahnte sie sich. Am liebsten hätte sie ihrem Verlangen nachgegeben. Aber dieser Mann war ihr eine Spur zu selbstsicher. Es würde ihm guttun, wenn er sein Ziel nicht allzu schnell erreichte. Auch für sie war es besser, wenn sie sich etwas mehr Zeit ließen.

»Es ist spät. Ich muss morgen sehr früh raus.« Maren blickte entschuldigend zu ihm auf.

Rolf hob die Brauen. »Im Urlaub?«

Maren konnte seinem Blick kaum widerstehen. »Es geht um eine Gefälligkeit. Für eine Kundin.«

Er erwiderte nichts, sondern sah sie nur weiter mit einem Blick an, der eine einzige zärtliche Berührung war. Maren riss sich von ihm los. Sie steckte ihre Zimmerkarte in den Öffnungsschlitz. Die Karte sperrte. Offensichtlich war sie schon zu erregt, um eine Tür zu öffnen. Maren riss sich zusammen. Der zweite Versuch gelang. Wenn sie nicht bald aus seiner Nähe kam, würde er sein Ziel noch heute Nacht erreichen.

»Es war ein schöner Tag.« Maren schlüpfte in ihr Zimmer. »Den Drink verschieben wir genau wie das Dessert auf morgen. Jetzt muss ich unter die Dusche.« Sie hielt seinem Blick stand.

»Gute Nacht«, erwiderte Rolf nur und drückte ihr einen

Kuss auf die Wange. Auch dieser Kuss war nur der Hauch einer Berührung. Maren fühlte sich allerdings, als hätte sie einen elektrischen Schlag bekommen. Sie wollte noch etwas sagen, aber Rolf hatte sich schon umgedreht. Ohne zurückzublicken lief er in Richtung Aufzug davon. Stirnrunzelnd schloss Maren ihre Tür.

Dass er so schnell aufgibt, hätte ich nicht geglaubt, dachte sie enttäuscht. Eine Weile blieb sie noch stehen und lauschte, doch draußen im Korridor rührte sich nichts.

»Dann eben nicht«, brummte Maren, schaltete ihr Licht ein und schlüpfte aus ihren Kleidern. Sie betrat die Dusche und stellte den Strahl auf lauwarm.

Währenddessen hatte Rolf den Aufzug betreten und kurz danach wieder verlassen. Er wartete etwas, dann näherte er sich leise Marens Zimmer. Hinter der Tür hörte er das Rauschen des Wassers. Sie war also schon unter der Dusche. Rolf konnte seine Erregung kaum noch unterdrücken.

Wie sie wohl nackt aussieht?, fragte er sich. Maren war eine hübsche Frau. Groß, schlank und mit weiblichen Rundungen an den richtigen Stellen. Ihre Beine waren lang und sexy. Er dachte an ihre samtig weiche Haut und den Schlitz in ihrem Dekolleté. Ihr duftiges Sommerkleid ließ die verborgenen Reize darunter erahnen. Rolf war inzwischen so erregt, dass er es kaum erwarten konnte, ihre nackte Haut zu berühren. Noch einmal sah er sich um. Dann fischte er seine Plastikkarte aus der Öffnungsvorrichtung. Sekunden später steckte er die Karte erneut hinein. Im selben Moment ging die Tür auf.

Rolf betrat Marens Apartment. Ihre Kleider lagen verstreut auf dem Boden. Durch das Rauschen des Wassers konnte sie ihn nicht hören. Sie würde ihn erst im letzten Moment entdecken. Er schlüpfte aus seinen Schuhen, zog sich aus und öffnete leise die Badezimmertür. Im ersten Moment war Rolf überrascht. Der Raum stand vollkommen unter Dampf. Er konnte fast nichts erkennen. Nur durch die Plastikscheiben der Duschkabine sah er undeutlich Marens Konturen.

Hoffentlich erschrickt sie nicht zu sehr, dachte Rolf und näherte sich der Kabine.

Währenddessen ließ sich Maren heißes Wasser über den Körper rinnen. Sie dachte an Rolf und fühlte das Kribbeln in ihrem Schoß.

Ich hätte ihn doch auf einen Drink hereinbitten sollen, dachte sie unglücklich. Dafür war es nun zu spät. Maren atmete tief durch. Rolfs Männlichkeit, seine Selbstsicherheit und unaufdringliche Dominanz zogen sie an. Es machte sie kribbelig, wenn sie nur an ihn dachte. Maren fühlte erneut die Nässe zwischen ihren Beinen. Dass sie den ganzen Tag versucht hatte, diese Tatsache zu ignorieren, grenzte beinahe an Selbstverleumdung. Jetzt war das Pulsieren nicht mehr misszuverstehen. Ihr ganzer Körper verlangte nach ihm.

Morgen passiert es, nahm Maren sich vor. Schließlich hatte sie Urlaub. Halbwegs zumindest. Sie würde für Sophie diesen Rudolf Kastens ausfindig machen und dennoch ihren Spaß mit Rolf haben. Lange würde sie Rolf nicht mehr widerstehen können. Und da sie sich früher oder später so oder so näherkommen würden, konnte das auch früher sein. Am besten morgen. Oder sollte sie ihn noch heute Nacht anrufen?

Maren steckte den Duschkopf in die Halterung und schloss die Augen. Das Wasser rauschte in ihren Ohren. So bemerkte sie nicht, dass die Tür der Kabine geöffnet wurde. Erst als etwas sie an der Hüfte berührte, zuckte sie erschrocken zusammen und riss die Augen auf.

Maren schnappte entsetzt nach Luft. Rolf stand nackt vor ihr. Im selben Moment wurde ihr bewusst, dass auch sie splitternackt war.

»Ziemlich neblig hier«, stellte Rolf fest und schaltete den Strahl auf lauwarm. »Ich fände weniger Dampf angenehmer. Dadurch können wir beide uns sogar sehen ...«

»Wie bist du hier reingekommen?« Maren bedeckte ihre Brüste.

»Durch die Badezimmertür, dann zielstrebig hierher zu dir.« Der Versuch, ihren Busen vor ihm zu verbergen, amüsierte ihn.

»Das meinte ich nicht«, fauchte Maren. »Fang mal im Korridor vor der Zimmertür an.«

Rolf lachte. »Das gelang mir mit einem Trick, den ich nicht verrate.« Er ließ seinen Blick über ihren Körper schweifen. Er fasste nach ihren Händen und zog sie von ihrem Busen fort. »Sehr viel besser«, meinte er und verschlang sie mit seinen Augen. »Genau so habe ich mir das vorgestellt. Nicht nur deine Beine, alles an dir ist wunderschön.« Er sah ihr zärtlich ins Gesicht. Wassertropfen hingen an ihren langen Wimpern, und ihre blauen Augen glänzten. Dass sie groß war, auch ohne ihre High Heels, gefiel ihm. Sein Penis, der sich aufgestellt hatte, berührte hauchzart ihren unteren Schambereich.

Rolf ließ seine Finger über ihre Wange streichen. »Kann es sein, dass du ein kleines bisschen schüchtern bist?« Seine

Fingerspitzen fuhren weiter nach unten über ihren Hals. »Auch wenn ich glaube, dass du mir nicht ganz über den Weg traust, deine Augen verraten mir, was du willst.«

»Ach ja«, erwiderte Maren schnippisch. »Was denn?«

»Dass du mich haben willst.«

Maren schob ihn vor sich. »Bist du dir da ganz sicher? Zu dumm, dass ich dir wirklich nicht traue. Offensichtlich auch zu Recht. Du bist unerlaubt in mein Zimmer eingedrungen.«

»Unerlaubt vielleicht, aber doch nicht unerwünscht?«

Maren wich ein Stück vor ihm zurück, was in der engen Kabine kaum möglich war. Sie presste sich mit dem Rücken gegen die Kacheln und funkelte ihn an.

Rolf umfasste sie, zog sie heftig an sich und küsste sie, dass ihr der Atem verging. Dann ließ er sie abrupt los, lächelte sie zufrieden an und griff nach dem Duschgel.

»Was hältst du davon, wenn ich dich einseife?« Rolf wirkte völlig gelassen. In Wirklichkeit stöhnte er innerlich vor unterdrücktem Verlangen und hätte sich am liebsten auf sie gestürzt. Da Maren ihn noch immer unschlüssig ansah, beherrschte er sich. Immerhin bekam er kein Signal, dass sie ihn ablehnte. Er würde ein Vermögen darauf wetten, dass sie genauso scharf auf ihn war, wie er auf sie.

Da Maren sich nicht rührte, übernahm Rolf weiter die Führung. Er war so unglaublich erregt, dass er die Luft anhalten musste, als er das Duschgel mit beiden Händen auf ihrem Körper verstrich. Er begann mit ihrem Hals, den Schultern, dann verteilte er das Gel über ihren Bauch. Erst danach wanderten seine Hände kreisend zu ihren Brüsten. Ihre Brustwarzen wurden sofort hart und stellten sich auf.

Rolf spürte ihr Verlangen. Es würde sicher Spaß machen,

sie noch etwas zu quälen. Um sie zum Wahnsinn zu treiben, beschäftigte er sich eine Weile nur mit ihren Armen.

Maren schloss die Augen und ließ alles mit sich geschehen. Sie atmete tief, als seine Hände endlich nach unten wanderten und er sich näher an sie herandrückte. Sein Schaft berührte ihren Venushügel. Jetzt glitten auch ihre Hände zu seinem Po, dann von hinten zu seinen Hoden, die sie sanft massierte. Bei jeder ihrer Bewegungen berührten ihre Brüste seinen Oberkörper.

Rolf presste sie an sich. Seine Zunge drang in ihren Mund, während Maren die Arme um seinen Hals schlang.

Rolfs Hände wanderten an ihrem Körper entlang. Bei der Berührung ihrer vollen weichen Brüste konnte er seine Leidenschaft kaum mehr bändigen. Er rieb an ihren Brustwarzen, dann beugte er sich zu ihr und saugte an ihrer rosigen Warze. Maren stöhnte laut auf. Ihre Finger strichen über seinen hoch aufgerichteten Schaft.

Als Rolf sie losließ und das Wasser abschaltete, nahm sie das Duschgel und begann, ihn damit einzuschäumen. Währenddessen wanderten seine Hände über ihren Körper und erkundeten sie mit kreisenden Bewegungen. Die Gefühle, die er dabei entfachte, waren gewaltig.

Rolf schaltete das Wasser erneut an und duschte den Schaum von ihrem Körper. Dabei drückte er Maren immer wieder den Duschkopf zwischen die Beine. Die Massage des Duschstrahls war so angenehm, dass sie ihre Beine weiter spreizte. Als sie es kaum noch ertragen konnte, hängte Rolf den Duschkopf zurück, umfasste ihre Taille und drückte sie an sich. Er spürte deutlich, dass sie jetzt bereit für ihn war. Rolf schob ihr seine Hand zwischen die Beine und liebkoste sie zärtlich. Auch Maren umfasste seinen harten Schwanz.

Rolf glaubte auf der Stelle zu explodieren, doch er hielt sich zurück und steckte zwei Finger in ihren Spalt. Er ließ die Finger kreisen, während Maren seinen Schaft rieb.

»Ich halte das nicht mehr aus, ich will endlich in dich eindringen«, stöhnte Rolf.

»Die Kabine ist so eng«, keuchte Maren. »Lass uns ins Bett gehen. Auf diesem rutschigen Boden wird das nichts.«

»Oh doch!« Rolf wusste, wie er es anstellen musste. Seine Finger glitten aus ihrem Spalt. Er umfasste ihre Taille, drehte sie mit dem Rücken zu sich und schob seinen Schwanz zwischen ihre Beine. Dort rieb er sich an ihr, während seine Hände ihre Brüste umfassten und kneteten.

Auch Maren glaubte, es nicht länger ertragen zu können. Sein Schaft war ganz nahe an ihrem Spalt. Sie wünschte sich so sehr, dass er endlich zustieß. Rolf beherrschte sich weiter. Er rieb sich nur an ihr, während seine Hände ihren Busen massierten und die Brustwarzen zupften. Maren stellte ihre Beine so weit es ging auseinander und drückte ihm ihren Po entgegen. Dabei öffnete sich ihr Spalt.

Für Rolf war das ein Zeichen. Er drückte Maren mit dem Oberkörper nach unten, umfasste ihre Taille und drang tief in sie ein. Maren konnte sich bei seinem ersten Stoß kaum auf den Beinen halten.

Rolf hielt sie fest und vergrub sich in ihrem Schoß. Maren fühlte sich weich an, feucht und heiß. In ihrer Muschi pulsierte es. Er zog sich zurück und stieß erneut zu. Diesmal drang er noch tiefer in sie ein und begann mit langsamen Stößen. Währenddessen kühlte das Wasser ihre erhitzten Körper.

Maren musste sich an der Duschhalterung festhalten, als Rolf das Tempo steigerte. Während er sie immer leidenschaftlicher stieß, knetete eine Hand ihren Busen, während er mit der anderen die geschwollene Perle ihres Lustzentrums massierte. Maren stöhnte vor Geilheit. Ihre Muskeln zuckten, dann war es so weit. Beide wurden im gleichen Augenblick von ihrem Höhepunkt überwältigt.

Marens Schoß zuckte unaufhörlich, als sich Rolf in ihr ergoss. Er presste sie an sich und schaltete den Wasserstrahl aus. »Das wird sonst zu kühl für dich«, flüsterte er zärtlich und streichelte ihr über den Rücken.

»Mir ist nicht kühl«, keuchte Maren. »Ich fühle nur die Hitze meines Körpers. Bleib bitte noch so stehen. Es ist schön, dich tief in mir zu spüren.«

»Finde ich auch.« Rolf hielt sie fest umschlungen.

»Für die zweite Runde sollten wir aber ins Bett gehen«, meinte Maren, als sie wenig später fühlte, wie er wieder hart in ihr wurde. Sie drehte ihren Kopf, um ihn anzusehen. »Mein Wasserbett ist riesig. Willst du es ausprobieren?«

»Darauf kannst du wetten.« Rolf glitt aus ihr heraus. »Ein Wasserbett ist eine würdige Fortsetzung. Ich habe noch einiges mit dir vor.« Er tippt ihr auf die Nase. »So schüchtern bist du zum Glück doch nicht.« Er öffnete die Duschkabine und deutete hinaus.

Als sie sich gegenseitig abgetrocknet hatten, hob er sie auf und trug sie nackt ins andere Zimmer. Behutsam ließ er sie aufs Bett gleiten.

Maren streckte sich, griff nach ihrem Handy und schaltete es aus. »Das hätte ich schon im Restaurant tun sollen.« Sie lächelte zu ihm auf. »Heute gibt es keine Unterbrechung mehr.«

Mit diesen Worten spreizte sie ihre Beine weit auseinander. Ihr Schoß glänzte feucht. Rolf fuhr ihr zärtlich an den

Innenseiten ihrer Schenkel entlang. Maren konnte es kaum erwarten, dass er wieder in sie eindrang.

Rolf ließ sich Zeit. Er vergrub seinen Kopf zwischen ihren Beinen und ließ die Zunge kreisen. Schließlich saugte er so heftig an ihr, dass Maren sich unter ihm wand und voller Lust aufschrie.

Der Wecker riss Maren unsanft aus dem Schlaf. Im ersten Moment war sie verwirrt. Erst als sie durch das geöffnete Fenster das Rauschen der Wellen hörte und Rolfs Körper an ihrem spürte, wusste sie wieder, wo sie war. Sie wollte sich aufrichten, doch Rolf hielt sie fest und zog sie zu sich.

»Bleib noch bei mir«, flüsterte er und vergrub seinen Kopf in ihrem Hals. »Du riechst wundervoll.«

Maren merkte, wie sich sein Penis versteifte.

Entschlossen riss sie sich von ihm los. »Es gibt nichts, was ich jetzt lieber täte«, sagte sie. »Leider hab ich einen wichtigen Termin.«

»Du hast Urlaub«, widersprach Rolf.

»Hatte!« Maren suchte nach ihren Sachen. »Erinnerst du dich an den Anruf auf dem Schiff? Das war mein Chef«, flunkerte sie. »Er schickt mich nach Heraklion. Es geht um Einkäufe für eine wichtige Kundin.«

»Das hast du mir gestern schon erzählt.« Rolf verschränkte die Hände im Nacken und beobachtete, wie sie sich einen Rock, eine kurzärmlige Bluse und passende Schuhe dazu aussuchte. Es gefiel ihm, wie sie nackt und unbekümmert durchs Zimmer lief. So zurückhaltend sie am Anfang gewesen war, gab sie sich jetzt ganz natürlich. Diese Frau war für ihn eine neue Erfahrung.

»Was machst du beruflich?«, unterbrach er die wichtige Überlegung, ob die schwarzen Pumps oder die silbernen passender wären.

»Ich bin Innenarchitektin.« Maren stellte die schwarzen Schuhe zurück in den Schrank. »Unsere Kundin sucht etwas ganz Spezielles. Und wenn ich schon in der Hauptstadt bin, kann ich gleich noch andere Aufträge erledigen.« Maren fand diese Lüge gelungen. So würde sie auch vor Rudolf Kastens auftreten, wenn sie ihm *zufällig* begegnete. Wenn sie allen das Gleiche erzählte, würde es keine Komplikationen geben, weil sie sich verplapperte.

»Damit ist dein Urlaub wohl im Eimer.« Rolf verschränkte die Arme vor der Brust. »Dein Chef nutzt dich aus.«

»Eigentlich nicht«, erwiderte Maren. »Er rechnet mir diesen Urlaub nicht an.« Sie zwinkerte ihm zu. »Schlecht finde ich dieses Arrangement nicht. Tagsüber arbeiten und am Abend mit dir zusammen sein. Vielleicht habe ich dazwischen sogar einen ganzen Tag frei. Dazu der Strand, das Meer und die Sonne.« Maren nahm ihre Kleider. »Ich muss mich beeilen, mein Flieger geht in zwei Stunden. Wir können aber zusammen frühstücken.«

»Und was ist mit duschen? Mir hat das gestern sehr gefallen.«

Maren warf ihm eine Kusshand zu. »Das mach ich lieber allein. Ich darf meinen Flug nicht verpassen, denn ...« Sie sah ihn schelmisch an. »... ich will heute Abend wieder zurück sein. Unbedingt. Und dann gehört die Nacht wieder dir.«

Rolf schwang die Beine aus dem Bett. »Einverstanden, treffen wir uns im Frühstücksraum. Ich bring dich zum Flughafen, und ...«, er hob den Finger, »... heute Abend nimmst du meine Einladung zum Essen an.«

»Wenn du darauf bestehst.« Maren sah ihn zärtlich an.

Für Rolf war das zu viel. Er riss sie an sich und küsste sie, dass ihr der Atem verging.

Als Maren in Heraklion landete, fuhr sie sofort zum Hotel. Der Portier, ein alter Freund von ihr, empfing sie und führte sie zu einer Sitzgruppe. Dort waren sie von einer Pflanzengruppe umgeben und ungestört.

»Du siehst blendend aus.« Nikos schob ihr den Sessel zurecht.

»Danke, du auch.« Maren nahm Platz.

Nikos setzte sich ihr so gegenüber, dass er die Empfangshalle im Auge behalten konnte. »Ich bin alt geworden«, erwiderte er. »Mit 70 laufen einem die jungen Frauen nicht mehr hinterher.« Er zwinkerte ihr fröhlich zu. »Die älteren Damen leider auch nicht.«

»Du willst doch nur nach Komplimenten angeln und hören, dass das gar nicht wahr ist«, stichelte Maren.

Nikos lachte. »Wie gut du mich doch kennst. Ja, das andere Geschlecht hat mich noch nicht ganz aufgegeben. Insofern bin ich froh, dass ich bei Engpässen weiterhin in diesem vornehmen Ambiente arbeiten darf. Vielleicht findet sich am Ende ja doch noch eine einsame Witwe mit Herz und etwas Kleingeld.« Er schlug sich auf die Schenkel. »Und nun verrate mir, was ich für dich tun kann.«

»Ich muss Rudolf Kastens ganz zufällig und ohne dass er Verdacht schöpft kennenlernen. Kannst du mir dabei helfen?«

»Eine heiße Story?«, fragte er unschuldig. »Geheimnisse, Intrigen und so? Da mein Herz seit Jahren für Reporter schlägt, kannst du mit mir rechnen. Nur Indiskretionen unseren Gästen gegenüber will und darf ich mir nicht erlauben. Jeder muss auf seinem Posten das tun, was er tun muss.«

»Kein Problem«, beruhigte ihn Maren. »Du musst mir nur Rudolf Kastens zeigen und mir helfen, ihm unauffällig zu begegnen.«

»Da schlage ich dir die Liftnummer vor. Sobald der Aufzug mit euch beiden losfährt, schalte ich den Strom ab. Der Rest ist deine Sache.«

Ein jüngerer Portier näherte sich ihnen. »Hallo, Nikos. Ich löse dich jetzt ab.«

Nikos sah zu ihm auf. »Weißt du, wo Rudolf Kastens steckt? Laut Eintrag ist er gestern bei uns abgestiegen.«

»Stimmt.« Der andere deutete hinter die Sitzgruppe. »Da kommt er ja.«

Maren und Nikos blickten in die Halle. Ein schlanker Mann verließ gerade den Frühstücksraum. Er schaute zu ihnen herüber und blickte direkt in Marens Augen. Schnell wandte sie sich ab, so als hätte sie ihn nicht bemerkt.

Nikos fuhr kerzengerade in seinem Sessel auf. »Das ist nicht Rudolf Kastens.«

Maren sah überrascht zu Nikos, dann zu dem jüngeren Portier.

»Doch«, widersprach der. »Er hat gestern eingecheckt und mit R. Kastens unterschrieben.« Da ein Gast an der Rezeption wartete, entfernte er sich.

»Was bedeutet das?«, fragte Maren. »Wer ist dieser Mann?«

»René Kastens, sein Cousin und Mitarbeiter.«

Maren war enttäuscht. »Sieht ganz danach aus, als hätte Rudolf Kastens seinen Cousin vorgeschickt.«

»Möglich, dass er möchte, dass alle René für ihn halten.«

»Dieser schlaue Fuchs«, fluchte Maren. »Was jetzt? Ich brauche den echten Rudolf Kastens, nicht jemanden, der sich für ihn ausgibt.«

»Der taucht bestimmt noch auf.« Nikos tätschelte ihre Hand. »Kastens ist Perfektionist. Wichtige Abschlüsse tätigt er selbst, auch im Urlaub. Soviel ich weiß, geht's um ein Riesengeschäft mit internationalen Banken. Du musst nur warten, bis er auftaucht.«

Maren überlegte. »Nur damit du's weißt. Ich bin Innenarchitektin.«

»Gute Tarnung. Du wirst sie bald brauchen.« Nikos grinste und deutete hinter ihren Sessel. »Da schreitet nämlich soeben der echte Rudolf Kastens durchs Hauptportal.«

Maren, die mit dem Rücken zur Halle saß, drehte sich um. Im gleichen Moment wurde ihr siedendheiß. Ihr Herz stolperte, dann raste ihr Puls nur so durch ihre Adern.

»Rolf!«, keuchte sie und ging in Deckung. Er durfte sie nicht sehen, sonst war alles aus.

»Rolf?«, fragte Nikos verwundert.

Maren drückte sich in ihren Sessel. »Sag mir, was er gerade tut.«

»Er geht zum Aufzug und sieht sich um. Jetzt winkt er jemandem zu, der oben auf der Treppe steht und den ich nicht sehen kann.«

Nikos schwieg eine Weile, dann ließ er sich in seinen Sessel zurückfallen. »Du hast's geschafft. Der Aufzug fährt gerade mit ihm nach oben.«

Maren stieß die angehaltene Luft aus. »Bist du sicher, dass das Rudolf Kastens ist?«

»Er war zwar lange nicht mehr hier, aber ja, er ist es.« Er sah in ihr blasses Gesicht. »Wieso Rolf?«

»So hat er sich mir vorgestellt. Als Rolf Tereg. Wir haben uns auf einer Schiffsfahrt kennengelernt. Wir wohnen im gleichen Hotel, in einem Vorort von Chania.«

Maren strich sich die Haare aus der Stirn. »Ich verstehe das nicht. Laut Sophie wollte er doch im Astoria absteigen.«

»Wollte er auch«, bestätigte Nikos. »Sein Zimmer war für vierzehn Tage vorbestellt. Offensichtlich geht er der Presse aus dem Weg. Er schickt seinen Cousin an seiner Stelle hierher, während er selbst woanders unerkannt Urlaub macht. Den Namen Tereg kenne ich nicht. Vielleicht ein Name aus dem entfernten Familienkreis.«

Maren sah überrascht auf. Sophie hatte ihr ein Dossier über Kastens geschickt. Bisher war sie noch nicht dazu gekommen, die Informationen durchzusehen. Dieser Mann, Rolf oder Rudolf, hatte sie so eingenommen, dass sie darüber ihren Job vergessen hatte.

»Was bekümmert dich?« Nikos nahm ihre Hand. »Nun weißt du, wer Rudolf Kastens ist. Und wenn ihr euch bereits kennt und zufällig auch noch im selben Hotel wohnt, ist doch alles in Ordnung. Was stört da ein falscher Name.«

»Du hast recht.« Maren sah alles andere als erleichtert aus. »Wenigstens weiß ich jetzt, warum er mir gleich so bekannt vorkam. Trotzdem wäre ich nie darauf gekommen, dass er Rudolf Kastens ist.«

»Aber du hast ihm eindeutig zu tief in die Augen gesehen.« Nikos betrachtete die junge Frau aufmerksam.

»Nein«, widersprach Maren heftig. »Es ist nur so, dass ich …«

»Dass du ihn magst.«

»Das auch. Und ich will ihn nicht hintergehen.«

Nikos drückte ihre Hand. »Er ist ein interessanter Mann. Dennoch muss ich dich vor ihm warnen. Zu nahe solltest du ihn nicht an dich heranlassen. Er hat ständig was mit Frauen. Bisher ist es noch keiner gelungen, ihn länger an sich zu binden.«

Er zögerte, bevor er fortfuhr. »Nach dem, was so geredet wird, will er sich keine Fesseln anlegen lassen. Er lebt nur für seinen Beruf. Deshalb darfst du auf keinen Fall deinen Auftrag vergessen. Gefühle haben in deinem Job nichts verloren.«

Maren sah unglücklich zu ihm auf. »Das weiß ich auch, aber ich wusste es nicht, als ich ihn kennengelernt habe.«

»Umso besser, dann hast du dir nichts vorzuwerfen. Er spielt schließlich auch mit falschen Karten. Wenn er je erfährt, dass du Reporterin bist, ist es aus.«

Maren dachte an das, was Sophie erzählt hatte. Nikos hatte ihre Lage richtig eingeschätzt. Trotzdem! Rolf zu hintergehen, fiel ihr schwer.

»Flieg wie geplant in dein Hotel«, unterbrach Nikos ihr Gedankenchaos. »Nur von hier solltest du schleunigst verschwinden. Wenn Kastens dich entdeckt, wird er misstrauisch. Dann ist deine Mission gescheitert.«

Nikos stand auf. »Du kommst mit zu mir, und wir essen gemeinsam zu Mittag.« Er zwinkerte verschwörerisch. »Und beim Kochen schmieden wir einen Plan, wie du ihm die Zunge löst. Einverstanden?«

Maren lächelte. Nikos war unverbesserlich. In ihm hatte sie einen Verbündeten gefunden. Mehr sogar, einen väterlichen Freund, der ihren Konflikt verstand.

»Gute Idee«, sagte Maren. »Mein Rückflug geht erst am frühen Abend. Wir haben also viel Zeit für uns.«

Maren saß in ihrem Zimmer im Hotel Elena und sichtete Sophies Unterlagen. Der Familienname von Rudolf Kastens Mutter lautete Geret. Ihr Großvater hatte die Geret-Privatbank gegründet. Erst in der dritten Generation, als Rudolfs Vater die Geschäfte übernahm, wurde sie in die G&K-Fortuna-Privatbank umbenannt und überregional, dann international bekannt.

Maren kritzelte auf ihrem Block immer wieder den Namen Rudolf, der ihr so fremd erschien und so gar nicht zu dem Mann passte, den sie kennengelernt hatte. Plötzlich stutzte sie. Wenn sie das R und die letzten drei Buchstaben zusammenfügte, ergab das Rolf.

Maren betrachtete nun den Namen Geret. Es dauerte nicht lange, und sie hatte auch dieses Rätsel gelöst. Geret war ein Anagramm. Rückwärts gelesen, ergaben die Buchstaben Tereg. Daher Rolf Tereg. Nach allem, was sie von Nikos und Sophie über ihn erfahren hatte, musste er mit der Änderung seines Namens auch seine Persönlichkeit gewechselt haben. Als Rolf war er zuvorkommend und zärtlich. Nur wenn er sich unbeobachtet glaubte, konnte sie in seinen Augen eine gewisse Härte erkennen.

Maren seufzte. Die Rolle der Journalistin gefiel ihr überhaupt nicht mehr. Sie wünschte, Sophie wäre erfolgreich gewesen. Aber dann wäre Rolf wahrscheinlich nie unter falschem Namen in dieses Hotel gekommen, und sie hätten sich niemals kennengelernt.

Das wäre schade gewesen, dachte sie. *Aber wieso?* Maren ging in sich. *Bin ich verliebt?*, fragte sie sich. Ein bisschen *verknallt auf jeden Fall*, musste sie sich eingestehen. Dann dachte sie an ihren Auftrag und an das, was Nikos ihr geraten hatte.

Tu deinen Job! Mit einem Mann wie Rudolf Kastens gibt's für dich keine Zukunft.

Wenn ich schon meinen Job tun muss, dann will ich wenigstens fair bleiben, beschloss Maren. Sie griff nach der Zeitung, rollte sie zusammen und steckte sie in ihre Umhängetasche. Es war die neuste Ausgabe der BLITZ. Aber nicht nur das. BLITZ war der Köder, den sie auswarf.

Ein Blick auf die Uhr ließ Maren zusammenzucken. In knapp einer Stunde war sie mit Rolf verabredet. Sie musste noch duschen und sich hübsch machen. Letzteres nicht nur, damit sich ihr Köder verfing, sondern weil sie ihm gefallen wollte.

Rolf erwartete sie an einem Ecktisch auf der Terrasse. Der Platz war von mit Efeu umrankten Säulen umgeben. Von hier aus hatten sie einen wundervollen Blick über den Strand bis hinunter zur Bucht. Das Meer glitzerte im Licht des Mondes. Auf der Terrasse wurden gerade die Lampions angezündet, während im Hintergrund leise Musik ertönte.

»Endlich!« Rolf stand auf. Er küsste sie auf beide Wangen, dann sehr sanft auf den Mund. Maren spürte erneut den elektrischen Schlag, den seine hauchzarten Berührungen stets bei ihr auslösten. Er schob sie ein wenig von sich fort, um sie genauer zu betrachten. Seine Finger berührten ihr Kinn, dann drehte er ihren Kopf zur rechten, dann zur linken Seite. Maren hatte ihr Haar mit einer Spange am Hinterkopf befestigt, der Nacken war frei.

»Von der Seite betrachtet, siehst du geradezu malerisch aus«, schwärmte Rolf.

»Und von vorne nicht?« Maren hob trotzig das Kinn.

Rolf lächelte und verlor sich weiter in ihren Anblick.

»Soll ich mich einmal um mich selbst drehen?« Maren legte fragend den Kopf schief.

Rolf lachte. »Sieh mal an, schlagfertig auch noch.«

»Wieso auch noch?«

Sein Finger wanderte tiefer zu ihrem Dekolleté. »Mit ›auch noch‹ meine ich deine Hingabe letzte Nacht.« Als er versuchte, den Stoff des Ausschnitts anzuheben, klopfte Maren ihm auf die Finger.

»Ich fühle mich wie ein Verkaufsobjekt. Hör auf, mich in aller Öffentlichkeit zu begutachten.«

Rolf zog sie an sich und küsste sie. »Die Vorstellung, dich zu kaufen, damit du nur mir gehörst, gefällt mir.« Er betrachtete den Schlitz zwischen ihren Brüsten. »Der Preis für eine blonde Schönheit wie dich wäre sicherlich utopisch. Daher würde ich dich vorher gründlich prüfen. Dich verborgen vor aller Augen von deinem Kleid befreien, deine Brüste fühlen und deinen warmen weichen Spalt erkunden.«

Maren fühlte bei diesen Worten die Nässe zwischen ihren Beinen. »Schluss jetzt«, befahl sie lachend. »Ich hatte einen anstrengenden Tag und bin halb verhungert.« Sie hob ihr Handy in die Höhe. »Und«, fügte sie spitzbübisch hinzu, »heute gibt's keine Unterbrechung. Das Ding ist aus.«

»Du lernst schnell.« Rolf schob ihr den Stuhl zurecht. Am liebsten hätte er sie gleich noch einmal berührt und ihr den Nacken geküsst. Sie duftete zart nach Rosen, es fiel ihm schwer, sich zusammenzureißen. Doch der Ober ließ ihm keine andere Wahl und brachte die Speisekarte.

Zwei Stunden später servierte ein Kellner die Aperitifs. Rolf blickte in die goldbraune Flüssigkeit in seinem Glas. Maren nippte an ihrem alkoholfreien Fruchtdrink. Jetzt war der Moment gekommen, die Unterhaltung in andere Bahnen zu lenken.

Maren wühlte in ihrer Umhängetasche und legte wie zufällig eine Zeitung auf den Tisch. Dann kramte sie weiter in einem Fach, angeblich auf der Suche nach einem Lipgloss.

Als Rolf auf die Schlagzeile *Großunternehmer des Steuerbetrugs verdächtigt* starrte, verfinsterte sich sein Blick. »Liest du das etwa?«, fragte er so verächtlich, dass Maren beinahe erschrocken zu ihm aufschaute.

»Was meinst du? Ach, die BLITZ?« Sie lächelte entschuldigend. »Die hab ich wegen Kronprinzessin Victoria gekauft. Meine Lieblingslektüre beim Frisör.«

Rolf trank einen Schluck Kognak. »Tut mir leid, dass ich dich angeblafft habe. Mir sind solche Klatschblätter zuwider.« Er stellte sein Glas auf den Tisch und zwang sich zu einem Lächeln. »Ich entdecke ständig neue Seiten an dir.«

»Ich hab eine Schwäche für adlige Damen. Und ...«. Maren lächelte verlegen, »für die Einrichtung ihrer Häuser.« Sie wartete kurz, bevor sie weiterredete. »Es mag dir seltsam erscheinen, aber unsere Kunden orientieren sich an Persönlichkeiten aus der High Society. Schon von daher muss ich auf dem Laufenden sein.«

»Verständlich. Man muss die neuesten Trends im Auge behalten. Nur ...« Er starrte auf die Zeitung auf dem Tisch.

»Was nur?« Marens Herz begann schneller zu klopfen. Was, wenn er das Thema abrupt wechselte? Er konnte kaum verbergen, dass er verstimmt war.

»Nichts«, beruhigte Rolf sie.

Maren umfasste seine Hand. »Hast du was gegen Adlige?« Als er nichts erwiderte, wagte sie einen weiteren Vorstoß. »Bist du etwa schon mal in die Schlagzeilen geraten?«

Rolf lachte böse auf. »Nicht direkt ich, aber ... lassen wir das.«

»Hat dir eine Zeitung geschadet?« Maren hoffte, dass er endlich redete. Es sah nicht danach aus. »Ich kann bisher eigentlich nur Gutes über die Presse berichten«, fuhr sie fort. »Jede Reportage über die Inneneinrichtung einer Villa oder eines Schlosses steigert die Nachfrage nach fähigen Innenarchitekten. Und ein bisschen Klatsch gehört dazu und schadet niemandem.« Maren hoffte, dass sie die richtige Taktik angewandt hatte. Wenn nicht, hatte sie alles verdorben.

»Klatsch kann sehr wohl schaden«, erwiderte Rolf. Er schien den Köder geschluckt zu haben. »Vor allem, wenn alles gelogen ist.«

»Ja, so was ist natürlich schlimm«, gab Maren zu. Sie wartete, bis er von sich aus weiterredete. Es war wichtig, dass sie ihn nicht bedrängte.

»Ich verachte die Presse«, sagte er plötzlich kalt. Er zögerte, dann brach es aus ihm heraus. »Eine Boulevardzeitung hat meinen Großvater ruiniert.«

Marens Herz stolperte. Jetzt hatte sie ihn genau da, wo sie ihn haben wollte. *Bedräng ihn nicht*, ermahnte sie sich. *Er hasst es, wenn man ihm Fragen stellt. Also stell ihm keine. Er muss entscheiden, ob er redet oder nicht. Er braucht diese Freiheit.*

»So etwas ist furchtbar«, flüsterte sie daher nur. »Das tut mir leid.« Sie streichelte ihm über den Handrücken. Jetzt den Mund zu halten und geduldig abzuwarten, fiel ihr schwer. Aber sie schaffte es, die Reporterin in ihr war wieder voll erwacht.

Endlich brach er das Schweigen. »Mein Großvater wurde beschuldigt, Geld veruntreut zu haben. Diese Schlammschlacht ging über mehrere Wochen, und die falschen Anschuldigungen haben seine Firma beinahe ruiniert. Er bekam einen Herzinfarkt und starb, noch bevor wir die Wahrheit beweisen konnten.« Rolf schluckte. »Sein Tod hat uns sehr mitgenommen, aber es kam noch schlimmer. Die Presse schrieb von Selbstmord, behauptete, sein Freitod wäre ein Schuldeingeständnis. Sogar unser Hausarzt wurde verdächtigt, den Totenschein gefälscht zu haben. Und nachdem wir die Unschuld meines Großvaters endlich beweisen konnten, erfolgte die Zurücknahme aller Behauptungen in Form einer winzigen Gegendarstellung.«

Er strich sich über die Stirn. »Kannst du dir vorstellen, wie wir uns gefühlt haben?«

Maren nickte stumm. Sie kannte die Details schon. Rolf sprach zwar von einer Firma, meinte damit aber die Privatbank seiner Familie.

»Das ist schrecklich«, flüsterte Maren. »Konnte man die Reporter nicht zur Rechenschaft ziehen?«

Rolf lachte humorlos auf. »Nach den Worten des gegnerischen Anwalts haben die nur ihren Job gemacht. Es lebe die Pressefreiheit. Die Öffentlichkeit hat schließlich ein Recht darauf, informiert zu werden …« Düster starrte er in sein Glas.

Verdammt, dachte Maren. *Er redet nicht. Das Wort Bank kommt gar nicht über seine Lippen. Ich werde genauso wenig herausfinden wie Sophie.*

»Nachdem die Presse uns in Ruhe ließ, ging es mit der Firma langsam wieder aufwärts«, fuhr er fort. Maren fühlte, dass er Mühe hatte, seinen Zorn zu unterdrücken. »Aber was nützt eine Geschäftserweiterung, wenn unschuldige Menschen dabei sterben?«

Maren sah überrascht auf. »Menschen?« Sie wagte kaum zu atmen. Von mehreren Todesfällen wusste sie nichts.

»Meine Großeltern starben, weil andere die Sensationsgier der Massen befriedigen wollten und nicht gründlich recherchiert hatten«, unterbrach Rolf ihre Gedanken. »Die Anschuldigungen standen immer nur als Möglichkeit im Raum. Als ob das nicht schon Anklage genug ist.« Er umfasste sein Glas mit beiden Händen. »Und mein Onkel ...«

Der Blick, mit dem Rolf sie jetzt ansah, erschreckte Maren. Darin lag so viel Wut, aber auch Trauer, dass sie es kaum fassen konnte. Fassen konnte sie auch das folgende Geständnis nicht, das aus Rolf geradezu herausbrach.

»Wenigstens konnten wir verhindern, dass das betrügerische Handeln meines Onkels bekannt wurde. Sonst hätten uns die Boulevardblätter erneut in die Schlagzeilen gebracht und ohne Gnade ein weiteres Mal zugeschlagen.«

Maren musste sich zusammenreißen. Diese Andeutung war ja unglaublich. »Was ist passiert?«, fragte sie aufgeregt.

Rolf biss die Zähne zusammen. »Mein Onkel war wütend über die Reporter, die unerlaubt auf der Beerdigung meines Großvaters fotografieren wollten. Er hat sie verjagt. Am Abend war er so außer sich, dass er sich betrank. Noch in dieser Nacht verunglückte er tödlich. Niemand von uns ahnte damals ...« Rolfs Blick wurde hart. »Mein Onkel hatte Angst, dass die Medien herausfinden, dass er den Konkurs seiner Firma zu verantworten hatte. Laut seinen Unterlagen ließ er sich für die feindliche Übernahme bezahlen.«

»Ihr habt das erst nach seinem Tod herausgefunden?«, fragte Maren atemlos.

Rolf nickte. »Und geheim gehalten. Wir hatten genug von all den Negativ-Schlagzeilen. Meine Oma hat das alles so sehr mitgenommen, dass auch sie wenige Wochen später starb.«

Rolf umfasste Marens Hand mit warmem Druck. »Ich weiß, dass du nie mit anderen darüber reden wirst. Es ist seltsam, aber dir vertraue ich.«

Maren war bei diesen Worten geradezu bestürzt. In ihrem Kopf wirbelte alles durcheinander. Das war es also, was er verbarg. Das war es, was ihn und seine Familie erneut in die Schlagzeilen bringen konnte. Unverhofft war sie auf ein Familiengeheimnis gestoßen.

Betrug!, musste sie immer wieder denken, und seine letzten Worte klangen in ihr nach. *»Es ist seltsam, aber dir vertraue ich.«*

Nein, dachte sie. *Obwohl dies eine unglaubliche Entdeckung ist, darf ich ihn nicht verraten.*

Maren versprach es ihm in Gedanken. Aber jetzt galt es dringend etwas zu finden, das sie stattdessen herausbringen konnte. Etwas Positives vielleicht?

Als Maren in Rolfs graue Augen sah, die jetzt fast schwarz und wie im Fieber glänzten, fühlte sie sich trotz ihrer guten Vorsätze elend. Walter Stein, der Chefredakteur der BLITZ, war nicht an positiven Berichten interessiert. Er wollte Schlagzeilen. Er wollte Skandale. Ganz gleich, wie Maren sich dabei fühlte.

Wie eine Verräterin, schoss es ihr durch den Kopf. *Es muss eine Lösung für dieses Dilemma geben. Es muss …*

Rolf und Maren blickten stumm über die Terrasse hinaus aufs Meer. Rolf war nach seinem ungeheuren Geständnis offenbar beunruhigt, also ließ sie ihn in Ruhe. Kurz vor Mitternacht begleitete er Maren zu ihrem Zimmer.

»Tut mir leid, dass ich heute kein guter Gesellschafter bin. Morgen muss ich auch noch für eine Besprechung in die Hauptstadt. Danach bin ich sicher wieder zu gebrauchen.«

»Du musst dich nicht entschuldigen«, beruhigte ihn Maren. »Es muss furchtbar sein, wehrlos falschen Beschuldigungen ausgesetzt zu sein.« Sie streichelte ihm über die Wange.

Rolf hielt ihre Hand fest. »Sei mir nicht böse, aber ich will jetzt allein sein.« Er presste sie kurz an sich, ließ sie dann abrupt los und drehte sich um.

Maren wartete noch, bis er im Aufzug verschwunden war. Sofort ging sie zu Bett, doch ihre Gedanken wirbelten so wild durcheinander, dass sie nicht schlafen konnte. Unruhig warf sie sich hin und her. Um zwei Uhr stand sie auf und lief zum Fenster. Draußen war niemand zu sehen.

Er bereut es, dass er mir sein Familiengeheimnis anvertraut hat, dachte sie und schaute auf das Meer, dessen Oberfläche sich durch eine sanfte Brise kräuselte. *Warum hat er das getan?*, fragte sie sich. Maren kam zu keinem Ergebnis. Schließlich hielt sie es im Zimmer nicht mehr aus und schlüpfte in ihren Morgenmantel.

Als Maren sich wenige Meter vom Hotel entfernt hatte, blickte sie zurück. Bis auf den Empfang lagen die Fenster des Gebäudes im Dunkeln. Auch hinter Rolfs Fenster brannte kein Licht. Maren atmete tief durch, drehte sich um und lief davon.

Rolf konnte nicht schlafen. Er stand am Fenster und lehnte die Stirn an das kühle Fensterglas.

Was ist nur in mich gefahren?, fragte er sich immer wieder. Er konnte sich selbst nicht begreifen. Was hatte Maren nur an sich, dass er ihr einfach so sein größtes Geheimnis anvertraut hatte?

Das ist keine Frau, die über Leichen geht, beruhigte er sich selbst. *Aber was, wenn sie nur eine gute Schauspielerin ist?*

In diesem Moment sah er eine Gestalt aus dem Hotel huschen. Sein Körper straffte sich. Die Gestalt blieb an der Laterne stehen und drehte sich um.

Maren!, dachte er erschrocken. *Was tut sie mitten in der Nacht allein da draußen? Das sollte sie nicht tun.* Im gleichen Moment stutzte er. *Sie trifft sich mit jemandem*, schoss es ihm durch den Kopf. *Verdammt, wenn das auch eine Journalistin ist, wie diese rothaarige Hexe in Düsseldorf …*

Rolf biss die Zähne zusammen und schlüpfte in seine Jeans. Er musste herausfinden, ob und mit wem Maren sich traf. *Wenn sie Reporterin ist, dann ist es ohnehin zu spät*, dachte er. Er verließ gerade noch rechtzeitig das Hotel, um zu sehen, wie Maren den Weg nach links einschlug. Dann war sie auch schon hinter einer Baumgruppe verschwunden. Rolf heftete sich an ihre Fersen und folgte ihr unbemerkt durch die Nacht.

Eine halbe Stunde später erreichte Maren die abgelegene Bucht, die sie schon von einem früheren Spaziergang kannte. Die Nachtluft tief einatmend, blieb sie stehen und sah sich um. Der weiße Sandstrand schimmerte hell im Licht des Mondes, und eine leichte Brise kühlte ihre Wangen. Eine größere Welle rollte gefolgt von kleineren an den Strand und umspülte ihre Füße. Das Rauschen der Wellen, der Wind und die Atmosphäre bei Nacht gaben Maren ihre innere Ruhe zurück.

Für einen kurzen Moment vergaß sie ihren Auftrag und versank stattdessen in den Anblick der Wellen, die schäumend in eine sanfte Brandung ausliefen. Als eine größere Welle ihr bis zu den Knien spritzte, sah sie sich nach allen Seiten um. Es war niemand zu sehen. Offensichtlich war dieses Fleckchen Erde tatsächlich ein Geheimtipp, von dem kaum jemand wusste. Ideal, um sich wie im Paradies zu fühlen.

Maren konnte der Versuchung nicht widerstehen. Sie ließ ihren Morgenmantel vom Körper gleiten und hinter sich in den Sand fallen. Nackt wie sie war, lief sie der Brandung entgegen. Als ihr das Wasser bis zur Hüfte reichte, warf sie sich mit weit ausgestreckten Armen in die Wellen und schwamm mit kräftigen Zügen hinaus aufs Meer.

Rolf stand indessen hinter einem Felsen und beobachtete Maren, die sich mit kräftigen Zügen immer weiter hinauswagte und vom Strand entfernte.

Ich hab ihr Unrecht getan, schoss es ihm durch den Kopf. Sofort tat ihm sein Verhalten leid, doch sein Misstrauen blieb. Um sicherzugehen, dass Maren nicht doch noch mit jemandem verabredet war, blieb er an seinem Platz stehen und wartete. Doch solange er auch wartete, niemand kam.

Das kommt davon, wenn man keine Seele an sich heranlässt, dachte er und bohrte seine Zehen in den Sand. Bei Maren war es von Anfang an anders gewesen. Bei ihr hatte er alle Warnungen in den Wind geschossen.

Rolf näherte sich dem Ufer, ohne Maren aus den Augen zu lassen. *Mach gut, was du heute Abend versaut hast*, dachte er.

Entschlossen schlüpfte er aus seiner Hose und lief der Brandung entgegen. Wenig später warf er sich mit einem Kopfsprung in eine höhere Welle und tauchte ab.

Maren war weit hinaus geschwommen und ließ sich auf dem Rücken liegend im Wasser treiben. Durch die Brandung konnte sie nicht hören, dass Rolf wenige Meter von ihr entfernt auftauchte und mit kräftigen Schwimmstößen auf sie zusteuerte. Kurz bevor er sie erreichte, tauchte er wieder unter.

Maren drehte genau in diesem Moment den Kopf in seine Richtung. Sie konnte nichts Genaues erkennen, sah aber, dass etwas Großes direkt auf sie zuschwamm.

Sie stieß einen Schrei aus. Sie zappelte, verlor ihr Gleichgewicht und tauchte unter. Voller Panik kämpfte sie sich wieder nach oben. Schon berührte sie etwas an der Hüfte. Maren schrie erneut, schluckte Wasser und schlug verzweifelt mit ihren Armen und Beinen um sich.

»Nicht aufregen, ich bin's nur!«, rief Rolf und presste sie an sich. »Keine Angst, ich bin bei dir und halte dich.«

Maren schlang die Arme um ihn und klammerte sich an ihn.

Rolf spürte ihr pochendes Herz. »Verzeih mir«, flüsterte er ihr ins Ohr. »Ich wollte dich nicht erschrecken. Ich hab dich aus dem Hotel kommen sehen. Ich war in Sorge.« Dass er ihr auch misstraut hatte, verschwieg er.

»Ich dachte, es wäre ein Hai«, gestand ihm Maren. »Ich war so in Panik.«

»Es tut mir so leid«, wiederholte Rolf. Noch während er sie festhielt, schwamm er mit ihr auf den Strand zu. Erst als er wieder Boden unter den Füßen spürte, blieb er stehen und presste sie an sich.

Auch Maren war froh, wieder am Strand zu sein. Noch immer hing sie an Rolfs Hals. Jetzt, als sie eng umschlungen beieinanderstanden, sah sie zu ihm auf. Trotz der Dunkelheit erkannte sie, dass er sie zärtlich betrachtete. Rolf war ihr ganz nah. In diesem Moment spürte sie die Spitze seines Penis an ihrem Bauch. Er lächelte noch immer.

Maren fühlte, wie er zärtlich ihre Brüste umfasste und sie sanft auf den Mund küsste. Während seine Hände weiter ihren Busen und die Brustwarzen liebkosten, drang seine Zunge fast spielerisch in ihren Mund. Er tat das so zärtlich, dass Maren erneut die elektrischen Schläge durch ihren Körper jagen fühlte, die seine hauchzarten Berührungen stets bei ihr auslösten. Maren glaubte den Boden unter den Füßen zu verlieren. *Halt, nein,* schoss es ihr durch den Kopf. *Das ist keine Täuschung, der Sand unter mir gibt tatsächlich nach.*

Das Wasser reichte ihr plötzlich nur noch bis zum Kinn. Impulsiv packte Rolf sie an der Taille und hob sie hoch. Dann watete er mit ihr näher zum Strand, bis sie wieder sicher stehen konnte. Seine spürbare Erregung jagte Maren weitere Schauer über den Rücken. Sie warf erneut ihre Arme um seinen Hals und drängte sich an ihn. Rolf umgriff ihre Pobacken und knetete sie. Dann hob er sie so hoch, bis ihre Schenkel seinen Penis umschlossen.

Maren konnte die Spannung nicht mehr ertragen. Eben stand sie noch unter Schock, nun stand ihr ganzer Körper in Flammen. Sie konnte sich nicht mehr beherrschen und schlang ihre Beine um seine Hüften. Während sie sich auf diese Weise an ihm festklammerte, umfasste er energisch ihren Hintern und drang mit einem heftigen Stoß in sie ein.

Ihre Körper pressten sich aneinander. Und während die Wellen sie umspülten, stieß Rolf immer fordernder zu, wobei er Maren auch weiterhin festhielt und ihre gemeinsamen Bewegungen koordinierte. Er änderte den Rhythmus auch nicht, wenn die Wellen über ihren Köpfen zusammenschlugen. Es gab nur noch sie, ihre miteinander verschmolzenen Körper, den salzigen Geschmack des Wassers und die pure Lust mitten im Meer. Es dauerte nicht lange, bis Maren zum Höhepunkt kam. Als sie voller Ekstase aufschrie, entlud sich auch Rolf in ihr.

Während Marens Schoß noch zuckte, suchten seine Lippen zärtlich ihren Mund. So blieben sie lange miteinander verschmolzen inmitten der Brandung stehen und fühlten nichts mehr außer sich selbst und ihre Erregung.

Als Rolf wieder aus ihr herausglitt, umfasste er sie und legte sie flach ins Wasser. Während er sie mit der einen Hand am Rücken festhielt, sodass sie entspannt auf dem Wasser treiben konnte, suchte sein Mund ihre Brustwarze. Sanft begann er daran zu saugen. Gleichzeitig bewegte sich der Daumen seiner anderen Hand in Richtung ihres Venushügels, um dort ihr Lustzentrum zu stimulieren. Maren genoss das Kreisen auf ihrer harten Perle ebenso wie das Saugen an ihrer Brust. Verzückt breitete sie die Beine auf dem Wasser aus und ließ sich, getragen und beschützt, schaukelnd in den Wellen treiben und bearbeiten.

Eine kleine Ewigkeit später ließ Rolf von ihr ab, fasste ihr unter die Knie und den Oberkörper und trug sie an den Strand. Maren hatte nicht bemerkt, dass sie ins flache Wasser zurückgetrieben waren. Sie fühlte nur, wie sie plötzlich hochgehoben und an Land getragen wurde. Dort ließ Rolf sie in den warmen Sand gleiten und legte sich neben sie.

Maren betrachtete seinen nassen Körper, auf dem unzählige Wasserperlen glänzten. Auch er ließ seine Augen über ihre Figur gleiten, bevor er ihre aufgestellten Beine spreizte. Er reagierte sofort, als sich ihr Schlitz öffnete, der feucht schimmerte. Der Wind wehte leicht über ihre Körper, als er in sie eindrang und sie im weichen warmen Sand erneut liebte.

Als die Sonne den Himmel in ein kräftiges Rotorange tauchte, kamen sie wieder zu sich. Es war kühl geworden. Maren breitete ihren Morgenmantel über sich und Rolf aus und schmiegte sich an ihn.

»Du hast mich ganz aus dem Konzept gebracht«, meinte Rolf. Als sie nichts darauf erwiderte, sondern ihn nur mit ihren schönen blauen Augen ansah, sprach er weiter. »Ich begreife nicht, was mit mir los ist. Ich brauche meine Freiheit, dennoch fühle ich etwas …« Er strich ihr über die Lippen. »Diese Anziehungskraft zwischen uns ist mir fremd.«

»Du musst keine Angst haben«, flüsterte Maren. »Ich bin nicht auf Männerfang und habe wie du mein eigenes Leben.«

Rolf sah sie nur an und versank in ihren Augen. »Du hast mich verzaubert. Du bist etwas ganz Besonderes. Du bist anders als andere Frauen.«

Maren schluckte bei diesen Worten. War sie tatsächlich anders? Sie glaubte es nicht. Sie wusste aber, dass er enttäuscht wäre, wenn er erfuhr, wer und was sie war. Maren hoffte, dass sie sich nie dieser Situation stellen musste. Als Rolf sich über sie beugte und küsste, öffnete sie weit ihre Beine, um ihn erneut in sich aufzunehmen. Und sie vergaß ihre verzwickte Situation, als er sich langsam in ihr vor und zurück bewegte und sie mit jedem Stoß tiefer in den Sand drückte.

Maren schaute aus ihrem Zimmerfenster. Die Sonne stand bereits über dem Meer, der Himmel war in mehrere Farben unterteilt. Über der Wasseroberfläche war noch ein gelb-orange rötlicher Streifen zu sehen, am oberen Horizont dominierte bereits das Blau. Einen Augenblick lang gab sie sich ihrer Betrachtung hin, dann kam sie in die Wirklichkeit zurück. Sie musste endlich einen Weg finden zu klären, wie es mit ihr, Rolf und der Recherche für die BLITZ weiterging.

Maren dachte an Rolfs Worte, kurz bevor sie ihre Bucht verlassen hatten. *Ich wollte dir unser Familiengeheimnis gar nicht anvertrauen und habe es sofort bereut. Inzwischen fühle ich, dass ich dir vertrauen kann.*

Diese Worte gingen ihr nicht mehr aus dem Sinn.

»Auch wenn das *die Story* für die BLITZ wäre, verrate ich ihn nicht«, murmelte sie. Das Klingeln ihres Handys schreckte sie aus ihren Überlegungen auf.

Rolf!, durchzuckte es sie. Ihr Display zeigte jedoch Sophies Nummer an. Maren zögerte, dann riss sie sich zusammen und drückte die grüne Taste. »Ja, hallo!«

»Dein Hallo klingt recht munter«, stellte Sophie fest. »Hat dein Tourist dich mit netten Sachen wachgehalten? Dann muss ich wegen meines Telefonats ja kein schlechtes Gewissen haben.«

»Als ob du je eines gehabt hättest«, konterte Maren. »Was gibt's Dringendes um diese Zeit?«

»Kannst du reden?« Sophie zündete sich eine Zigarette an. »Oder räkelt sich jemand neben dir im Bett?«

»Ich bin allein, schieß los.«

»Oh, wie schade. Was macht dein Bekannter? Hast du ihn fest zwischen den Beinen? Oder bist du momentan in der Hauptstadt?«

»Ich bin in meinem verschlafenen, romantischen Dorf.«

»Und? Hast du Rudolf Kastens in Heraklion getroffen?«

»Hab ich. Heute Mittag bin ich erneut mit ihm verabredet. Es ist aber nichts aus ihm herauszubekommen. Wir verschwenden nur unsere Zeit.«

»Du irrst, Chérie«, widersprach Sophie und pustete den Rauch ihrer Zigarette aus. »Ich hab mich mal auf die nähere Familie konzentriert.« Sophie machte eine dramatische Kunstpause. »Und nun wird's spannend. Bei meinen Recherchen bin ich auf Widerstand gestoßen. Daher: Bring die Rede mal auf seine Verwandtschaft.«

Maren wurde bei diesen Worten etwas schwindelig. »Mach ich«, versprach sie dennoch.

»Und vergiss nicht, Kastens wenigstens einmal zwischendurch zu vernaschen«, riet ihr Sophie.

»Der, den ich gerade habe, genügt mir völlig«, wehrte Maren betont heiter ab. »Aber Schluss jetzt, heute Abend hörst du von mir.« Maren legte auf. Nun hatte sie nicht nur Rolf, sondern auch Sophie belogen. Wie lange würde sie dieses Versteckspiel noch durchstehen? Sie betrachtete das Problem von allen Seiten. Bisher hatte noch niemand etwas über Rolfs Onkel herausgefunden. Offensichtlich hatten die Kastens diesen Skandal erfolgreich vertuscht. Maren hoffte, dass der anonyme Schreiber nicht noch einen Trumpf im Ärmel hatte oder gar die ganze Wahrheit kannte.

Maren stand auf und ging auf den Balkon. Die Sonne strahlte inzwischen hell am Himmel. Das Meer glitzerte türkisblau, alles war still und friedlich.

Rolf hat nichts zu befürchten und wird nie erfahren, dass ich Sophies Kollegin bin, dachte Maren, ohne zu ahnen, dass ihr von anderer Seite weit mehr Gefahr drohte.

Maren und Rolf hatten gemeinsam auf der Terrasse gefrühstückt und dabei die Zeit vergessen.

Als Rolf auf seine Armbanduhr sah, stand er sofort auf. »Beinahe hätte ich meine Besprechung vergessen. Mein Partner kreuzt jeden Moment hier auf.«

»Arbeiten, im Urlaub?«, stichelte Maren und sah zu ihm auf. Im selben Moment erstarb ihr Lächeln. An der Eingangstür des Hotels stand René Kastens und sah sich um. Ehe Maren reagieren konnte, steuerte er schon auf ihren Tisch zu.

»Darf ich dir Maren Janson vorstellen«, hörte sie Rolf sagen. »Und das ist René Kastens, meine rechte Hand und zufällig auch mein Cousin«, fuhr er fort.

René streckte Maren die Hand entgegen. »Kennen wir uns?«

Maren fühlte, wie ihr die Hitze in die Wangen stieg. »Ich glaube nicht«, antwortete sie, obwohl sie sich lebhaft an den Blickkontakt im Astoria erinnerte.

»Merkwürdig«, meinte René. »Ich könnte schwören ...« Er brach ab und sah sie stirnrunzelnd an. »Na, ich komme noch drauf.«

Maren beschloss, möglichst schnell zu verschwinden. Sie verabschiedete sich und eilte davon.

»Was ist los?«, wollte Rolf wissen und sah ihr beklommen nach.

»Ich glaube, ich hab sie gestern in Heraklion gesehen«, antwortete René. »Da ich den ganzen Tag im Hotel war, muss es dort gewesen sein. Findest du das nicht merkwürdig?«

»Eigentlich nicht. Maren ist eine wundervolle Frau. Viel zu ehrlich, um andere hereinzulegen oder um zu spionieren.«

»Denk an die rothaarige Hexe in Düsseldorf«, meinte René.

»An die denke ich ganz und gar nicht«, wehrte Rolf ab. »Du kannst die beiden Frauen überhaupt nicht vergleichen.«

»Richtig«, gab René zu. »Vielleicht hat man es diesmal nur mit einem anderen Typ versucht. Sei bloß vorsichtig. Aber das bist du ja immer.« René klopfte auf seinen Aktenkoffer. »Lass uns das rasch durchgehen. Ich hab noch einen Termin in der Hauptstadt.«

Rolf deutete zum Lift. Renés Bemerkung verunsicherte ihn. Zum ersten Mal in seinem Leben war er nicht vorsichtig gewesen.

Bin ich in eine geschickt gestellte Falle geraten?, fragte er sich. *Nein!*, unterdrückte er sein aufkommendes Misstrauen. Maren würde ihm niemals schaden.

Die Besprechung verlief wie geplant, und René reiste wieder ab, ohne Maren noch einmal zu sehen.

Maren atmete auf, als René wieder verschwunden war. Spätestens wenn er Nikos über den Weg lief, könnte ihre Tarnung platzen. Dann würde er sich vielleicht daran erinnern, dass er sie im Gespräch mit dem Portier gesehen hatte.

Jetzt muss ich Rolf doch sagen, dass ich für die BLITZ arbeite, dachte sie schaudernd. Doch zuerst musste sie Sophie bremsen. Entschlossen griff Maren nach ihrem Handy.

»Hallo, Chérie«, meldete sich Sophie vergnügt. »Dein Gespür für den richtigen Moment ist unglaublich.«

»Im Gegensatz zu deinem«, hielt Maren dagegen.

Sophie kicherte. »Du nimmst es mir noch immer übel, dass ich dich auf Kreta mit Recherche quäle.«

»Ginge dir nicht anders«, antwortete Maren. »Trotzdem

war ich fleißig. In Kastens' Leben gibt es nichts, was für eine Schlagzeile taugt.«

»Sehe ich momentan auch so«, meinte Sophie. »Aber ich hab herausgefunden, dass sein Onkel Manager und Angestellter in einer Firma war, die pleiteging.«

»Passiert ja heute leider öfter.« Maren fühlte Panik in sich aufsteigen.

»Trotzdem sehe ich mir die Sache mal genauer an.«

»Du solltest vielleicht –«

»Ich muss los, adieu!«, rief Sophie ins Telefon und legte auf, ehe die Freundin ihren Satz beenden konnte.

Maren blieb bewegungslos mit dem Handy in der Hand stehen. Verdammt! Das war es dann. Für Rolf sah es doch nicht so gut aus, wie sie zuerst gehofft hatte. Und damit auch nicht für sie und ihr weiteres Zusammensein auf der Insel.

»Seit mein Cousin aufgetaucht ist, bist du irgendwie verändert«, stellte Rolf beim Abendessen fest.

Maren schrak aus ihrer Grübelei auf. »Wie kommst du darauf?«

»Beim Frühstück war noch alles in Ordnung. Jetzt stocherst du auf deinem Teller herum und wagst kaum, mir in die Augen zu sehen.« Rolf sah sie prüfend an. »Stimmt, was René behauptet? Seid ihr euch schon mal begegnet?«

Maren überlegte, ob sie das Hotel und den Besuch bei ihrem alten Freund ansprechen sollte, sein beinahe feindseliger Blick hinderte sie daran. *Nein*, dachte sie. *Dann misstraut er mir erst recht.*

»René hat ein gutes Gedächtnis.«, unterbrach Rolf ihre Überlegungen.

»Was wäre dabei, wenn wir uns schon mal über den Weg gelaufen sind?«, ging Maren in die Offensive.

»Nichts. Nur laut ihm könnte das nur im Astoria gewesen sein. Warst du gestern dort?«

»Nein«, antwortete Maren wie aus der Pistole geschossen. *Mist, das hätte ich nicht sagen dürfen,* dachte sie, sondern die Frage unbeantwortet lassen sollen. »Vielleicht verwechselt er mich. Es gibt viele blonde und große Frauen«, versuchte sie zu retten, was noch zu retten war.

»Sicher.« Rolf spielte mit seiner Serviette. »Ich frage mich nur, warum dich sein Auftauchen beunruhigt.«

»Das tut es doch nicht. Außer es bedeutet, dass wir bald keine Zeit mehr füreinander haben. Es ist schlimm genug, dass *ich* im Urlaub arbeiten muss.«

»Ist das alles?«

»Ja«, antwortete Maren und legte ihr Besteck beiseite. Sie fühlte, dass es besser war, Rolf jetzt alles zu sagen. Sie suchte nach Worten, brachte aber keinen Satz heraus. Stumm starrte sie in die Kerze.

»Was hast du denn?« Rolf fasste nach ihrer Hand.

Maren atmete tief durch. »Mir fehlen noch zwei entscheidende Renaissance-Möbelstücke«, log sie. »Vielleicht muss ich nach Rom fliegen. Das erfahre ich aber erst morgen.«

Sie hoffte, dass er ihr glaubte. Noch immer sah er sie prüfend an.

Sag ihm, wie es war, mahnte ihre innere Stimme. *Jetzt ist der richtige Moment. Du hast die Nacht mit ihm verbracht, noch bevor du wusstest, wer er ist.*

Maren schluckte, öffnete den Mund, doch als sie zum Reden ansetzte, verließ sie der Mut.

Rolf umschloss ihre Hand mit festem Druck. »Was wolltest

du sagen?«, fragte er so sanft, dass sie am liebsten in seine Arme geflüchtet wäre.

»Du lenkst mich von der Arbeit ab«, antwortete sie. Das war noch nicht einmal gelogen.

Rolf lachte. »Soll ich dich nach Rom begleiten? Von dir lasse ich mich gern durch sämtliche Antiquitätenläden schleppen, die Rom zu bieten hat.«

»Es wäre eine Zumutung.« Maren war froh, dass das Gespräch in andere Bahnen gelenkt wurde. Offensichtlich nahm er ihr die Innenarchitektin ab. Auch im weiteren Verlauf des Abends bemerkte sie, dass sich sein Misstrauen legte und er wieder lockerer wurde. Über private Angelegenheiten sprach er nicht mehr.

Er hat sich beruhigt, dachte Maren, als sie Hand in Hand zu ihrer Bucht spazierten. Dort wollte sie ihn auf andere Gedanken bringen. Die heißen Nächte mit ihm waren die einzigen Momente, wo sie alles vergaß. Sogar ihren Auftrag.

Am nächsten Tag summte Marens Handy, noch bevor der Wecker klingelte. *Das kann nur Sophie sein*, dachte sie missmutig und griff nach dem Hörer.

Sophie war glänzender Laune, was die Stimmung bei Maren auf den absoluten Nullpunkt sinken ließ.

»Wir haben die Schlagzeile!«, rief Sophie übermütig. »Kastens Onkel heißt Olaf Geret und hat seine Firma absichtlich ruiniert.« Sie lachte triumphierend auf. »Und sich für die feindliche Übernahme üppig bezahlen lassen. Er starb bei einem Verkehrsunfall durch Alkohol am Steuer. Wir bauen das großartig auf. Alles in kleinen Happen mit Steigerungseffekt. Der Kastens-Geret-Clan – Skandale und Familiengeheimnisse.«

»Wunderbar«, presste Maren gegen ihren Willen hervor. In ihrem Kopf arbeitete es fieberhaft. Sie musste verhindern, dass Sophie allzu schnell an die Öffentlichkeit ging. Und sie selbst musste schleunigst mit Rolf reden. »Kannst du den Artikel zurückhalten, bis unsere Recherchen vollständig sind?«, wagte sie einen Versuch.

»Was heißt vollständig?« Sophie war empört.

»Ich bin nahe dran, die Andeutungen der Konkurrenz zu beweisen.«

»Welche?«, wollte Sophie wissen.

»Dass Kastens' System doch nicht sicher ist und er die Kunden täuscht«, log Maren. »Wir sollten unsere Artikel aufeinander abstimmen. Je länger wir die Familie in den Schlagzeilen halten, umso besser.«

»Sehe ich ein«, stimmte Sophie ihr zu. »Wie viel Zeit brauchst du noch?«

»Drei Tage.«

»Nicht gut«, meinte Sophie. »Pass auf: Ich starte den Artikel. Dann kommst du und setzt noch eins drauf. Falls du dazu in der Lage bist. Es wird nur veröffentlicht, was jedem Prozess standhält.«

Verdammt, dachte Maren, *warum musste Sophie immer so schnell schießen*. Beruflich war sie auf Draht und wusste, wie man Stimmung machte.

»Vertrau mir«, versuchte Maren es noch einmal.

»Also gut«, seufzte Sophie. »Und jetzt adieu, ich hab's eilig. Viel Glück bei deinem Part.« Sophie legte auf.

Maren wusste, dass die Freundin jetzt nicht mehr zu bremsen war. Rolfs Onkel würde in den nächsten Tagen bei der BLITZ das Hauptthema sein. Und Sophie würde auch aufdecken, dass die Familie diesen Skandal vertuscht hatte.

Maren ließ sich auf einen Stuhl fallen. Das, was Rolf ihr anvertraut hatte, stand demnächst schwarz auf weiß auf der ersten Seite der BLITZ.

Sie zuckte zusammen, als ihr Handy klingelte.

Es war ihr Freund Nikos. »René Kastens ist nach Athen geflogen. Seine Zimmer bleiben aber weiter reserviert«, informierte er sie.

»Danke«, antwortete Maren niedergeschlagen.

»Was ist los?«, hakte Nikos nach. »Hast du Kummer?«

»Ja«, gab Maren offen zu. »Rolf hat mir etwas anvertraut. Nun ist Sophie allein hinter dieses Geheimnis gekommen.«

»Da kann man nichts machen«, meinte Nikos nur. »Und wenn Sophie das geschafft hat, hätte die Konkurrenz es auch herausfinden können. So ist es eben deine Freundin und Kollegin gewesen.«

»Das ist ja das Problem«, jammerte Maren. »Rolf wird glauben, ich hätte ihn hereingelegt.«

»Dann solltest du ihm schleunigst sagen, dass du Journalistin bist«, riet Nikos ihr. »Und dass nicht du es warst, die sein Geheimnis verraten hat.«

»Glaubst du, er wird sehr böse sein?«

»Ja.« Als Maren nichts darauf erwiderte, redete er weiter. »Nimm die Sache nicht so tragisch. Er wird dich schnell vergessen, und du ihn auch.«

Maren schluckte. »Ich gehe gleich zu ihm. Danke für deinen Anruf.« Sie legte auf und blieb noch eine Weile sitzen. Dann wählte sie Rolfs Zimmernummer. Als sich niemand meldete, wandte sie sich an die Rezeption.

»Herr Tereg ist abgereist und hat eine Nachricht für Sie hinterlassen«, informierte sie der Portier.

Als ihr Paolo, der Hotelboy, einen Brief übergab, riss sie ihn auf, kaum dass der junge Mann verschwunden war.

Liebste Maren, ich muss wegen dringender Geschäfte nach Athen. Übermorgen bin ich wieder bei dir. Hoffentlich musst du während meiner Abwesenheit nicht nach Rom. Falls doch, reise ich dir nach. Ich träume davon, dich bald wieder in meinen Armen zu halten, Rolf

Maren lief den Brief sinken. Am Telefon konnte sie nicht mit ihm über das Thema reden. Sie musste Sophie noch eine Weile hinhalten. Unbedingt!

Zwei Tage später stand Maren an der Rezeption. Sie wollte gerade nach ihrer Post fragen, als Rolf in Begleitung von René das Hotel betrat. Maren wollte verschwinden, doch es war zu spät. Die beiden Männer hatten sie bereits entdeckt. Ihr blieb nichts anderes übrig, als stehen zu bleiben.

Rolf küsste sie stürmisch, dann ließ er sich vom Portier seine Zimmerkarte geben. Er legte den Arm um Marens Schulter und schlenderte mit ihr zum Lift. Als er René mit zusammengezogener Stirn dort warten sah, stutzte er.

»Was ist los?« Rolf drückte den Aufzugknopf.

»Jetzt weiß ich, woher ich deine Bekannte kenne. Sie und der alte Portier haben dich im Hotel beobachtet. Ich stand abseits. Den Gesten nach zu schließen, hat der Portier ihr verraten, wer du bist. Und darüber war sie sehr erschrocken.«

Rolf sah Maren fragend an. »Stimmt das?«

»Ja. Der Portier ist ein alter Freund.«

»Und warum hast du gelogen, als ich dich gefragt habe?«

»Ich wollte dich schonen.«

René lachte. »Schonen? Lächerlich! Weshalb denn?«

Maren wandte sich an Rolf. »Du hast dich mir als Rolf Tereg vorgestellt. Ich wusste nicht, warum du dich hinter einem falschen Namen versteckst. Ebenso wenig konnte ich einschätzen, wie du reagierst, wenn du erfahren hättest, dass ich dein Inkognito kenne.«

»Prima Ausrede«, lobte René.

»Es ist die Wahrheit«, verteidigte sich Maren. »Erst an diesem Tag habe ich erfahren, wer Ihr Cousin ist.« Sie sah Rolf bittend an. »Kann ich allein mit dir reden?«

Er deutete in den sich öffnenden Lift. »René, du entschuldigst mich kurz.«

Wortlos fuhren sie in Rolfs Etage. Erst in seinem Zimmer brach er das Schweigen. »Kann es sein, dass du mir etwas Wesentliches verschweigst?« Er ging zur Zimmerbar und schenkte sich einen Whisky ein.

»Mir bitte auch einen«, bat Maren. Normalerweise trank sie nie harte Sachen, jetzt brauchte sie eine Stärkung.

Maren nippte an ihrem Drink und suchte nach Worten. Sie stellte das Glas fort, setzte an und brach ab. Sie versuchte es wieder, aber sie wusste nicht, wie sie beginnen sollte.

Rolf betrachtete ihr blasses Gesicht. *Rede endlich,* befahl er ihr in Gedanken. Maren öffnete tatsächlich den Mund.

In diesem Moment hämmerte jemand mit der Faust gegen die Tür. Eine Sekunde später stürmte René ins Zimmer. In der Hand hielt er eine Zeitung.

Maren schloss entsetzt die Augen. Es war die neueste Ausgabe der BLITZ.

»Sieh dir das an!« René schlug auf den Leitartikel.

Vertuschter Betrug und feindliche Übernahme, stand als Überschrift auf der ersten Seite. *Die Familie Kastens-Geret – ihre Skandale und Schweigegelder.*

Rolf wurde kreidebleich.

»Das ist noch nicht alles«, sagte René kalt und deutete auf Maren. »Diese Frau hat Post aus Hamburg bekommen. Ich stand an der Rezeption und konnte den Absender lesen. Wir stehen hier vor einer Reporterin der BLITZ. Ich sagte dir doch, die versuchen es einfach mit einem anderen Typ.«

»Das ist nicht wahr!«, rief Maren entsetzt.

»Dann arbeitest du nicht für die BLITZ?« Rolf hatte die Zähne so fest zusammengebissen, dass jeder Muskel in seinem Gesicht angespannt war. »Sag mir, dass du nichts mit dieser rothaarigen Hexe in Düsseldorf zu tun hast.«

»Das bekommen wir auch ohne ihre Hilfe heraus«, meinte René.

Rolf ließ nicht locker. »Sag mir, dass du keine Journalistin bist.«

»Ich habe dich nicht verraten, ich schwöre es.«

»Sie lügt«, behauptete René.

»Sag, dass du keine Reporterin bist«, forderte Rolf sie zum zweiten Mal auf, ohne auf René zu achten.

Maren fühlte sich elend. »Ich habe dich nicht verraten«, wiederholte sie schwach.

»Ich will wissen, ob du für die BLITZ arbeitest«, schrie er.

»Ja, aber es ist nicht so, wie du denkst.«

Rolf schoss auf sie zu, packte sie an den Armen und schüttelte sie. »Du verdammtes Miststück. Ich hab dir vertraut. Wie konntest du mir das nur antun? Von Anfang an warst du nur auf Informationen aus.« Er stieß sie brutal von sich. »Raus, bevor ich die Beherrschung verliere.« Er zerrte sie zur Tür. »Verschwinde, und lass dich nie wieder in meiner Nähe blicken.« Er stieß sie in den Gang und schlug die Tür hinter ihr zu.

Völlig geschockt stand Maren auf dem Gang vor seinem Zimmer und rieb sich die Arme. *Aus und vorbei,* dachte sie verzweifelt. Sie hatte zu lange gewartet und den rechten Moment verpasst.

Wie in Trance lief sie zum Lift. Erst in ihrem Zimmer ließ sie ihren Tränen freien Lauf.

***

»Warum habt ihr den Artikel ohne mein Wissen herausgebracht?« Maren umklammerte ihr Handy. »Du hast versprochen, damit zu warten.«

»Tut mir leid, Chérie. Das war Walters Entscheidung. Er will sich von der Konkurrenz abheben und nichts herausbringen, woran die sich seit Monaten die Zähne ausbeißen. Mit dieser Betrugssache liegen wir genau richtig. Zumal wir damit die Ersten sind. Die Auflage steigt. Rudolf Kastens hat nun genau das, was er nie haben wollte. Medienpräsenz.« Sophie lachte vergnügt. »Mit einem einfachen Interview wäre er besser bedient gewesen. Aber Hochmut kommt ja bekanntlich vor dem Fall.«

»Das klingt nach einem Rachefeldzug«, stellte Maren bitter fest.

»Stimmt, davon abgesehen ist es eine gute Story und unser Job.« Sophie zog an ihrer Zigarette. »Was ist eigentlich los? Tut er dir leid? Freu dich lieber, dass wir erfolgreich waren. Jetzt kannst du deinen Urlaub mit deinem Touristen genießen.«

»Genau das kann ich eben nicht!«, rief Maren verzweifelt. »Diese Urlaubsbekanntschaft war Rudolf Kastens.«

Sophie pfiff durch die Zähne. »Ist ja irre. Dann hast du …«

»Ja, habe ich«, gab Maren zu. »Verdammt noch mal, ich mag ihn. Als er erfahren hat, dass ich bei der BLITZ arbeite ...«

»Du musst mir nichts erzählen«, fiel ihr Sophie ins Wort. »Aber bei dir steckt offenbar mehr dahinter. Raus mit der Sprache, ich will's jetzt wissen.«

Maren schluckte, dann erzählte sie der Freundin die ganze Geschichte.

Als sie geendet hatte, dachte Sophie eine Weile nach. »Tut mir leid, dass er dich jetzt für eine hinterhältige Intrigantin hält«, sagte sie schließlich. »Aber du kommst darüber hinweg.«

»Das weiß ich«, gab Maren zu. »Aber so hätte es nun auch nicht enden müssen. Ich muss das wieder hinbiegen.«

»Hör zu«, sagte Sophie. »Ich fliege noch heute zu dir. Mach also keine Dummheiten und warte, bis ich da bin.«

»Aber Sophie –«

»Keine Widerrede«, unterbrach sie die Freundin. »Wir reden auf Kreta weiter.« Nach diesen Worten legte sie auf.

So niedergeschlagen sich Maren auch fühlte, dass Sophie morgen bei ihr war, machte sie doch froh.

* * *

Sophie traf weit nach Mitternacht im Hotel ein. Der Portier empfing sie mit einem bewundernden Blick und riss sich nur ungern von ihrem wohlgeformten Busen los. Er überreichte ihr eine Nachricht von Maren und winkte dem Hotelboy. Der noch sehr junge Mann konnte seine Augen ebenfalls kaum von Sophie wenden. Er war groß, für sein Alter kräftig gebaut und sah mit seinen lockigen Haaren und den dunklen Augen sympathisch aus.

Noch ein paar Jährchen, dachte Sophie, *und aus ihm wird ein attraktiver Mann werden.* Interessiert ließ sie ihren Blick über seine Gestalt schweifen.

»Paolo, bring der Dame die Koffer aufs Zimmer.«

Sophie entging nicht, dass er sie verstohlen von oben bis unten musterte. Paolo nickte, griff sich das Gepäck und lief voraus. Sophie folgte ihm amüsiert.

Mon Dieu, ist der süß, dachte sie und ließ ihren Blick auf seinem knackigen Hintern ruhen. *Er wirkt noch so unschuldig.* Gutgelaunt folgte sie ihm in die dritte Etage.

Paolo stellte die Koffer mitten ins Zimmer und blieb unschlüssig stehen. Sophie ließ ihr schickes Jäckchen von der Schulter gleiten und warf es auf einen der Sessel. Sie reichte Paolo ein Trinkgeld und bemerkte dabei zufrieden, dass er fasziniert auf ihren Ausschnitt starrte.

Sophie setzte sich in einen Sessel und schlug graziös die langen Beine übereinander. Absichtlich ließ sie ihren kurzen Rock höher rutschen. »Es ist nett hier. Gehst du oft an den Strand?«

»Manchmal schon«, stammelte er. »Es gibt da eine einsame Bucht. Wenn Sie wollen, kann ich sie Ihnen zeigen.«

»Oh, nur wir beide allein?«, konterte Sophie und lächelte, als er leicht errötete.

»Ich muss dann wieder«, stammelte er. »Ich hab längst Dienstschluss.« Er nickte ihr zu und verschwand so schnell, als wäre er auf der Flucht.

»Ein vielversprechender Junge«, lachte Sophie und ihre Augen glitzerten. »Den würde ich mir nur zu gern zwischen die Schenkel klemmen.« Sie stellte sich vor, wie sie dabei mit ihren Fingern durch seine schwarzen Locken fuhr, während sie ihn mit ihren Beinen umschlang und an sich presste. Sophie riss sich von dieser prickelnden Vorstellung los. »Eins nach dem anderen«, sagte sie und öffnete Marens Nachricht.

Ich wollte auf dich warten. Als ich erfuhr, dass dein Flugzeug Verspätung hat, bin ich schlafen gegangen. Wir sehen uns morgen. Spätestens beim Frühstück.

»So ist es«, murmelte Sophie. »Und hoffentlich frühstücken wir zur gleichen Zeit wie Rudolf Kastens. Er ist bestimmt entzückt, mich zu sehen.« Sophie schmunzelte. »Hoffentlich trifft ihn der Schlag.« Sie stand auf, lief zum Fenster und schaute hinaus in die Nacht. Paolo stand unten auf dem Steinweg und starrte zu ihrem Fenster hinaus. Als er Sophie bemerkte, drehte er sich rasch um und verschwand.

Sophie erkannte jedoch, dass er sich nur hinter einem Baum versteckte. Neugierig blieb sie stehen und wartete. Kurz darauf bewegten sich die Äste in dem Baum vor ihrem Fenster.

Sieh an, der kleine Spanner will heimlich in mein Zimmer sehen, dachte sie amüsiert und wartete, bis sich nichts mehr in dem Baum bewegte. An dem dunklen Schatten oberhalb ihres Fensters erkannte sie, dass sich Paolo auf einem Ast niedergelassen hatte. Er war so gut wie nicht zu sehen.

Schlauer Kerl, dachte Sophie. *Offensichtlich war er auf eine Peepshow aus. Ob er schon Erfahrungen mit Frauen hatte?*

Sophie fuhr sich mit der Zunge über die Lippen. Er war höchstens zweiundzwanzig. Wie er sich wohl verhielt, wenn sie ihr Spiel mit ihm begann? Es reizte sie, ihn zu erregen und zu verführen. Im Lift hatte er sie förmlich mit den Augen verschlungen.

Sophie knipste die volle Beleuchtung an. Da die Vorhänge aufgezogen waren, hatte ihr kleiner Spanner von seinem Versteck aus den vollen Blick in ihr Zimmer. Sophie fühlte das Kribbeln in ihrem Schoß. Sie ging zur Hotelbar, schenkte sich ein Glas Sekt ein und tanzte damit summend durchs Zimmer. Dann begann sie damit, sich langsam auszuziehen.

Im Zeitlupentempo ließ sie ihre Träger über die Schulter gleiten, knöpfte ihr Oberteil auf und warf es fort. Danach öffnete sie den Reißverschluss und ließ den engen Rock zu Boden fallen. Sie hob ihn auf, streckte dabei ihren nackten Po Richtung Fenster und warf den Rock mit einem gekonnten Hüftschwung auf einen Sessel.

Nun stand sie mit schwarzen Strapsen und glänzenden Seidendessous im Zimmer. Extrem langsam knöpfte sie ihr Oberteil auf. Den BH warf sie dem Rock hinterher. Nackt, nur mit Strapsen und knallroten High Heels bekleidet, bewegte sie sich durchs Zimmer. Ihr üppiger Busen wippte dabei im Takt, ihr Po kreiste und ihr Becken kippte anmutig vor und zurück. Ihre langen roten und lockigen Haare fielen ihr offen über die Schulter. Sie schüttelte ihre Löwenmähne und strich mit beiden Händen über ihren Körper. Wenn Paolo gute Augen hatte, konnte er die rot lackierten langen Fingernägeln auf ihrer weißen Haut sehen.

Sophie schritt nun Richtung Bett. Betont langsam kroch sie in die Mitte und ließ dem jungen Mann genug Zeit, ihr kreisendes Hinterteil zu begutachten. Schließlich drehte sie sich um, damit er erneut ihre Vorderseite bewundern konnte. Sie richtete sich auf Knien auf und knetete ihren Busen. Auch dafür ließ sie sich Zeit und blieb dabei ständig mit ihrer Hüfte in Bewegung. Schließlich legte sie sich mit weit gespreizten Beinen zurück auf mehrere Kissen. Sie führte eine Hand zwischen ihre Beine und befriedigte sich selbst.

Ob ich ihn mir vom Baum pflücken soll, überlegte sie, ahnte jedoch, dass er sich schämen würde, wenn sie ihn als Voyeur entlarvte. *Ich lass ihn noch etwas zappeln,* beschloss sie und bewegte ihr Becken schneller. Zehn Minuten später löschte sie das Licht.

Bald erlöse ich dich, dachte Sophie und schlief lächelnd und mit angenehm erotischen Träumen ein.

***

»Ach, Sophie, ich bin froh, dass du da bist«, gestand Maren der Freundin beim Frühstück ein.

Sophie zwinkerte ihr vergnügt zu. »Ich auch.« Sie deutete auf Marens leeren Teller. »Es gibt keinen Grund, der bei diesem herrlichen Büfett Fastentage rechtfertigt.«

»Mir ist vor lauter Aufregung der Appetit vergangen.« Maren sah sich unauffällig im Frühstücksraum um.

»Er ist noch nicht hier.« Sophie schob sich lässig eine Traube in den Mund.

»Gott sei Dank«, erwiderte Maren. »Sein kalter Blick ist nicht zu ertragen. Ich will ihn gar nicht sehen.«

»Aber ich«, konterte Sophie. »Ich bin gespannt auf sein Gesicht, wenn er uns hier zusammen sitzen sieht.«

»Du willst ihn nur provozieren.«

»Richtig«, bestätigte Sophie unbekümmert. »Der Mann hat nicht nur mich, sondern auch dich abserviert. Solche Sitten wollen wir gar nicht erst einreißen lassen.« Sie betrachtete die Freundin. »Hart angefasst hat er dich auch. Du hast einen blauen Fleck an deinem Oberarm. Das schreit nach Rache.«

»Lass es gut sein«, bat Maren. »Inzwischen hab ich kapiert, dass er nur im Bett zu gebrauchen ist. Und voreingenommen ist er auch. Das kann ich überhaupt nicht leiden.«

»Bravo«, lobte Sophie die Freundin. »Daher kannst du dir auch dein schlechtes Gewissen sparen. *Er* befindet sich im Irrtum. Du hast dir nichts vorzuwerfen. Ich bin die böse Hexe, nicht du.«

»Trotzdem muss ich noch mal mit ihm reden.«

»Damit er dich ein zweites Mal herunterputzen kann!«, rief Sophie empört. »Nein, Chérie, das dulde ich nicht.« Sie deutete zur Eingangstür. »Da kommt er übrigens.« Sophie grüßte betont höflich lächelnd in seine Richtung.

Maren fuhr herum und zuckte zusammen, als sie Rolfs wütenden Blick sah.

Sophie hingegen lachte nur, als er sich umdrehte und den Raum verließ. »Dem ist bei meinem Anblick der Appetit vergangen. Ich schätze, der Herr hungert nun genau wie du. Oder er nimmt das Frühstück auf seinem Zimmer ein.«

Maren schlug mit der Faust auf den Tisch. »So geht das nicht weiter!«, rief sie. »Er muss mir jetzt zuhören.« Ehe die Freundin sie daran hindern konnte, war sie schon auf und davon.

Sophie schaute ihr kopfschüttelnd nach. *Du hast keine Chance, Chérie,* dachte sie. *Aber vielleicht hilft dir seine Reaktion, ihn komplett abzuschreiben.* Genüsslich biss sie in ein Croissant und überlegte, wie sie Rolf bestrafen konnte.

Paolo, dachte sie nur und lächelte amüsiert über ihre Idee.

Maren stand vor Rolfs Zimmertür und lauschte auf die Geräusche, die von drinnen kamen. Schon am frühen Morgen hatte sie ihn per SMS um eine Aussprache gebeten. Er hatte nicht darauf reagiert.

Maren holte noch einmal Luft, dann klopfte sie an. Ihr Herz schlug noch schneller, als er »Herein« rief.

Rolf bemerkte sie nicht gleich. »Stellen Sie das Frühstück auf den Tisch«, sagte er nur und blieb weiter über seine Unterlagen gebeugt.

Maren rührte sich nicht. Erst als Rolf sich umdrehte, ging sie einen Schritt auf ihn zu.

»Was fällt dir ein?«, zischte er. Sein Blick verhärtete sich. »Raus! Wir haben uns nichts mehr zu sagen.«

»Doch«, widersprach ihm Maren. »Ich kann dir alles erklären.«

Rolf lachte humorlos auf. »Jetzt, nachdem der Schaden angerichtet ist. Verschwinde! Du hast mein Vertrauen missbraucht.«

»Das hab ich eben nicht!«, rief Maren.

Rolf sah sie so kalt an, dass sie fröstelte. »Du bist umsonst gekommen. Ich stelle mich der Realität. Meine Familie wird auch diesen Skandal überleben. Danke dafür, dass einige Nachbarn und Bekannte erneut mit dem Finger auf uns zeigen. Diesmal leider zu Recht. Aber beim ersten Mal waren wir unschuldig.«

»Deshalb bin ich hier!«, versuchte es Maren noch einmal. »Ich habe nichts verraten, was du mir anvertraut hast.«

»Ach so. Dann ist alles nur aus Versehen in die Zeitung gekommen«, stellte er spöttisch fest. »Oder du sprichst im Schlaf, und ein vorbeigehender Reporter hat alles gehört.«

»Meine Kollegin hat das ohne meine Hilfe herausgefunden.«

»Wunderbar, und nun verschwinde. Hau endlich ab,

bevor ich mich vergesse und dich ein zweites Mal aus dem Zimmer werfe. Oder soll ich die Polizei rufen? Wäre doch eine prima Schlagzeile für euer Klatschblatt. Der Betrüger wird handgreiflich.«

Maren atmete tief durch. »Die BLITZ hat euch nie als Betrüger bezeichnet. Und für die Konkurrenz kann ich nichts. Warum hörst du mir denn nicht zu? Bedeute ich dir überhaupt nichts mehr? Ich bin Journalistin und kann dir helfen.«

Rolf schenkte sich Whisky ein und deutete zur Tür. »Das ist nicht mehr möglich, denn mein Onkel *war* ein Betrüger.« Er trank einen Schluck. »Und du ... du bedeutest mir gar nichts mehr.« Er ging an ihr vorbei und öffnete die Tür.

Maren blickte in seine harten Augen. *Es ist vorbei*, dachte sie niedergeschlagen. Für ihn war sie schuldig, gleichgültig, was sie jetzt noch sagte.

Enttäuscht verließ sie sein Zimmer und zuckte zusammen, als er die Tür laut hinter ihr zuschlug.

»Genau das dachte ich mir«, hörte Maren Sophie sagen. Erschrocken fuhr sie herum. Sophie lehnte an der offenen Nachbartür und sah die Freundin kriegerisch an. »Den Herrn knöpfe ich mir jetzt vor, verlass dich drauf.«

Maren sah entgeistert in Sophies grüne Augen, die gefährlich glitzerten. »Du hast das Zimmer gleich neben ihm?«

»Schlau, nicht? Das habe ich schon von Hamburg aus arrangiert.« Sophie schob die Freundin zum Aufzug. »Und jetzt zeigst du mir den Strand und die Umgebung. Neben der Arbeit können wir uns ruhig ein bisschen vergnügen. Ich dulde nicht, dass du wegen diesem Idioten den Kopf hängen lässt.«

»Einverstanden«, antwortete Maren. »Ich brauche nach

dieser Abfuhr auch frische Luft. Ich muss mir nur andere Schuhe anziehen.«

»Und einige Minuten, um mit deinen Gefühlen allein zu sein«, ergänzte Sophie. Sie gab Maren einen Klaps auf den Po. »Ich warte draußen vor dem Hotel.«

Als Sophie in der Hotelhalle auf Paolo traf, sah sie an seinem verlegenen Blick, dass er sie nachts bis zum Löschen des Lichts beobachtet hatte. In seinen Augen brannte ein Begehren, das sie selbst kribblig machte. Sobald wie möglich, wollte sie sich diesen Jungen ins Bett holen. Er durfte ihr sogar dabei helfen, Rudolf Kastens zu bestrafen.

»Bist du handwerklich begabt?«, fragte sie Paolo, der überrascht aufsah.

»Ich denke schon«, antwortete er und starrte erneut auf ihren Busen. Sophie trug ein kurzes enganliegendes Trägerkleid mit tiefem Ausschnitt, das ihre Kurven besonders gut betonte.

»Bei meinem Armband geht ständig der Verschluss auf.«

»Ich bin gut im Reparieren«, sagte Paolo und wurde rot.

Sophie strahlte ihn an. »Prima. Ich rufe dich, wenn ich dich brauche.« Sie genoss es, den jungen Mann noch ein bisschen zu quälen. Sophie drehte sich anmutig um. Mit wiegendem Gang schlenderte sie zur Ausgangstür. Sie spürte förmlich Paolos Blick auf ihrem Hintern und ahnte, dass ihm das Wasser im Mund zusammenlief, während sein Penis zur vollen Größe anschwoll.

Nach dem Spaziergang am Strand begleitete Sophie die Freundin in ihr Zimmer. Während sie am Fenster saß und mit Maren die Berichterstattung für die BLITZ besprach, sah sie Kastens aus einem Taxi steigen und das Hotel betreten.

Sophie drehte sich zu Maren um. »Ich muss dringend etwas erledigen. Wir sehen uns heute Abend.« Sie verabschiedete sich überstürzt, flitzte in den Gang und blieb vor dem Lift stehen. Dort wartete sie, bis das Lämpchen ihr anzeigte, dass der Aufzug im dritten Stock hielt. Sophie hörte, wie unten jemand ausstieg, und wartete noch.

Jetzt muss er in seinem Zimmer sein, überlegte sie und nahm den Weg über die Treppe. Unten angekommen, sah sie sich um. Es war niemand zu sehen. Freudig erregt schlüpfte Sophie aus ihren High Heels und huschte barfüßig über den Gang. Vor Rudolfs Tür blieb sie stehen und lauschte. Er war da, sie konnte ihn rascheln hören.

Perfekt, dachte Sophie. *Jetzt ist die Zeit gekommen, dir eins auszuwischen.* Leise öffnete sie ihre Tür, zog ihre Schuhe wieder an und ließ die Tür krachend ins Schloss fallen. Sie begann nun so laut zu reden, dass Rudolf es hören konnte.

»Hallo, Maren, mein Bericht ist fertig.« Sie machte eine Pause. »Nein, der Portier sagt, Kastens ist nicht im Hotel. Ich hab ihn am Vormittag fortfahren sehen. Er hatte einen Aktenkoffer dabei.« Sophie legte ihr Ohr an Rudolfs Zimmertür. Es war kein Laut mehr zu hören.

»Was! Du bist am Strand!«, fuhr Sophie fort. »Ich muss nur neue Handtücher ordern, dann komme ich zu dir.« Betont munter marschierte sie auf lauten Absätzen zum Lift. Dort versteckte sie sich im Treppenhaus und rief von ihrem Handy aus den Zimmerservice an. Dann wartete sie gespannt, was passierte.

Es dauerte nicht lange, bis eine Frau mit einem Stapel Handtücher kam, ihre Tür aufschloss und im Zimmer verschwand. Sophie hielt die Luft an, als auch Rudolf sein Zimmer verließ. Er sah sich um und schlich dann heimlich in ihres.

Sophie lächelte diabolisch. Ihr Plan funktionierte. Sie hatte ihn richtig eingeschätzt. Er wollte sich Einblick in ihre Unterlagen verschaffen. Sophie wartete, bis die Bedienstete wieder verschwunden war. Dann rannte sie zu ihrem Zimmer und steckte ihre Karte in den Schlitz. Noch bevor sie die Tür aufstieß, hielt sie sich ihr Handy ans Ohr und begann erneut zu reden.

»Tut mir leid, Maren, ich kann doch nicht kommen. Mit ist was dazwischengekommen. Wir sehen uns dann heute Abend im Restaurant«, beendete sie ihr Scheingespräch. Zufrieden bemerkte sie, dass Rudolf sich hinter einem Vorhang versteckt hatte; der Stoff bewegte sich noch. Nun saß er in der Falle. Ihr Spiel konnte beginnen. Voller Vorfreude griff sie nach dem Zimmertelefon und verlangte, dass man ihr Paolo schickte.

Als Paolo wenige Minuten vor ihr stand, reichte Sophie ihm ein Armband. »Der Verschluss ärgert mich schon lange. Und das Armband ist doch hübsch, findest du nicht?«

Paolo nickte nur, packte sein Werkzeug aus und begann mit der Reparatur. Kurze Zeit später überreichte er Sophie den Schmuck. »Es ist alles wieder in Ordnung«, sagte er stolz.

Sophie lächelte ihm verführerisch zu. »Zur Belohnung darfst du mir das Armband umlegen.« Graziös streckte sie ihm ihren Arm entgegen.

Paolos Hände zitterten, als er das Schmuckstück an ihrem Handgelenk verschloss.

»Danke«, hauchte Sophie. »Du bist geschickt. Kannst du mir auch bei meiner Halskette behilflich sein?« Sie reichte ihm die Perlenschnur und ahnte, dass er sich mächtig zusammenreißen musste. An der Ausbeulung seiner Hose konnte sie seine Erregung deutlich erkennen.

Paolo trat hinter sie. Langsam legte er ihr das Schmuckstück um den Hals. Wieder zitterten seine Hände, als er den Haken einschnappen ließ. Er musste sich beherrschen, denn Sophie duftete so angenehm, dass er sich am liebsten in ihrem Hals und ihren Haaren vergraben hätte. Er konnte auch von hinten in ihren Ausschnitt sehen, was ihn völlig durcheinanderbrachte. Noch immer hielt er die Hände in der Nähe ihres Nackens. Paolo erschrak fast, als Sophie ihren Kopf zurücklehnte und an seine Schulter bettete. Paolo reagierte sofort und umarmte sie.

»Du duftest so gut«, keuchte er heiser.

Sophie wandte ihm den Kopf zu. Paolo sah in ihre grünen, glitzernden Augen und starrte auf ihren verführerischen roten Mund. Erst als sie die Arme um seinen Hals schlang, wurde er mutig und küsste sie sanft.

Sophie lehnte sich weiter an ihn und spürte seine harte Männlichkeit in ihrem unteren Rücken. Als seine Zunge in ihren Mund drang, stöhnte sie auf.

Doch nicht schüchtern, dachte sie, *aber für mich und diesen Kastens hinter dem Vorhang viel zu harmlos.* Sie nahm Paolos Hände und führte sie an ihrem Körper entlang nach unten zu ihrem Schoß. Noch während Paolo sie küsste, schob sie seine Hand unter ihr Kleid.

Sophie musste ein Lachen unterdrücken, als er heftig

zurückzuckte, weil sie darunter keine Unterwäsche trug. Sophie ließ ihn gewähren, und bald wanderte seine Hand zum zweiten Mal unter ihr Kleid. Er streichelte ihren Venushügel, bis Sophie seine Hand nahm und sie zwischen ihre Beine führte, die sie weit für seine Erkundungen spreizte.

Paolo begriff sofort und steckte seine Finger in ihren Schlitz. Die Feuchtigkeit und Hitze in dem Spalt erregte ihn maßlos, ebenso, dass Sophie ihr Becken vorschob, damit er bequem in sie hineinfassen konnte. Und er tauchte auch tief in sie hinein. Noch etwas ungeschickt zwar, fast zu heftig, doch Sophie gefiel dieses ungelenke Stochern wesentlich besser als seine hauchzarten Berührungen.

»Ich kann einiges vertragen«, ermunterte sie ihn. »Nimm so viele Finger wie du willst. Und so tief wie du kannst. Es ist alles erlaubt. Tu, wonach dir ist.«

Paolo ließ seinen Finger aus ihrem Schlitz gleiten und erkundete ihren äußeren Intimbereich. Dort erkundete er erst die großen und kleinen Schamlippen, dann berührte und massierte er die harte Knospe ihres Lustzentrums.

»Genau hier musst du bleiben«, gurrte Sophie und begann mit ihrem Becken zu kreisen. Sie fasste nun auch ihm zwischen die Beine und presste sich enger an ihn. Sein Schaft war hoch aufgerichtet und hart. Mit ihrer freien Hand streichelte sie über seinen Hals und fuhr ihm durch die Haare.

Paolo vergrub seinen Kopf in ihrem Hals und küsste sie hart. Sophie stöhnte voller Lust. Ihr junger Liebhaber war auf dem richtigen Weg. Ihre Hände glitten nun zum Bund seiner Hose. Sie öffnete den obersten Knopf, dann den Reißverschluss und ließ äußerst geschickt seine Hose zu Boden gleiten. Dann drehte sie sich um und zog ihm die Unterhose und die Dienstuniform aus.

Paolo ließ alles mit sich geschehen, bis er nackt mit seiner prallen Männlichkeit vor ihr stand. Nun ließ Sophie die Träger ihres Kleids über die Schulter gleiten. Paolo öffnete ihr den Reißverschluss und streifte ihr das Kleid über die Schulter. Er sog hörbar die Luft ein, als sie nun in pechschwarzen Strapsen und BH vor ihm stand. Fasziniert betrachtete er sie und fasste an ihren Busen. Er war fest, prall und fühlte sich unglaublich gut an. Er musste sie haben, er konnte es gar nicht erwarten, sich auf sie zu stürzen. Ungeduldig zerrte er an ihrem BH.

»Nicht so hastig«, lachte Sophie und half ihm, den vorderen Haken zu öffnen.

Paolo riss ihr den BH geradezu vom Leib und nahm beide Brüste in seine Hände. Sophie fasste mit ihren Händen seinen Kopf und führte ihn zu ihrem Busen. Paolo saugte sofort an ihrer Brustwarze, während seine andere Hand tiefer wanderte und ihren Po umfasste. Er war fest, die Haut weich und zart. Paolo umarmte sie leidenschaftlich, dann hob er sie hoch und warf sich mit ihr aufs Bett.

Sophie lachte und zog ihn zu sich. Verführerisch leckte sie sich über die Lippen.

Paolo konnte ihren sinnlichen Lippen nicht mehr widerstehen und beugte sich über sie. Während seine Zunge in ihren Mund drang, kroch er über sie. Er wollte gerade ihre Beine spreizen und in sie eindringen, als Sophie ihn zurückschob.

»Du bist zu schnell«, keuchte sie, obwohl sie es selbst kaum erwarten konnte. Aber ihr Spiel, diesen jungen Mann zu quälen und den anderen hinter dem Vorhang festzunageln und unbefriedigt zu erregen, machte sie selbst an. Je länger sie Paolo bei sich behielt, umso mehr würde Rudolf Kastens in seinem Versteck vor Lust vergehen und leiden. *Hoffentlich kommt er und macht sich die Hose so richtig nass,* dachte sie hämisch.

»Wir haben Zeit«, flüsterte Sophie und nahm Paolos Penis in die Hand, um ihn zu reiben.

Paolo unterstützte sie mit heftigen wilden Bewegungen und ergoss sich nur wenig später. Er atmete noch immer schwer, als er in ihr lächelndes Gesicht sah.

»Nun bist du hoffentlich fürs Erste befriedigt und kannst alles andere langsamer angehen. Ich werde deinem Chef schon klarmachen, dass ich dich länger gebraucht habe.« Sie nahm seinen Kopf in die Hände und küsste ihn auf den Mund.

Paolo ließ seine Zunge um ihre kreisen, während ihre Hände weiterhin seinen Körper berührten und streichelten. Sekunden später richtete sich sein Schaft wieder auf.

»So gern du das auch tun würdest, darfst du dich nicht sofort auf mich werfen«, sagte Sophie, nahm seine Hand und legte sie auf ihren Busen. Paolo strich ihr über die Brustwarzen, die sofort hart wurden. Immer wieder starrte er auf ihren üppigen Busen, betrachtete ihre weichen und sinnlichen Lippen. Heftig zog er Sophie an sich und schenkte ihr einen leidenschaftlichen Kuss. Seine Zunge drang tief in ihren Mund und kreiste fordernd um ihre, während seine Hände über ihren Körper wanderten und sie überall erkundeten. Seine Finger glitten über ihren Bauch zu den weit gespreizten Beinen und verschwanden in ihrem feuchten Schlitz. Er ertastete den gesamten Bereich. Vor allem ihr Kitzler, der sich wie eine Perle anfühlte und Sophie große Lust verschaffte, faszinierte ihn.

Während Sophie geschmeidig ihr Becken bewegte, kreisten Paolos Finger in ihrem Schoß, und er vergrub wieder seinen Kopf zwischen ihren Brüsten. Er konnte den Liebesakt kaum mehr erwarten. Er wollte sie haben, in sie eindringen und sich endlich wild in ihr bewegen.

Paolo richtete sich auf und legte sich auf sie.

Sophie lächelte, als sie die Spitze seines aufgerichteten Schafts zwischen ihren Beinen spürte, und drängte sich ihm entgegen. Dass er in sie eindrang, erlaubte sie nicht, sondern sie griff zwischen seine Beine und rieb mit der Spitze seines Schafts ihr eigenes Lustzentrum.

Paolo stöhnte vor Erregung. Sophie machte ihn total verrückt. Alles an ihr machte ihn an. Ihr sinnlicher Mund, ihr wundervoller Busen und die Nässe, die zwischen ihren Beinen tropften. Dass sie nackt unter ihm lag, mit nichts als den Strapsen bekleidet, raubte ihm die Sinne. Und das kreisende Becken und ihr rasierter Schambereich war eine einzige Einladung. Die Erregung war kaum mehr zu ertragen.

Paolo beugte sich zu ihr hinab und saugte heftig an ihrer Brustwarze. Seine Hände wanderten zu ihrem Po, der immer noch nicht stillhielt. Die Beine waren einladend gespreizt. Paolo fühlte förmlich das Kribbeln und Pulsieren aus ihrer Öffnung. Doch sie erlaubte ihm noch immer nicht, dass er sie nahm und wild auf ihr ritt. Noch immer rieb sie die Spitze des Penis zwischen den Schamlippen, während ihre Finger sich dabei fest in seinem Hintern verkrallten.

Das gefiel Paolo besonders. Dieser feste, beinahe schmerzhafte Griff, gepaart mit seiner Erregung, machte ihn ganz heiß. Schließlich konnte er sich nicht mehr zurückhalten. Er senkte seinen Schoß und atmete erleichtert auf, als sie seine Pobacken umfasste und ihn nach unten drückte.

Paolo stöhnte laut auf, als er in ihren Spalt eindrang, der

voller pulsierender Hitze war. Jetzt war es mit seiner Beherrschung vorbei, und er stieß in rhythmischen und heftigen Bewegungen zu. Während er sich wild und noch ein wenig ungeschickt auf und ab bewegte, trieben ihn die geschmeidigen und kreisenden Bewegungen ihres Beckens zum Wahnsinn, ebenso ihr wippender üppiger Busen. Seine Erregung steigerte sich ins Unermessliche. Er war nicht in der Lage, das Tempo zu drosseln. Er wurde immer schneller. Ihr schien das nichts auszumachen, im Gegenteil. Sie feuerte ihn an und wollte mehr, während sich ihre Nägel in seine Pobacken bohrten. Ihre Körper bewegten sich auf und ab, wild und hemmungslos, ihr Stöhnen raubte ihm die Sinne, und dann plötzlich kam er zum Höhepunkt.

Paolo bäumte sich auf, als er sich in ihrem Schoß ergoss. Befreit von seiner süßen Qual vergrub er sodann sein Gesicht zwischen ihren Brüsten.

»Du bist gut«, sagte Sophie und strich ihm mit den Fingern durch die Haare. »Du bist nur zu schnell. Ich habe noch lange nicht genug.«

Paolo blieb angenehm erschöpft auf ihr liegen und genoss die Berührungen ihrer Hände.

Es dauerte nicht lange, und Sophie spürte, wie seine Männlichkeit erneut erwachte und auf volle Größe anschwoll. Sie lachte zufrieden und warf den jungen Mann zur Seite, sodass er aus ihr herausglitt. Auch sie legte sich seitlich hin und forderte ihn mit einer Fingerbewegung auf, ihren Hals zu küssen.

Paolo tat es hart und stürmisch, dann wanderte sein Mund tiefer und er saugte an ihren Brüsten. Sophie fasste nach seinem Kopf und schob ihn zu ihrem Schoß. Sie vergrub die Hände in seinen Haaren und öffnete die Beine weit. Paolo leckte mit seiner Zunge an ihren weit auseinandergespreizten Beinen entlang und tauchte schließlich mit seinem Mund in ihren Schoß ein. Ihre Flüssigkeit schmeckte beinahe süß. Gierig trank er, ließ die Zunge kreisen und saugte sich dann an ihr fest.

Sophie schnurrte wie eine Katze und kam einige Minuten später zum Höhepunkt. Als ihre Zuckungen nachließen, richtete sie sich auf, warf ihn auf den Rücken und beugte sich über seinen Schoß.

»Jetzt bist du dran.« Sie nahm seinen Schaft in den Mund, spielte mit ihrer Zunge und knetete dabei seine Hoden. Er genoss dieses Zungenspiel, bis Sophie damit aufhörte und sich neben ihn legte.

»Du bist wunderschön«, sagte Paolo und betrachtete ihren aufregenden Körper. Sophie rollte ihn schwungvoll auf den Rücken. Ehe er sich versah, saß sie auf seinem Schoß und nahm seinen harten Schaft erneut in sich auf. Dann ritt sie langsam auf ihm, immer wieder in steigendem Tempo auf und ab. Ihr Busen wippte, bis seine Hände ihre Brüste umfassten und kneteten. Ihre rhythmischen Bewegungen trieben Paolo erneut zum Wahnsinn. Auch Sophie genoss jeden Stoß, den sie selbst dirigierte. Als Paolo wenig später noch einmal zum Höhepunkt kam, blieb sie auf ihm sitzen.

»Beeindruckend, wie schnell du bist«, sagte sie. »Wenn du willst, zeige ich dir, wie man alles hinauszögert und diese Spielchen noch länger genießen kann.«

Paolo küsste sie auf den Mund. »Einverstanden«, sagte er. »Ich möchte dich so gern einmal von hinten reiten. Darf ich heute Nacht nach Dienstschluss wiederkommen?«

Sophie nickte und schielte zum Vorhang. Ihr neuer junger Lover war nicht nur neugierig, sondern voller Kraft und

Energie. Die Zeit in diesem Hotel versprach kurzweilig zu werden. So ein unerfahrener Junge war einmal etwas ganz anderes. Aber jetzt, beschloss sie, musste sie arbeiten. Und diesem Kastens die Möglichkeit geben, ihr Zimmer zu verlassen.

Hoffentlich ist er vor Lust vergangen und kriegt seinen Steifen eine Weile nicht mehr unter Kontrolle, dachte sie schadenfroh. Am liebsten hätte sie Rudolf hinter dem Vorhang stehen lassen, damit er am Abend auch noch mit ansehen musste, wie sie und ihr sexy Hotelboy es miteinander trieben. Leider war das nicht möglich, denn sie war mit Maren zum Abendessen verabredet.

Sophie zog Paolo zu sich und küsste ihn. »Fortsetzung heute Nacht, sobald ich mit meiner Freundin zurückkomme. Sicherlich hast du einen Schlüssel. Du kannst mich gern hier erwarten und das Bett schon mal vorwärmen.«

Paolo nickte und errötete leicht. Er sah auf die Uhr und zog sich rasch an.

Sophie begleitete ihn noch zur Tür. Als er fort war, gab sie Rudolf die Gelegenheit, unauffällig zu verschwinden. Doch zuvor zog sie ganz langsam ihre Strapse aus und streckte dabei jedes Bein kerzengerade in die Luft. Erst dann spazierte sie völlig nackt ins Bad und stellte die Dusche an.

»Warum bist du so nachdenklich?«, fragte Sophie, als sie am Abend mit Maren auf der Terrasse eines romantischen Hafenrestaurants in Chania saßen. Der Kellner hatte ihnen gerade den Wein serviert und ihre Bestellung aufgenommen. »Du lässt dir doch von Kastens hoffentlich nicht die ganze Stimmung verderben.« Sophie trank einen Schluck Wein und deutete zum Wasser. »Ist das nicht eine herrliche Aussicht?«

Maren ließ ihren Blick über das Meer schweifen. Die Lichter der Laternen spiegelten sich auf den Wellen wider, und eine leichte Brise wehte vom Ufer bis hierher und sorgte für angenehme Frische. Sie und Sophie hatten einen Ecktisch ergattert, der von rankenden Weinblättern und Orangenbäumen in Kübeln umgeben war.

»Es ist wundervoll«, gab Maren zu. »Sobald ich mit Rolf klar Schiff gemacht und seiner Familie geholfen habe, kann ich das auch wieder unbeschwert genießen.«

»Und verrätst du mir auch, wie du das anstellen willst?«, erkundigte sich Sophie. »Ich habe gute Arbeit geleistet. Du kannst seinen Onkel nicht mehr entlasten.«

»Den Onkel nicht, aber seinen Großvater. Die Presse hat ihm übel mitgespielt. Nachdem seine Unschuld bewiesen wurde, erschien nur eine winzige Richtigstellung. Diese wurde von der Öffentlichkeit gar nicht wahrgenommen. Deshalb steht die Familie noch immer in einem schlechten Ruf.«

»Und jetzt willst du die Leser darüber aufklären, dass zumindest Rolfs Großvater unschuldig war?«

»Genau das habe ich vor«, gab Maren zu. »Glaubst du, Walter spielt mit?«

»Wenn du damit die Auflage steigerst, hast du gute Karten«, meinte Sophie prompt.

Maren richtete sich entschlossen auf. »Ich weiß inzwischen, wie die Falschmeldung damals zustande kam. Ich schreibe einen Gegenbericht, der es in sich hat. Mehr kann ich für Rolf nicht tun.«

»Und dann geht es dir wieder gut?«, erkundigte sich Sophie mit leicht ironischem Blick.

Maren lachte. »Danach geht es mir blendend. Mach dich nur über mich lustig. Diese Aktion hilft mir, Rolf zu vergessen.«

»Wenn das so ist, tu es«, meinte Sophie. »Kipp nur nicht wieder um, und bilde dir ein, dass er doch die große Liebe für dich sein könnte.«

Maren nahm ihr Glas. »Keine Sorge. Diesen Mann habe ich mir längst abgeschminkt.«

»Wie das?«, fragte Sophie und hob ebenfalls ihr Glas empor.

»Ich schätze es gar nicht, wenn man mich hinauswirft, ohne mich zu Wort kommen zu lassen. Beim ersten Mal war er wütend und alles sprach gegen mich. Beim zweiten Mal hätte er mich anhören sollen, denn er hatte Zeit gehabt, sich zu beruhigen. Dieser Rausschmiss war einer zu viel.«

»Ich bin entzückt zu hören, dass dich seine zweite Abfuhr ernüchtert hat«, meinte Sophie trocken. »Und weiter?«

»Ein Mann, der Reporter verabscheut, passt nicht zu mir.« Maren streckte ihr zwinkernd das Glas entgegen. »Ich mag meinen Job. Vor allem, weil ich dadurch vielen interessanten Männern begegne.«

»So ist es«, bestätigte Sophie. Und die Gläser klangen hell aneinander.

Walter legte den Artikel zur Seite. »Nicht schlecht«, meinte er zu Marens Überraschung. »Lange können wir Sophies Story nicht mehr auf Seite eins halten. Dein Artikel kommt mir gerade recht.« Er lehnte sich zurück. »Zum Glück hatte die BLITZ damals nichts mit den Falschmeldungen zu tun. Wir sähen schön blöd aus, wenn wir plötzlich das Gegenteil berichteten.«

Walter beugte sich vor. »Mit Kastens' Großvater hast du den richtigen Nerv getroffen. Die Idee, alles noch mal neu aufzurollen, hält die Auflage noch eine Weile oben.« Walter trommelte mit den Fingerspitzen auf seinen Schreibtisch. »Dein Plan herauszufinden, wer hinter den anonymen Schreiben steckt und Rudolf Kastens verleumdet, ist auch große Klasse. Diese Enthüllung wäre noch eine zusätzliche Schlagzeile nach meinem Geschmack.« Er runzelte die Stirn. »Nur für Sophies nächsten Artikel will ich endlich ein gescheites Foto von Kastens haben. Seht zu, wie ihr das hinbekommt. Und etwas dalli.«

»Und was ist mit meinem Bericht?«

»Sobald die Auflage sinkt, kommen wir damit heraus. Flieg zurück nach Kreta.« Er winkte lässig mit der Hand.

Maren wusste, dass sie hiermit entlassen war.

Die nächsten Tage waren Sophie und Maren im Stress. Maren hatte gerade telefonisch einen Informanten kontaktiert und ihre Unterlagen aktualisiert, als Sophie, glänzend gelaunt, ins Zimmer rauschte. Sie trug ein duftiges Tuch, das sie sich raffiniert um den Körper geschlungen hatte, und sah umwerfend aus.

Sophie hob ihr Handy in die Höhe. »SMS von Walter. Die Auflage der BLITZ hat ein Rekordhoch erreicht.« Sie warf sich in einen Sessel und schwang die Beine über die Lehne. »Die Fotos von Kastens gefallen Walter ausnehmend gut.«

»Wie bist du überhaupt an ihn herangekommen?«, erkundigte sich Maren und lachte, als sie Sophies rollende Augen sah. »Oh weh, ich ahne Schlimmes.«

»Ich hab mich an seinem speziellen Tisch versteckt«, erklärte Sophie. »Als Deckung habe ich die Palmengruppe auf der Terrasse gewählt. Er hat es natürlich bemerkt. Aber erst beim vierten Foto. Sein Wutausbruch war herrlich. Er hat ein Brötchen nach mir geworfen.«

Maren lachte. »Warum er nicht abreist?«, wunderte sie sich.

»Männliche Eitelkeit«, behauptete Sophie. »Er ist der Big Boss. Und ein Boss gibt weder nach, noch reist er wegen zwei lästigen Reporterinnen ab.«

»Eigentlich dumm«, überlegte Maren.

»Nicht für uns. Dieses Machogehabe erleichtert unsere Arbeit ungemein. Hoffentlich hast du nicht wieder versucht, mit ihm zu reden.«

»Das hab ich aufgegeben. Ich möchte nur noch, dass bald mein Artikel erscheint. Vielleicht kann er mir dann verzeihen.«

»Es gibt nichts zu verzeihen«, brummte Sophie. »Du hast ihm nichts getan.«

»Das weiß *er* aber nicht.« Maren seufzte. »Bis Walter damit herauskommt, bin ich wahrscheinlich gar nicht mehr hier.«

Sophie hob überrascht die Brauen. »Wieso das denn?«

»Sobald wir hier fertig sind, darf ich meinen Urlaub fortsetzen. Oder präziser ausgedrückt, endlich antreten.«

»Und deine freien Tage willst du woanders verbringen?«

Maren nickte. »Da Rolf noch länger hierbleibt, ja.« Maren starrte aus dem Fenster. »Nur noch eine einzige Sache will ich für ihn tun. Dann bin ich bereit, die gemeinsamen Tage und Nächte zu vergessen. Genau wie ihn.«

Sophie schnalzte mit der Zunge. »So gefällst du mir schon besser.« Sie stand auf und hauchte der Freundin einen Kuss auf die Wange. »Mit dieser Einstellung wird dein neuer, alter Urlaub bestimmt klasse.«

Drei Tage später war die Berichterstattung abgeschlossen. Sophie musste übermorgen für ein Interview nach New York reisen, und Maren konnte ab sofort ihren Urlaub auf Mallorca antreten. Doch solange Sophie noch hier war, wollte auch Maren auf Kreta bleiben.

Sophie war gerade dabei, einige Sachen einzupacken, als ihr Paolo die neuste Ausgabe der BLITZ brachte.

Sophie zwinkerte ihm zu. »Morgen Nacht erwarte ich dich zum letzten Mal«, sagte sie und legte ihm die Arme um den Hals. »Danach musst du dir eine andere Geliebte suchen.«

Paolo grinste und verschwand, als sie ihm mit einem Klaps auf dem Po zur Tür schob.

Sophie warf einen Blick über die Schlagzeile, dann nickte sie grimmig und verließ ihr Zimmer. Ihr Ziel war die Terrasse, wo sie Kastens vermutete.

Tatsächlich saß er draußen bei einer Tasse Kaffee an einem Ecktisch und arbeitete.

Sophie zog ihr T-Shirt nach unten, sodass ihr tiefer Schlitz zwischen dem Busen noch besser zu sehen war. Dann rauschte sie auf die Terrasse, marschierte direkt auf Rudolf zu und knallte ihm die Zeitung auf den Tisch.

»Lies das, du Vollidiot«, forderte sie ihn auf. »Das hat Maren recherchiert.« Sie stemmte die Hände in die Taille. »Das hat sie für dich getan, obwohl du sie abkanzelst.«

Sophie beugte sich näher, sodass er direkt in ihren Ausschnitt sehen musste. »Wenn du nach dieser Lektüre noch immer glaubst, Maren hätte dich hintergangen und deine Missachtung verdient, bist du noch mieser, als ich dachte. Es gibt noch einiges, was du nicht weißt. Vielleicht denkst du mal darüber nach.«

Noch ehe er ein Wort erwidern konnte, drehte Sophie sich um und stöckelte davon.

Rudolf wollte schon die Zeitung vom Tisch fegen, dann aber starrte er auf die Schlagzeile und schnappte nach Luft.

Kastens Konkurrent für anonyme Verleumdungen bei der Presse verantwortlich.

Rudolf konnte kaum fassen, was er las.

Um gegen seinen Konkurrenten auch weiterhin bestehen zu können, hat der Chef der Firma Wulrich monatelang anonyme Schreiben an die Medien und an einzelne Banken versandt. Damit wollte er Rudolf Kastens bei seinen Kunden in Misskredit bringen. Die Staatsanwaltschaft ermittelt bereits wegen unlauteren Wettbewerbs und Verleumdung. Wulrich gab zu, die Vorwürfe gegen Kastens nur erfunden zu haben.

Rolf musste diese Nachricht immer wieder lesen. Endlich wusste er, wem er die Diffamierungen zu verdanken hatte.

Und Maren hatte es herausgefunden. Er stöhnte innerlich auf. Und er hatte sie abgeurteilt, ohne ihr je die Chance einer Rechtfertigung zu geben.

Rudolf stand auf. Er musste jetzt allein sein. Er hatte Maren schlecht behandelt. Die Erkenntnis, dass sie trotzdem seinen größter Widersacher gesucht und zur Strecke gebracht hatte, vermochte er nicht zu begreifen. *Sie hat das nur getan, weil sie mich verraten und jetzt ein schlechtes Gewissen hat*, versuchte er sich einzureden. Doch das Gefühl, dass er mit dieser Vermutung vielleicht falschlag, ließ ihn nicht mehr los.

Am nächsten Tag stand Rudolf auf seinem Balkon und schaute auf das Meer, das grünblau in der Sonne glitzerte. Vom Portier wusste er, dass Maren schon morgen abreiste. Wenn er noch einmal mit ihr reden wollte, musste er das heute tun. Seit gestern war eine merkwürdige Veränderung in ihm vorgegangen. Er wollte endgültig wissen, ob Maren sein Vertrauen missbraucht hatte oder nicht.

Kurz nach ein Uhr Mittag klopfte er an Marens Tür. Aus ihrem Zimmer drangen dumpfe Geräusche, und er konnte die Stimme eines Mannes hören.

Rudolf setzte sich auf eine Bank im Flur und wartete. Er hoffte, dass Maren nicht wie er reagierte, sondern bereit war, offen mit ihm zu reden. Fünf Minuten später erschien Sophie. Da Rudolf völlig in sich gekehrt auf der Bank saß, bemerkte er sie nicht.

»Wer hätte gedacht, dass sie dein hartes Herz erweicht«, begrüßte Sophie ihn bissig. »Nett, dass du doch bereit bist, mit Maren zu reden. Etwas spät, findest du nicht?«

Rudolf fuhr aus seiner Versunkenheit auf. »Verschwinde«, blaffte er sie an. »Wir haben uns nichts zu sagen.«

»Ich denke schon.« Sophie setzte sich betont lässig neben ihn. »Im Gegensatz zu dir habe ich es mir mit Maren noch nicht verscherzt. Sie ist eine tolle Frau. Leider hast du das nie begriffen.«

»Ich war wütend. Vielleicht war ich auch ungerecht. Aber ich will mit ihr und nicht mit dir reden.«

Sophie lachte hell auf. »Vielleicht will Maren dich ja gar nicht mehr sehen.« Graziös schlug sie die Beine übereinander und sah ihn herausfordernd an. »Wenn du lieb darum bittest, könnte ich ein gutes Wort für dich einlegen.«

Rudolf wollte gerade auffahren, als sich Marens Tür öffnete und der Zimmerservice den Raum verließ. Der Kellner wandte sich sofort an Sophie. »Ihr Auftrag ist ausgeführt. Der Imbiss ist wie immer auf dem Balkon serviert.«

Sophie bedankte sich und stand auf. »Dann adieu«, meinte sie ironisch lächelnd zu Rudolf. »Bevor ich gehe, solltest du noch einiges wissen. Als Maren dir zum ersten Mal auf dem Schiff begegnet ist, wusste sie nicht, wer du bist. Auch nicht, als ihr eure erste Nacht miteinander verbracht habt. Sie mochte dich als Rolf Tereg, ohne zu ahnen, wer du wirklich bist. Das hat sie erst in Heraklion erfahren. Danach hat sie sich nicht mehr getraut, dir zu gestehen, dass sie Journalistin ist und für die BLITZ arbeitet. Als sie es dir sagen wollte, war es schon zu spät.«

Sophie sah ihn herausfordernd an. »Ich weiß von Maren, dass du mit ihr über deinen Onkel gesprochen hast. So ein Geständnis ist ein gefundenes Fressen für jeden Reporter. Aber Maren hat dichtgehalten. Sie hat sich viel Geld und eine große Schlagzeile durch die Finger schlüpfen lassen. Maren konnte noch nie über Leichen gehen.«

Sophie griff nach der Türklinke. »Ich war es, die dich ans Messer geliefert hat. Und zwar ohne fremde Hilfe.« Sie griff in ihre Tasche. »Vielleicht liest du das einmal durch.« Sie reichte Rudolf die neuste Ausgabe der BLITZ. »Das hat Maren geschrieben. Die Schlagzeile ist zwar von mir, aber was soll's.« Nach diesen Worten ließ sie ihn stehen und knallte die Tür zu.

Rudolf starrte ihr beklommen nach, dann riss er sich zusammen und blickte auf die erste Seite.

BLITZ-Reporterin rollt den Fall Kastens-Geret nochmals auf. Rolf Kastens' Großvater unschuldig und zu Unrecht von den Medien verleumdet.

Rolf schluckte, dann begann er zu lesen.

Es war schon Abend, Sophie hatte sich mit Paolo in ihr Zimmer zurückgezogen, als Maren Rudolf eine Nachricht schickte.

Bin bereit mit dir zu reden.

Rudolf nahm das Angebot sofort an. Ihm lag inzwischen viel daran, sich mit Maren auszusöhnen. Und vielleicht ...

»Wieso bist du so großzügig und weist mich jetzt nicht ab?«, wollte Rudolf wissen, nachdem Maren ihm alles erzählt hatte.

»Ich mochte die Rolle der gemeinen Verräterin gar nicht«, gestand sie ihm ein. »Schon deshalb war mir diese Aussprache wichtig. Ich möchte auch, dass wir uns friedlich trennen.«

»Inzwischen weiß ich, dass ich nicht alle Reporter über einen Kamm scheren darf«, sagte Rudolf leicht zerknirscht. »Was diese Hexe mit der roten Löwenmähne betrifft, so ist sie –«

»Meine beste Freundin«, unterbrach Maren ihn streng. »Wir leben zusammen, und sie ist ein wundervoller Mensch. Ich erlaube nicht, dass du sie beleidigst.«

»Sie hat mich in Düsseldorf gelinkt.«

»Vielleicht kannst du ihr nicht verzeihen, aber für mich ist sie einer der wichtigsten Menschen in meinem Leben.«

»Verzeihen will ich ihr nicht«, antwortete Rudolf unnachgiebig. Er nahm Marens Hand und führte sie an seine Lippen. »Aber dein großartiger Bericht spricht endlich meinen Großvater von jeder Schuld frei. Kannst du mir meine Grobheit verzeihen?«

»Schon passiert«, lachte Maren. »Jetzt kann ich beruhigt abreisen und unsere gemeinsamen Tage und Nächte in guter Erinnerung behalten.«

Rudolf blickte zuerst auf den Koffer neben ihrem Bett, dann in ihr Gesicht. »Muss das sein?«

»Sophie fliegt morgen nach New York. Und ich verlege meinen Urlaubsort nach Mallorca.«

»Wegen mir?« Rudolf sah sie bittend an. »Kannst du nicht doch noch bleiben?« Er rutschte näher zu ihr. »Ich mag dich. Wenn ich nicht so ein eingefleischter Junggeselle wäre und du nicht Reporterin …«

Maren sah ihm belustigt in die Augen. »Beruhige dich. Ein Mann mit Bindungsängsten, Vorurteilen und einer Abneigung gegen Reporter wäre mir sowieso zu anstrengend.«

»Und du hast sowieso etwas Besseres verdient als mich.« Rudolf grinste. »Jetzt, wo du mir die Meinung gesagt hast, könntest du doch bleiben.«

»Warum?«, lachte Maren. »Mallorca ist auch sehr hübsch.«

»Sicher«, bestätigte Rudolf, »aber ich wäre dann ganz allein. Vielleicht laufen wir uns in Zukunft noch ab und zu über den Weg. Wir sollten uns dann freuen, uns zu sehen. Könnten wir uns darauf einigen?«

»Ich habe nichts dagegen«, antwortete Maren.

»Und was ist mit unserer netten Affäre? Würdest du dich noch einmal auf mich einlassen?«

Maren lachte. »Daher weht der Wind. Warum nicht? Zumindest als Liebhaber bist du große Klasse. Ich mag heißen Sex immer. Ganz besonders aber im Urlaub. Da kann ich dann gar nicht genug davon bekommen.«

Rudolf reichte ihr die Hand. »Bleibst du?« Seine Augen schauten so bittend, dass ihr ganz warm wurde.

Maren schlug ein. »Ich bleibe. Ein Alleinsein will ich dir nicht zumuten. Sonst müsstest du ja über deine Schwächen nachdenken und daran verzweifeln.«

»Diesen Hieb habe ich verdient«, lachte Rudolf und zog sie an sich.

Maren hatte nichts gegen seine Küsse einzuwenden. Ganz im Gegenteil.

Am nächsten Morgen begleitete Maren Sophie zum Flughafen. Zurück im Hotel blieb sie vor dem Eingang stehen und sah sich um. Rudolf war schon am Strand. Er hatte seine Hose hochgekrempelt und watete im Wasser. Als er ihr zuwinkte, wurde ihr schlagartig klar, dass ab jetzt tatsächlich ihr Urlaub begann.

»Und den will ich endlich genießen«, lachte sie vergnügt. Maren griff in ihre Tasche und schaltete ihr Handy aus. Danach lief sie vergnügt zum Strand. Als Rudolf sie in seine Arme schloss, war sie sich fast sicher, dass ab jetzt niemand mehr ihr Zusammensein störte.

»Hast du einen Wunsch?«, fragte Rudolf, als er mit Maren eng umschlungen in seinem Hotelzimmer stand und auf den nächtlichen Strand und die Wellen blickte.

»Zwei sogar.« Maren sah zwinkernd zu ihm auf.

»Und die wären?«

»Dass die ganze Zeit Vollmond ist.«

»Ich dachte mehr an Wünsche, die ich erfüllen kann.« Rudolf küsste sie in den Nacken. »Und da sind wir schon beim Thema.« Er umschlang ihre Hüften und presste sie an sich.

Maren wehrte ihn ab und drehte sich zu ihm um. »Das muss ich mir nicht von dir wünschen«, lachte sie. »Das bekomme ich sowieso. Ich möchte etwas anderes von dir haben. Eine Zusicherung.«

»Welche?« Rudolf hob skeptisch die Brauen. »Dass ich dir nie wieder misstraue?«

»Viel einfacher«, lachte Maren. »Ich will die Erlaubnis, dass ich dich regelmäßig interviewen darf. Nein, wehr mich nicht ab«, bat sie. »Du stehst in der Öffentlichkeit. Das ist der Preis dafür, wenn man geniale Ideen hat und sichere Computersysteme entwickelt. Du kannst dich diesem Image nicht entziehen.«

Rudolf sah ihr lange in die Augen. »Wenn es unbedingt sein muss, bin ich einverstanden. Meine Abneigung gegen Reporter wird wohl immer bestehen bleiben, aber bei dir mache ich eine Ausnahme. Du bekommst deine Exklusivinterviews, wann immer es nötig sein wird. Aber nur unter einer Bedingung.«

»Die da wäre?« Maren legte ihm ihre Arme um den Hals.

»Dass du nach jedem Interview zum Nachtisch bleibst.«

»Nachtisch?«, lachte sie. »Vanilleeis mit Himbeeren oder Palatschinken?«

»Biest«, sagte er und zog sie an sich. »Du musst zum Liebesnachtisch bleiben, und zwar so.« Er küsste sie stürmisch. Dann ließ er von ihr ab und zog die Vorhänge zu. Er hob Maren auf und trug sie durchs Zimmer. Überall brannten Kerzen und verbreiteten ein warmes Licht. Auf dem Tisch stand ein Kühlbehälter mit einer Flasche Champagner.

Rudolf ließ Maren auf das Kanapee gleiten. Dann ging er zum Tisch und öffnete die Flasche. Er schenkte zwei Gläser voll und reichte eines davon Maren. Als sie einen Schluck gekostet hatte, nahm er ihr das Glas aus der Hand und stellte es fort. Dann trank er aus seinem Glas. Er beugte sich zu ihr und berührte ihre Lippen mit seinen. Behutsam ließ er den Champagner von seinem Mund in ihren fließen.

Maren trank und schlang die Arme um ihn. Rudolf leckte ihr die Tropfen von den Lippen und küsste sich an ihr satt. Langsam zog er den Reißverschluss ihres Kleides nach unten und tastete nach ihrem Busen. Nur kurz, nur zart, dann schob er den Reißverschluss weiter, bis das Kleid offen war. Maren war darunter nackt. Als er die harten Spitzen ihrer Brüste berührte, kroch seine Hand zwischen ihre Beine. Rudolf kniete vor ihr nieder. Er saugte sich an ihrem Busen fest, bis Maren stöhnte. Danach ließ er sie los, beugte sich zurück und griff nach der Flasche. Er hielt sie über Maren und ließ den Inhalt über ihren Körper prasseln.

Der Champagner prickelte und fühlte sich angenehm kühl auf ihrer Haut an. Rudolf goss ihr den Champagner über die Brüste, über den Bauch und ließ die Flüssigkeit in ihren Schoß regnen. Der Champagner rann ihr zwischen die Beine und bildete kleine Perlen auf ihrer Haut. Endlich begann Rudolf damit, ihr all diese kleinen Perlen und Bäche von der Haut zu lecken. Maren ließ sich entspannt zurückfallen und genoss seine Berührungen. Seine Zunge war warm und rau, und als er sich ihrem Schoß näherte, legte sie einen Fuß auf die Lehne des Kanapees und öffnete sich weit.

Rudolf tauchte in ihren Schoß ein, um dort die Flüssigkeit zu trinken. Als er alles aufgeleckt hatte, saugte er sich zwischen ihren Beinen fest, während er ihr Becken anhob. Maren stöhnte auf und war kurz davor zu explodieren. Als er plötzlich mit der Bearbeitung seiner Zunge aufhörte, konnte sie es kaum ertragen. Endlich beugte er sich über sie. Sein Schaft berührte ihren Schlitz. Maren rieb sich daran, darauf wartend, dass er sie gleich ganz damit ausfüllte.

»Ich bin einverstanden«, seufzte Maren. »Sowohl mit diesem Nachtisch als auch mit deinem Deal.«

»Ich auch«, stöhnte Rudolf. »Trotz der Interviews, die mir dann bevorstehen. Wieso gelingt es dir immer, mich um den Finger zu wickeln?« Er küsste ihren Mund. »Ich befürchte nur, dass ich mehr Interviews akzeptieren muss, als mir lieb sind.«

»Vor allem, wenn du danach mit Sex getröstet wirst.« Maren lächelte verführerisch. »Und jetzt zur Sache bitte, ich bin sehr hungrig.«

Nach diesen Worten griff er ihr unter die Knie, drückte sie weit auseinander und drang mit einem heftigen Stoß in sie ein.

Anabella Wolf:

Fucking Texas

»Ich fahr mit dem Rad! Bis später!«, rief Maren. Kurz darauf fiel die Wohnungstür ins Schloss.

Sophie runzelte die Stirn und sah aus dem Fenster. Kahle Bäume und ein Grauschleier, der selbst die hübschesten Hamburger Altbauten trostlos aussehen ließ. Gut, es schneite oder regnete nicht, aber es war dennoch Winter. Sophie verzog das Gesicht. Ihre Seele brauchte Sonne und Wärme, und davon jede Menge.

Maren dagegen war anders. Sie nahm gern das Fahrrad für den Weg in die BLITZ-Redaktion. Sophie würde in ihrem Leben keinen Drahtesel besteigen. Sie fuhr immer mit ihrem pinken EOS zur Arbeit. Maren würde Sophie jetzt korrigieren und es »rasen« nennen, aber das war natürlich völlig übertrieben. Sophie hatte es einfach immer ein bisschen eilig.

Für sich selbst hingegen nahm sie sich gern Zeit. Auch jetzt. Sie löste den Handtuchturban, der um ihre nassen Haare gewickelt war, und verteilte etwas Lockencreme auf ihren Handflächen. Dann zwirbelte sie einzelne Haarsträhnen um ihre Finger und föhnte ihre feuchte Mähne anschließend mit dem Diffusor trocken.

Sophie stemmte die Hände in die Hüften und betrachtete sich im Wandspiegel. Sie trug noch ihren kurzen knallroten Bademantel, aber es wurde Zeit, sich etwas anderes anzuziehen. Ein letzter Blick aus dem Fenster ließ sie verzweifeln.

Der Winter hinderte sie daran, Haut zu zeigen. Und Sophie hatte sehr schöne Haut, die sie nur ungern unter einem Rollkragen versteckte. *Überhaupt Rollkragen*, dachte sie und schüttelte sich.

Sie griff nach der Schachtel Gitanes Blanc, die auf ihrer Kommode lag, und zündete sich eine Zigarette an. Dann schloss sie die Augen, inhalierte tief und genoss diesen ersten Kick des Tages.

Sie schlug die Augen wieder auf und schaute erneut ihr Spiegelbild an. Der Ausschnitt ihres Bademantels war verrutscht, und ihr rechter Nippel blitzte hervor. Sophie betrachtete ihre großen Titten und stieß genüsslich den Rauch aus. Sie hatte einfach prächtige Brüste. Sie legte den Kopf schief und sah auf die üppigen Rundungen unter dem knallroten Bademantel. Sie lächelte und klemmte sich die Zigarette zwischen ihre Lippen. Dann öffnete sie langsam den Gürtel ihres Bademantels und schob ihn zur Seite. Sie sah von ihren spitzen rosa Nippeln über den flachen Bauch bis hin zu ihrer glatt rasierten Möse.

Mit beiden Händen packte sie ihre Titten und presste sie aneinander. Die Zigarette klemmte noch immer zwischen ihren Lippen. Die Aschespitze wurde immer länger, während Sophie hingebungsvoll ihre Brüste knetete. Sie seufzte leise.

Schließlich nahm sie die Gitanes in ihre linke Hand, zog noch einmal daran und ließ ihre Rechte über die caramellfarbene Haut ihres Bauches nach unten wandern. Langsam erreichten ihre Finger die Leiste, dann das Schambein und schließlich ihre weichen Mösenlippen. Sophie seufzte lauter und schob die Lippen auseinander. Die Fingerspitzen erreichten die Knospe und rieben sie in kleinen kreisenden Bewegungen.

Sie legte den Kopf in den Nacken und rieb stärker. Wieder nahm sie einen tiefen Zug aus der Gitanes, dann machte sie weiter, und ihr Stöhnen wurde immer lauter. Ihre Knospe war inzwischen heiß und feucht, die Mösenlippen leicht geschwollen.

Sophie beugte sich etwas vor und streckte ihren Hintern raus. Ihre kupfernen Locken fielen nach vorn und ringelten sich vor ihrem Dekolleté. Sophie schrie beinah auf, als ihre Finger nun in ihre Möse hineinglitten. Sie musste sich mit der linken Hand am Wandspiegel abstützen, die Zigarette immer noch zwischen den Fingerspitzen.

Sie stieß den Finger ihrer rechten Hand tief in sich hinein, immer wieder. Ihre Titten wackelten im Rhythmus ihrer Stöße, Asche fiel auf die Holzdielen, und Sophies Finger fickten sie schneller und schneller.

Mit halb geöffneten Augen verfolgte sie das Wackeln ihrer prallen Brüste, das Tanzen ihrer spitzen Nippel. Dann nahm sie den Mittelfinger hinzu und fickte sich noch härter. Es reichte nicht, sie wollte mehr und schob auch ihren Ringfinger in ihre enge feuchte Möse. Keuchend stieß sie in sich hinein. Schweißperlen rannen ihren Hals hinunter, doch Sophie trieb ihre Finger immer tiefer und heftiger in sich hinein. Sie hechelte und ächzte, dann kam sie, schreiend.

Sophie hielt einen Augenblick inne. Im Spiegel sah sie, wie ihre Titten sich hoben und senkten. Dann zog sie die nassen Finger aus ihrer Möse. Sie lächelte und nahm einen genüsslichen letzten Zug von der fast runtergebrannten Zigarette.

Ja, sie würde heute wohl zu spät in der Redaktion sein.

Dabei war sie ja pünktlich gekommen.

»Sieh mal«, sagte Lori Schneider und hielt Maren ihre rot lackierten Fingernägel hin.

Maren beugte sich über die sorgfältig manikürten Hände, sodass ihr eine blonde Haarsträhne ins Gesicht fiel, und nickte anerkennend. »Das ist ja genau der Farbton deiner Haare, Lori.«

Lori strahlte. »Ja, nicht wahr, ich –«

In diesem Augenblick riss Walter Stein die Tür zu seinem Büro auf, und Lori verstummte. Er steckte seinen runden Kopf mit dem schütteren Haar ins Sekretariat und blickte auf Maren. »Aha«, sagte er. »Und das Fräulein Caprice, wann gibt sie uns die Ehre?«

Maren lächelte und strich sich ihre Haare zurück. »Sophie kommt sicher gleich.«

Walter Steins hohe Stirn runzelte sich. »Ich hab zehn Uhr gesagt.«

»Es ist doch erst …«, Maren warf einen Blick auf Loris Bildschirm, »zehn nach.«

Walter Stein kam ins Sekretariat hinaus und baute sich neben dem Schreibtisch seiner Sekretärin auf. In Anbetracht seiner geringen Körpergröße und dem bemerkenswerten Umfang gab er keine besonders beeindruckende Figur ab. Umso ärgerlicher schaute er jetzt auf seine Armbanduhr. »Es ist *Viertel* nach. Wofür bezahl ich euch eigentlich?«

»Für unsere hervorragenden Reportagen«, sagte Maren lächelnd und setzte sich seitlich auf Loris Schreibtisch. Sie trug eine Röhrenjeans und dazu nudefarbene Lackpumps. Ihre Bluse war wie ihre Fingernägel pastellrosa, was ihr zwar nicht Loris Aufmerksamkeit einbrachte, aber den Neid vieler anderer BLITZ-Mitarbeiterinnen. Marens dezente Eleganz war und blieb in der Redaktion nun mal unerreicht.

Das allerdings interessierte Walter Stein kein bisschen. Er hatte andere Sorgen, und das sah man ihm deutlich an. Sein Gesicht färbte sich schweinchenrosa.

»Aber ich kann euch nicht auf diese ›hervorragenden Reportagen‹ ansetzen, wenn ihr nicht da seid!«, sagte er mit schon merklich lauterer Stimme. Das Schweinchenrosa wandelte sich zu einem kräftigen Rot. »Ich hab meine Zeit schließlich auch nicht gestohlen. Was soll ich denn dem Verleger sagen, mit dem ich gleich einen Termin habe? ›Entschuldigen Sie, Frau Caprice muss sich erst noch die Beine wachsen lassen, bevor sie sich dazu herablassen wird, einen neuen Auftrag entgegenzunehmen‹?«

In diesem Augenblick platzte Sophie ins Sekretariat. Sie stemmte die Hände in ihre wohlgeformten Hüften und sah Walter Stein in gespielter Empörung an. »Soll ich etwa mit Stoppelbeinen ins Büro kommen, Steinchen?«

Maren verkniff sich ein Lachen, und Stein sah Sophie aus zusammengekniffenen Augen an. Ihm lag offensichtlich eine Erwiderung auf der Zunge, aber da stolzierte Sophie schon an ihm vorbei; ihr magentafarbenes Wickelkleid schwang um ihre Beine, und ihre Absätze klapperten auf dem Parkett. »Dann komm mal mit, Chef. Du hast ja bekanntlich gleich noch einen Termin«, sagte sie und tätschelte Steins Wange, bevor sie in seinem Büro verschwand.

Der Chefredakteur drehte sich ohne ein weiteres Wort um und folgte ihr.

»Spinne ich, oder hast du es eben auch aus Steins Ohren rauchen sehen, Lori?« Maren schulterte ihre nudefarbene Handtasche.

Die Redaktionssekretärin hob abwehrend die Hände. »Ich weiß nur, dass mein neuer Nagellack seinen Preis wert ist.«

Maren lachte und betrat ebenfalls Walter Steins Büro. Nachdem sie die Tür hinter sich geschlossen hatte, setzte sie sich neben Sophie. »Du hättest dich wirklich ein bisschen beeilen können«, raunte sie ihr zu.

»Ausgeschlossen«, raunte Sophie zurück. »Ich musste zu Hause noch Hand anlegen.«

Maren runzelte die Stirn. »Hand anlegen? Du?«

»Aber ja«. Sophie zwinkerte Maren zu.

Maren verdrehte die Augen und sah Walter Stein erwartungsvoll an.

»USA«, verkündete der nur und ließ sich ächzend in seinen Bürostuhl fallen. Seine Gesichtsfarbe war wieder bei Schweinchenrosa angekommen. »In zwei Wochen.«

»Wow!« Sophies Augen glänzten. »New York oder L. A.?«

»Was?«, fragte Walter Stein verwirrt. »Nein, nein ... Es geht nach Laredo, Texas.«

»Laredo, Texas?«, wiederholte Maren lahm.

»Kenn ich nicht und klingt auch nicht sonderlich aufregend«, knurrte Sophie. »Wieso soll ich da hinfahren?«

Das Schweinchenrosa wurde wieder dunkler. »Weil ich es dir sage, Sophie! An George Washingtons Geburtstag findet in Laredo, Texas, der berühmte Kolonialball statt. Auf ihm debütieren die jungen Damen der besten Gesellschaft aus ganz Südtexas in historischen Kostümen. Ganz prächtig, das alles. Ich will eine Reportage über eine dieser Debütantinnen.«

»Aber warum denn bloß, *mon dieu?*« Fast raufte sich Sophie ihre roten Locken.

»Ja«, sagte Maren und beugte sich etwas vor, »junge reiche Amerikanerinnen sind doch wohl kaum ein Thema für eine BLITZ-Reportage.«

»Nein, aber seit Tom Cruise in der Gegend ein Haus gekauft hat, nur um seine Adoptivtochter dort debütieren zu lassen, wird dieser Teil der USA zunehmend VIP-tauglicher. Es heißt, dass immer mehr hochkarätige Promis dieses Spektakel auch mal miterleben wollen.«

»Ich nicht«, sagte Sophie, und Maren schenkte ihr einen tadelnden Blick.

»Schluss jetzt!« Stein machte eine unwirsche Handbewegung. »Ihr fahrt beide. Ich will vier Augen da unten haben. Außerdem ist es nur von Vorteil, wenn eine von euch diesem ganzen Bohei in Laredo gegenüber etwas kritischer eingestellt ist.«

Sophie lachte freudlos auf. »Etwas kritischer? Das trifft es nicht ganz. Ich hasse solche Veranstaltungen.«

Walter Stein versuchte ein diabolisches Grinsen, was in Anbetracht seines Schweinchengesichts nicht wirklich gelang. »Du kannst natürlich auch in Hamburg bleiben und von irgendeiner dieser lähmend langweiligen Charity-Dinners berichten, wenn dir das lieber ist.«

»Ich fahre«, grummelte Sophie.

Maren überlegte. »Also, Isabella Cruise debütiert auf diesem Ball, hm?«

Stein nickte. »Ja, und dieses Jahr ist ein ganz besonderes. Charlene Summersville kommt aus der Gegend und Brenda Frolly ebenfalls. Auch sie werden debütieren. Dieser Kolonialball wird die Presse von nah und fern anziehen. Alle werden davon berichten.« Zufrieden verschränkte er seine kleinen Wurstfinger auf dem Bauch und sah Maren und Sophie an. Seine Gesichtsfarbe war wieder normal. »Ihr fliegt in zwei Wochen.«

»Das ist ja wirklich der Hammer!« Maren klickte das nächste Bild auf ihrem Rechner an. »Hast du dir diese Kostüme mal angesehen, Sophie? Diese Kolonialbälle sind tatsächlich so was wie eine Zeitreise.«

»Mhm«, brummte Sophie und suchte in ihrer Handtasche nach ihrem Lippenstift.

»Was die hinsichtlich ihrer Gewänder alles auffahren. Volants und Rüschen, Korsetts und aufgetürmte Haare. Einfach großartig.« Maren schaute hinter ihrem Computer hervor. »Jetzt sei doch nicht so zickig, Sophie, das ist wirklich sehr schön. Guck's dir doch mal an.«

Sophie zog sich sorgfältig die Lippen in dem gleichen Magentaton nach, den auch ihr Kleid hatte, und seufzte theatralisch auf. Dann erhob sie sich langsam und kam zu Marens Arbeitsplatz.

Begeistert ließ Maren eine Diashow mit Bildern von den Ballgästen in Kolonialkostümen über ihren Monitor laufen.

»Entsetzlich«, sagte Sophie. »All dieses kitschige Zeug da an jedem Dekolleté. Miuccia Prada würde dir jetzt jedenfalls vor die Füße kotzen. Und überhaupt, Texas. Weißt du, wer da lebt? Das sind die prüdesten und konservativsten Hinterwäldler, die du dir vorstellen kannst. Die brauchen keine historischen Kolonialkleider, um ins vorletzte Jahrhundert zu reisen. Die leben noch immer so wie ihre Vorväter. Texas. Das ist wirklich das Schlimmste, was Amerika je hervorgebracht hat.«

Maren grinste und strich sich durch den blonden Bob. »Ich dachte, das wären Hot Dogs.«

»Ja«, sagte Sophie verzweifelt und setzte sich auf Marens Schreibtisch. »Dieser Fastfoodfraß ist wirklich ganz furchtbar. Es ist einfach alles ganz furchtbar.«

Maren lehnte sich zurück und betrachtete ihre Freundin. »Ich freu mich auf dieses Spektakel, und deshalb mach ich dir einen Vorschlag. Ich kümmere mich um die Akkreditierung für den Ball und eine Protagonistin für unsere Reportage. Du musst dann nur dafür sorgen, dass wir passende Kleider haben werden.«

Sophie verzog das Gesicht.

»Ach, Süße«, meinte Maren, »du musst doch nur die Kostümverleihe in der Gegend kontaktieren und uns ein paar hübsche Outfits reservieren. Den Rest mach ich. Das ist ja wohl mehr als fair, oder?«

Sophie grummelte irgendwas Unverständliches und glitt von Marens Schreibtisch herunter.

Maren seufzte und blickte ihr nach, wie sie zu ihrem Schreibtisch stolzierte und widerwillig ihren Computer einschaltete. Dann wandte sie sich wieder ihrem eigenen Monitor zu und suchte im Netz nach Charlene Summersville und Brenda Frolly. Beide standen kurz vor dem ganz großen Durchbruch. Charlene als Schauspielerin, Brenda als Sängerin. Sie kamen beide für die Reportage infrage, aber es hieß, dass Charlene von ihrem Manager vor der Presse abgeschirmt wurde.

Maren würde es also zuerst bei Brenda versuchen.

Nach einigen Klicks hatte sie im Netz die Telefonnummer von Brenda Frollys Agentin in New York herausgefunden und rief dort an. Maren hing fünf Minuten in der Leitung und sprach mit vier verschiedenen Telefonistinnen, bis sie erfuhr, dass die Agentin gerade nicht zu sprechen sei.

Genervt legte Maren auf.

»Wundert mich nicht«, sagte Sophie, »oder glaubst du, amerikanische Starlets haben ausgerechnet auf die deutsche Presse gewartet?«

Maren schickte ihr einen vernichtenden Blick und versuchte es noch einmal. Diesmal dauerte es acht Minuten, dann hatte sie die Agentin schließlich doch noch an der Strippe. Nach weiteren drei Minuten Smalltalk und charmantem Bitten hatte Maren schließlich die Nummer von Brenda Frollys Manager.

Der ging beim dritten Versuch an sein Handy, hörte sich Marens Vorschlag einer Exklusivgeschichte der größten deutschen Tageszeitung geduldig an und gab sie weiter an Brendas PR-Agentin, die zufällig mit am Tisch saß.

Maren verdrehte die Augen, atmete tief durch und unterbreitete ihr Angebot noch einmal. Es folgte ein längeres Schweigen, dann hörte sie die PR-Agentin nach gefühlten weiteren zehn Minuten schließlich sagen: »Ich denke nicht.«

»Was denken Sie nicht?«, fragte Maren verständnislos.

»Ich denke nicht, dass Brenda einem deutschen Blatt exklusiv zur Verfügung stehen wird.«

»Und nicht exklusiv?«, hakte Maren nach. »Würde sie uns wenigstens für ein einziges Interview zur Verfügung stehen?«

»Ich denke nicht.«

Maren bedankte sich so höflich wie möglich und knallte den Hörer aufs Telefon.

Sophie grinste. »Sollte man Walter nicht mal langsam sagen, dass wir keine Teilnehmerin auftreiben können?«

Maren atmete noch einmal tief durch, strich sich die Haare zurück und setzte sich gerade hin. »Auf keinen Fall«, sagte sie. »Ich finde ein Mädchen für uns.«

Charlene Summersville lächelte ihr bezauberndes, strahlendes Lächeln, dem niemand widerstehen konnte und das sie berühmt gemacht hatte.

Blitze zuckten durch das Fotostudio und setzten das hübsche Mädchen und ihre Schauspielkollegen ins rechte Licht. Die sechs Hauptdarsteller der Teenie-Serie *Glamour Girl* trugen alle Abendkleider beziehungsweise dunkle Anzüge und waren um eine cremefarbene Chaiselongue gruppiert. Zwei lehnten sich aneinander, während zwei andere sich demonstrativ den Rücken zuwandten.

Tobey Cuff lag mit offenem Hemd und ungebundener Fliege lässig auf dem Boden. Charlene stand auf der Chaiselongue, den einen Fuß wie ein Piratenkapitän auf der Rückenlehne und die Arme demonstrativ vor der Brust verschränkt. Ihr Lächeln war so strahlend wie frech, und das Kleid zwar ausladend und Haute Couture, aber der Stoff war fast grob – Schottenkaro in kräftigem Rot, Grün und kaltem Grau. Die Augen hatte man smokey geschminkt und das braune glänzende Haar war fransig geschnitten.

Charlene war der kleine Rebell der beliebten Serie. Sie selbst war zwar schon siebzehn, aber so zart und zierlich, dass jeder ihr die schwierige, aber süße fünfzehnjährige Jane abnahm.

Vor allem aber war Charlene eine gute Schauspielerin, denn tatsächlich hatte sie nichts Rebellisches an sich. Sie war eine brave Südstaatentochter aus gutem Hause, deren Beliebtheit auch daher rührte, dass sie privat so gänzlich anders war als die Figur, die sie in der Serie verkörperte. So etwas überraschte die Fans und blieb ihnen in Erinnerung. Charlene blieb ihnen in Erinnerung.

So war das junge Mädchen zu einem richtigen Vorbild

ihrer Generation geworden, von den jungen Zuschauerinnen bewundert und vergöttert, von deren Eltern abgenickt.

Zufrieden verschränkte Bob Summersville die Arme vor der Brust. Seine kleine Schwester war ein voller Erfolg. Die USA brauchten Mädchen wie sie, die für Werte wie Tugend und Moral standen. Er war Charlenes Manager, und sosehr er auch die Figur der Jane verabscheute, sosehr wusste er, dass die Serie nicht ohne ihren kleinen Rebellen auskam. Und niemand spielte den charmanten Trotzkopf auf so bezaubernde Weise wie seine kleine Schwester.

»Na«, sagte da eine helle Stimme neben ihm, »hast du über mein Angebot nachgedacht, Bob?«

Er wandte den Kopf. Neben ihm stand Tracy Gibbs, die platinblonde Managerin von Tobey Cuff. Sie lächelte ihn erwartungsvoll an.

Bob seufzte und wandte sich wieder den Glamour Girls und Boys auf der Chaiselongue zu. Der Fotograf gab den Schauspielern gerade neue Anweisungen. Diesmal musste Charlene sich auf Tobeys Schoß setzen, und eine flinke Assistentin drapierte den ausladenden karierten Rock um die beiden herum.

»Sie sind nun mal ein wirklich schönes Paar, Bob«, sagte Tracy nun. »Es würde den Beliebtheitsgrad der beiden nochmals enorm steigern.«

Bob lächelte Tracy an. »Es würde vor allem Charlenes Ruf des tugendhaften unschuldigen Mädchens gefährden.«

Tracy runzelte die sonnenbankgebräunte Stirn. »Niemand redet davon, schmutzige Hilton-Videos à la *One Night in Paris* zu lancieren, Bob. Es geht darum, die beiden als Paar zu inszenieren, und die Fans glauben zu lassen, die beiden würden daten. Unschuldig, respektvoll und verliebt. Nicht notgeil oder lüstern. So etwas wie ein Sexleben würde auch Tobeys Ruf schaden. Er ist ein Gentleman.« Sie seufzte. »Wenigstens glauben das die Fans.«

Bob grinste. »Du willst Charlene also benutzen, damit Tobey in den Augen der Öffentlichkeit ein Gentleman bleibt.« Er verschränkte die Arme wieder vor der Brust und wandte sich ihr zu. »Kurz: Du willst davon ablenken, dass du ihn fickst.«

Tracey lachte. »So ein Wort aus deinem konservativen Mund, Bob?«

»Zu euch passt es«, zischte er und verbot sich, auf Tracys atemberaubende Figur zu schielen.

Sie hob die Schultern. »Und wenn schon. Jedenfalls komme ich auf meine Kosten.«

»Er ist zehn Jahre jünger als du, und du bist verheiratet, Tracy.«

Sie beugte sich zu ihm. »Das ist doch der ganze Spaß an der Sache«, hauchte sie in Bobs Ohr.

Er trat einen Schritt zurück, ignorierte den wohligen Schauer, der über seinen Rücken rann, und verzog angewidert das Gesicht. »Du bist eine widerliche Schlampe.«

Tracey legte den Kopf schief. »Ich nehme an, das ist ein Nein für unsere PR-Idee?«

Bob drehte sich wieder den *Glamour Girl*-Darstellern und dem Fotografen zu. »Es ist *deine* PR-Idee, und ja, das war ein Nein. Charlene hat jemanden wie Tobey nicht nötig.«

Tracey maß Bob mit einem nachdenklichen Blick. Anerkennend betrachtete sie seinen sportlichen Körper in dem schicken Anzug und das männlich markante Kinn. Einen Moment fixierte sie sogar seine vollen braunen Haare.

»Ich bin auch verheiratet, Tracey«, sagte Bob, ohne sie anzusehen. »Aber wär ich es nicht, wärst du mir eindeutig zu schmutzig.«

Sie lachte. »Da magst du recht haben. Aber wo du falsch liegst, ist, dass deine kleine Schwester Tobey nicht nötig hat. Sie war nicht mit auf der Promo-Tour in Deutschland, und ob du es glaubst oder nicht, Berlin ist das neue NYC. Und die *Glamour Girl*-Fans dort sind treu und reich genug, all unseren Merchandise-Scheiß zu kaufen. Es hat sich ganz und gar nicht gut auf Charlenes Umfragewerte ausgewirkt, dass sie auf keinem der Promo-Fotos zu sehen ist und dass sie in ihrem letzten Interview nichts zu Berlin oder überhaupt Europa hat sagen können. Jemand wie Tobey würde von diesem Rückschlag ablenken.«

Bob kam nicht mehr dazu, etwas zu entgegnen, da sein Handy klingelte. Er zog es aus der Jacketttasche und sah auf das Display. Eine lange ausländische Nummer. »Entschuldige mich«, sagte er zu Tracey und ging davon.

»Wenn du nicht aufpasst, schmiert sie dir ab«, rief Tracy ihm nach. »Du kannst sie nicht von allem Coolen fernhalten und dann erwarten, dass sie selbst cool bleibt.« Die blonde Managerin seufzte und sah zu der *Glamour Girl*-Gruppe hinüber. »Herrgott, sie ist doch fast achtzehn. Darf sie nicht mal was allein entscheiden?«, fragte sie sich nachdenklich.

Mit einem unbändigen Gefühl der Erleichterung legte Maren auf. »Germany« und »the german fans« waren die Zauberworte gewesen; Bob Summersville hatte einer Exklusivgeschichte über seine Schwester zugestimmt. Natürlich gab es bestimmte Bedingungen, aber das waren Lappalien.

Kurz: Maren und Sophie hatten eine Protagonistin.

Zufrieden stand Maren auf und ging zum luxuriös ausgestatteten Meeting Point der BLITZ-Redaktion. Sie schäumte sich gerade Milch für ihren Kaffee auf, als eine bekannte tiefe Stimme neben ihr schlicht »Hallo« raunte.

Maren lachte leise und wandte den Blick nicht von ihrer Milch ab. »Hallo, John.«

»Du siehst wieder mal großartig aus.«

Jetzt schenkte Maren dem großen sportlichen Fotografen doch einen kurzen Seitenblick und nickte anerkennend. Seine leicht verwegene blonde Mähne hatte frische blonde Strähnchen, die so gut gemacht waren, dass es unmöglich war zu sagen, ob er gerade aus einem Surfparadies zurückgekehrt oder nur beim Friseur gewesen war.

Er grinste, dass seine strahlend weißen Zähne aufblitzten. »Deinem Blick entnehme ich, dass ich mich auch sehen lassen kann.«

»Wie immer, John.« Sie nahm ihren Latte Macchiato und trank einen Schluck.

»Also, was sagst du«, begann John und sah ihr tief in die Augen, »du und ich und das *Muse*-Konzert in zwei Wochen?«

»Das klingt verlockend, John, aber da bin ich in Laredo, Texas.«

Er warf den Kopf in den Nacken und lachte. »Verdammt, das klingt nach einem Kaff! Was zum Teufel machst du da?«

»Eine verschissene Reportage machen«, kam es vom Gang her. Begleitet von lautem Absatzgeklapper kam Sophie auf die beiden zu und verzog das Gesicht. »Ich würde mich auch darüber totlachen, wenn ich nicht mit nach Laredo müsste.«

Maren verschränkte die Arme vor der Brust; ihr Blick wanderte von Sophies Mantel zu der Kelly Bag aus graugrünem Straußenleder – ein Geschenk von einem arabischen Prinzen, mit dem Sophie mal was gehabt hatte.

»Du gehst schon?«, fragte sie.

Sophie seufzte und warf ihre feuerrote Mähne zurück. »Hab noch einen dringenden Termin.« Ihre Augen glitten bewundernd an John herunter.

Maren runzelte die Stirn. »Also geh ich davon aus, dass du Kleider für uns hast leihen können?«

Sophie verdrehte die Augen. »Hör mir damit auf, ich hab mir die Ohren wund telefoniert – aber nichts.«

»Wie viele Kostümverleihe hast du angerufen?«, fragte Maren scharf.

»Also, viele, ich –«

»Wie viele?!«

»Zwei«, sagte Sophie mit vorgerecktem Kinn und fester Stimme.

Maren schüttelte fassungslos den Kopf, dann trat sie auf Sophie zu und sah auf sie herab. »Wenn ich das auch noch übernehmen soll, dann schuldest du mir was.«

Sophie nickte. »Alles, *chérie*, alles.«

»Das ist eine ziemlich tolle Tasche, Sophie. Denk mal drüber nach.« Mit diesen Worten drehte Maren sich um und ging davon.

Sophies Blick war derweil wieder auf John geheftet, und ein vielsagendes Lächeln umspielte ihre Lippen.

Sophies Strumpfhose riss mit einem lauten Ratsch, und ihr schwarzer Seidenslip wurde einfach achtlos zur Seite geschoben. Sie hob schon den Saum ihres Kleides hoch und setzte sich auf Johns großen steifen Schwanz. Er glitt in ihre feuchte Möse und griff nach ihren runden Arschbacken, während sie ihre Hüften kreisen ließ. Sie bewegte sich auf und ab und stieß dabei hin und wieder an das Autodach.

Wie gut, dass ich heute Morgen hinter den Bäumen geparkt hab, dachte sie und krallte ihre Hände in Johns blonden Schopf. Er legte den Kopf zurück, stöhnte und grub seine Finger tiefer in das Fleisch von Sophies Hinterteil. Sie bewegte sich schneller und rieb sich an Johns Schoß. Ihre Titten wackelten vor seinem Gesicht und ließen das Wickelkleid verrutschen.

John öffnete die Augen und sah Sophies harte kleine Nippel direkt vor sich. Gier stieg in seinen Blick. Schnell packte er die rechte Titte mit der Hand und knetete sie wild, während er den linken Nippel zwischen seine Lippen sog und mit der Zunge daran spielte.

Sophie stöhnte und ächzte. Sie presste sich enger an John, und ihre Hüften rotierten immer heftiger.

»Sophie«, raunte John, »oh Sophie.«

»Ja«, stöhnte sie zurück, dann lauter. »Ja, jaah.«

John hob sein Becken jetzt ein wenig an und stieß Sophies Möse noch zusätzlich von unten; er keuchte immer lauter. Schweißperlen liefen über seine Stirn, und sein Gesicht verschwand zwischen Sophies Titten, während er seinen Schwanz immer härter in sie hineintrieb.

»Oh John«, Sophies Blick vernebelte sich, »Ah, jaah, ja.« Sie krallte sich fester in Johns Haare und schrie auf. Er stieß noch einmal mit seinem großen steifen Schwanz in sie, dann kam auch er.

Keuchend sackte Sophie zusammen, und auch John atmete heftig, als sie von seinem Schoß zurück auf den Fahrersitz stieg. Sie fischte die Schachtel Zigaretten aus der Seitentasche der Autotür und steckte sich eine Gitanes zwischen die roten Lippen.

»Das war geil.« John zog seine Jeans hoch und angelte ein Zippo aus der Hosentasche. Er gab ihr Feuer. »Aber ich kann trotzdem nicht für dich nach Laredo fahren, Sophie.«

»Ach, scheiße«, fluchte sie und inhalierte tief.

Die Glasschiebetüren der Hotelhalle glitten auseinander, und Maren ging voran.

Sophie schob ihre Sonnenbrille in die Haare und folgte. Wenigstens ist das Wetter ganz gut, dachte sie. Tatsächlich war es um die fünfundzwanzig Grad in Laredo, und Sophie würde endlich wieder etwas mehr Haut zeigen können, ohne zu erfrieren.

Das im Kolonialstil erbaute Hotel mit Marmorboden und weißen Säulen in der Eingangshalle erinnerte Sophie ein wenig an eine Attraktion in Disneyland. Von echter Geschichte verstanden diese Amis einfach nichts. Dafür aber von Klimaanlagen. Zufrieden bemerkte sie, dass der Raum wohltemperiert war. Gut, über diese Innenarchitektur und die Dekoration musste man hinwegsehen, aber dafür gab es ja immer auch Marens Arsch.

Auf den starrte Sophie jetzt, als sie ihrer Kollegin zur Rezeption folgte. Unter der engen Jeans waren Marens Pobacken rund und fest und gingen in diese atemberaubenden langen Beine über ... Ach, wenn die schöne blonde Maren nur nicht so furchtbar prüde wär.

Sophie seufzte. Prüde war vielleicht das falsche Wort. Maren war in dieser Hinsicht eben nicht experimentierfreudig. Dabei würde Sophie schon dafür sorgen, dass die Freundin auf ihre Kosten kam.

So oder so, Sophie nahm sich vor, wenigstens so zu tun, als ob sie dieser Reportage eine Chance gab. Immerhin würde sie all ihre aufreizenden Kleider tragen können – ohne Strumpfhose – ach was, ohne alles.

Das war nicht schlecht, fand Sophie, und daran würde sie sich festhalten. Irgendwann hatte man ja auch mal genug schlechte Stimmung gemacht. Und vielleicht würde Maren ihr endlich mal eine Chance geben, wenn sie sich kooperativer zeigte.

In der Mitte der Eingangshalle plätscherte ein kleiner Brunnen, um den Sophie nun mit klappernden Absätzen herumspazierte. Und schon wurde ihr neuer Optimismus auf eine harte Probe gestellt. Zwischen Brunnen und Rezeption standen zwei Schaufensterpuppen. Sophie blieb abrupt stehen und starrte die Puppen an. Sie trugen ausladende Ballkleider im Kolonialstil, das eine war rostbraun und das andere nachtgrau. Unaussprechlich hässlich!

»Sophie, was ist?«, fragte Maren und lehnte sich mit dem Rücken an den Tresen der Rezeption. »Jetzt tu nicht so, als hättest du im Kölner Karneval nicht schon Schlimmeres gesehen.«

Natürlich, aber der Kölner Karneval ist kein Maßstab, wo kämen wir denn da hin?, dachte Sophie, die fand, dass die Spitze an den ausgestellten Kleidern billig und das Korsett zu schlecht geschnürt war. Aber sie schluckte den ätzenden Kommentar, der ihr auf der Zunge lag, herunter und lächelte dünn.

»Da bin ich, Herzchen.« Sie ging zu Maren hinüber und pfiff im nächsten Moment durch die Zähne. »Ja, hallo!«

»Guten Tag, die Damen.« Der Concierge lächelte Sophie unverbindlich an, bevor er Maren einige Papiere reichte. »Wenn Sie sich bitte hier eintragen wollen.«

Maren nickte und füllte das Formular aus.

Sophie zupfte derweil am Dekolleté ihres froschgrünen Etuikleids und stützte sich so mit den Unterarmen auf den Tresen, dass ihre großen Titten das Kleid fast sprengten. Ihre grünen Augen suchten den Blick des glutäugigen Rezeptionisten mit dem knackigen dunklen Teint. Sie schielte auf sein Namensschild und lächelte. *Ein mexikanischer Erlöser, wie passend.* Sie senkte die Stimme. »Also, Jesus, was können zwei abenteuerlustige Damen wie meine Freundin und ich hier in Laredo erleben?«

Jesus lächelte nach wie vor höflich, zog eine Broschüre aus einem Plastikständer und legte sie vor Sophies Titten auf den Tresen, ohne den prächtigen Brüsten auch nur eine Sekunde Aufmerksamkeit zu schenken.

Ärger stieg in Sophie hoch, und sie musste sich drei Mal beschwören, jetzt optimistisch zu sein, zumal das Wetter hier wirklich sehr gut war. In Gedanken ging sie genüsslich ihren Kofferinhalt durch und schlüpfte schon einmal in jedes einzelne hautenge Kleid, das sie eingepackt hatte. Nein, sie brauchte keinen knackigen Hoteljungen zwischen ihren Schenkeln, wenn die Fashionista in ihr sich austoben konnte.

»Das sind Ihre Zimmerschlüssel.« Jesus legte zwei Smartcards auf den Tisch. »Ihr Gepäck ist schon oben.«

»Vielen Dank«, sagte Maren und lächelte ihr unschuldiges Lächeln des blonden Mädchens vom Land, das nur sie draufhatte. Es verfehlte seine Wirkung nicht. Sophie registrierte den Moment in Jesus' Glutaugen ganz genau, in dem er von Höflichkeit zu Begehren wechselte. Er wollte Maren.

Falten gruben sich in Sophies Stirn, ihr Blick verengte sich. Mit einer unwirschen Bewegung schnappte sie sich das Schlüsselkärtchen vom Tresen, ignorierte die Broschüre und stolzierte zum Fahrstuhl. Mit halbem Ohr hörte sie noch, wie Jesus Maren anbot, ihr nach Feierabend die Schönheiten des Städtchens zu zeigen.

Ihr stehst du zu Diensten und ich krieg eine scheiß Broschüre? Sophie drückte auf den Fahrstuhlknopf. *Zur Hölle mit Laredo!*

Und all ihr Optimismus war verflogen.

»Wirklich kein Buchladen?«, fragte Maren und schloss ihre Zimmertür auf.

Jesus schüttelte den Kopf. »Der letzte hat 2010 zugemacht.«

Sie lachte. »Unfassbar. Bei wie vielen Einwohnern?«

»240 000«

Sie drehte sich zu ihm. »Auch wenn das mit dem Buchladen ein Armutszeugnis ist, euer Hafen ist überwältigend.«

»Er ist der größte Inlandshafen in den USA«, erzählte Jesus stolz. »Und dann haben wir natürlich noch den Kolonialball.«

Sie nickte. Es war ein schöner Spaziergang gewesen, das Hafengelände wäre eine eigene Reportage wert, allerdings nicht für die BLITZ. Deshalb verwarf Maren den Gedanken wieder und lächelte den hübschen Rezeptionisten an. Er hatte schwarz glänzende Haare und breite Schultern, die Krafttraining erahnen ließen. Neugierig wanderte Marens Blick seine Brust entlang. Ob sie gewachst war?

»Du bist sehr schön«, raunte Jesus in diesem Augenblick und riss sie aus ihren Gedanken.

»Danke, du siehst auch sehr gut aus.« Erwartungsvoll lächelte sie ihn an. Aber Jesus schaute nur verlegen zu Boden.

Maren runzelte die Stirn. Sie standen noch immer auf dem langen Hotelflur zwischen Kolonialstil-Kommoden und kunstvoll arrangierten Blumendekorationen. Aus den anderen Hotelzimmern drang Gemurmel, man hörte Gespräche oder auch mal einen Fernseher, Worte verstand man nicht.

Unsicher blickte Maren hinter sich in ihr großes Hotelzimmer. Sollte sie Jesus hineinbitten? Sie konnten ja schlecht weiter hier auf dem Flur stehen, und er schien auch nicht gehen zu wollen. Jedenfalls rührte er sich nicht von der Stelle, sondern schenkte Maren nur einen schmachtenden Blick aus seinen funkelnden tiefschwarzen Augen.

Gänsehaut rann bei diesem Blick über Marens Rücken, also fasste sie sich ein Herz und stieß die Tür zu ihrem Zimmer weit auf. »Willst du noch mit reinkommen?«

Ein Lächeln glitt über seine Lippen. »Nur auf einen Drink«, sagte er.

»Natürlich.« Sie lächelte und stieg aus ihren Pumps. Barfuß ging sie über den flauschigen Teppich zur Minibar, während Jesus die Zimmertür schloss.

Sie beugte sich zu dem kleinen Schrank hinunter und spürte seinen Blick auf ihrem Arsch. Ein wohliger Schauer durchfuhr sie, während sie zwei kleine Fläschchen Rotwein hervorholte. Vor ihrem inneren Auge sah sie plötzlich Jesus, wie er sie umfasste, ihr die Kleider vom Leib riss und sie mit wilden Stößen von hinten nahm. Maren wurde feucht, und leichter Schwindel umfing sie, als sie mit dem Wein und zwei Gläsern in der Hand von der Minibar unter dem Schreibtisch wieder hochkam. Aber nichts geschah. Sie stellte die Gläser ab und füllte sie.

Als sie sich umdrehte, lehnte Jesus zwar lässig am Türrahmen, aber noch immer standen nur die oberen zwei Knöpfe an seinem Hemd offen, und in seinem Blick lag Schüchternheit.

Maren lächelte und reichte ihm ein Weinglas. Im Bett ist er bestimmt ein Stier, dachte sie. Jedenfalls hoffte sie das, als ihre Gläser aneinanderstießen und Jesus' Blick tief in sie einzudringen schien. Dass er sie wollte, lag auf der Hand. Und Maren wollte einen heißen, harten Fick. Sie sagte es nicht und forderte es schon gar nicht, aber nach dem langen Flug und den anstrengenden Vorbereitungen, bei denen Sophie keine Hilfe gewesen war, musste Maren sich jetzt einfach ein wenig fallen lassen.

Eine blonde Haarsträhne fiel ihr ins Gesicht, und sie wollte sie zurückstreichen, aber Jesus war schneller. »Darf ich?«, fragte er mit auf einmal leiser und rauer Stimme.

Sie nickte und spürte seine Fingerspitzen, die die Haare hinters Ohr strichen und von dort zu ihrem Hals glitten. Zärtlich wanderten sie zu Marens Nacken und hinterließen eine brennende Spur auf ihrer Haut.

Willenlos ließ sie sich in Jesus' Arme ziehen. Sie schmiegte sich an seine breite Brust und fühlte zarte kleine Küsse auf ihren Lippen. Durch seine Hose drückte sich etwas Hartes an ihren Schoß, und Maren biss sich auf die Lippen. O Gott, ich bin so scharf auf dich, dachte sie. Nimm mich!

Aber sie schwieg und seufzte nur leise.

Jesus' Hände wanderten über Marens Rücken und strichen sanft über das hauchdünne Blümchenkleid. Sie öffnete ihre Lippen und die Spitze seiner Zunge jagte ihr erneute Schauer über den Rücken. Jetzt, dachte sie, jetzt wirft er mich aufs Bett.

Aber Jesus schloss seien Arme fester um sie und ließ ein tiefes Summen erklingen. Maren erkannte eine Melodie, und eh sie sich versah, tanzte sie mit Jesus Stehblues in ihrem Hotelzimmer.

Er roch gut, betörend männlich und der offensichtlich anschwellende Schwanz in seiner Hose macht Maren schier wahnsinnig, aber dass er sich so viel Zeit ließ, nervte sie ein bisschen. Es dauerte schier eine Ewigkeit, bis Jesus' Fingerspitzen endlich den ersten Träger vom Marens Kleid über die Schulter nach unten gleiten ließen.

Sofort machte sie sich daran, sein Hemd aufzuknöpfen. Sie zog es ihm aus und warf es auf den Boden, dann stieg sie ungefragt aus ihrem Kleid.

Jesus schluckte beim Anblick ihrer Brüste in dem cremefarbenen Spitzen-BH. Vorsichtig streckte er die Hand aus und strich vom Hals abwärts zu ihren Titten hinunter. Zärtlich streichelte er über den Stoff und glitt langsam in den BH hinein.

Maren schloss die Augen und seufzte leise. Ihre Hand suchte derweil streichelnd und tastend nach seinem Schwanz. Sie öffnete seine Hose und griff in die Boxershorts hinein. Die Eichel war feucht, der Schwanz samtig und hart. Begierig strich Maren mit den Fingerspitzen darüber, bevor sie ihre Hand um den Schaft schloss und langsam auf und ab fuhr.

Jesus keuchte und knetete ihre Titten nun mit mehr Druck. Langsam drängte Maren ihn zum Bett. Muss man denn alles selber machen, dachte sie noch, als ihr BH plötzlich aufschnappte und Jesus Hände zu ihrem Slip wanderten.

Gemeinsam fielen sie auf das breite Kingsize-Bett, wo Jesus' Finger ihre Knospe fanden und sanft rieben.

Maren stöhnte und zog ihm seine Hose über den Hintern.

Er tat es ihr mit ihrem Slip nach, und endlich waren sie beide nackt. Sie saßen einander gegenüber und atmeten erwartungsvoll. Sein steifer Schwanz ragte zwischen ihnen empor. Maren öffnete die Beine und zog Jesus auf sich. Ein spitzer Schrei entrang sich ihrer Kehle, als er schließlich in sie eindrang.

Jesus küsste sie zärtlich, während sein Becken gefühlvoll gegen ihres stieß. Er seufzte und suchte ihren Blick. Seine schwarz blitzenden Augen fixierten Maren, als wolle er in ihre Seele eintauchen.

Sein Schwanz fühlte sich gut an, die Bewegungen waren rhythmisch und zärtlich, aber Maren wollte mehr. Sie kippte ihr Becken, riss ihre Beine hoch und krallte ihre nudefarben lackierten Nägel in seinen knackigen Arsch. Er stieß sie etwas schneller.

Maren stöhnte lauter und biss in sein Ohrläppchen. Wieder legte Jesus an Tempo zu. Auch sein Stöhnen wurde lauter, während seine Stöße unbeherrschter wurden.

»Ja«, keuchte Maren, was ihn noch mehr anspornte. Sie hörte, wie ihre Körper aneinanderklatschten. Jesus stöhnte im Takt dazu.

Maren krallte ihre Nägel tiefer in seinen Arsch und drückte sein Becken so fest wie möglich an ihres. Sie ließ ihren eigenen Schoß dazu kreisen und spürte seine Eier gegen ihren Damm stoßen. Das war geil, davon wollte sie mehr. Maren schloss die Augen. Sie rieb sich an ihm, seine Eier kitzelten ihren Arsch, und ihre Beine wippten in der Luft.

»Ja«, schrie Maren. Sie hörte das Keuchen, das rhythmische Aufeinanderklatschen von Fleisch. Dann kam sie.

Jesus stöhnte und trieb seinen Schwanz noch ein paarmal in sie hinein, dann warf er den Kopf in den Nacken und grunzte laut auf. Schweiß rann über seinen Rücken, sein Atem ging schnell.

Sofort bedeckte er Marens Gesicht und Hals mit tausend kleinen erschöpften Küssen. »Das war einfach toll«, sagte er.

Ich will duschen, dachte Maren.

»Es war lahm«, sagte Maren und ließ sich in den Korbstuhl fallen.

Sophie stellte ihren Teller ab und betrachtete die Freundin. »Ja, auch durch die Zimmerwand klang es nicht übermäßig toll.« Sie setzte sich. »Dabei sah er doch so vielversprechend aus.«

Maren nahm einen Schluck Orangensaft und schnitt ihren Bagel auf. »Er war wirklich heiß. Ein toller Körper, sehr gut trainiert und der Blick aus diesen Glutaugen war betörend.«

»Aber sein Schwanz nicht?« Sophie biss in ihr Croissant.

»Wie bitte?«

»Sein Schwanz war nicht betörend?«, fragte Sophie kauend.

Marens Augen glänzten. »Doch, der war prächtig. Groß und steif und samtig ...«

»Aber?«

Maren bestrich ihren Bagel mit Frischkäse. »Jesus selbst war ein bisschen zu sehr ... auf Blümchensex aus.«

Sophie hielt im Kauen inne und sah Maren überrascht an. Dann schluckte sie und lachte laut. »Und das ist ein Problem für dich? Für dich?«

Maren schlug die Augen nieder und legte hastig ein paar Tomatenscheiben auf den Bagel. »Gestern schon. Ich wollte es hart und schnell. Wollte es im Stehen oder im Hotelpool, wo jederzeit jemand hätte reinkommen können. Ich wollte einfach nur gefickt werden.« Sie senkte die Stimme. »Nicht verehrt.«

Sophie lachte noch immer. Die ersten anderen Hotelgäste sahen schon von ihren runden kleinen Rattantischchen herüber. Sophie riss sich zusammen und beugte sich vor. »*Cherie,* hast du mal in den Spiegel gesehen? Du trägst schon wieder eine von deinen Vintage-Blusen und darunter ganz sicher was schlichtes Weißes. Du siehst nun mal einfach nach Blümchensex aus. Wenn du was anderes willst, musst du es einfordern.«

Maren verschränkte die Arme vor der Brust. »Es lag nicht an mir, es lag an ihm.«

»So oder so.« Sophie winkte ab. »Du musst es ja nicht noch mal mit ihm treiben.«

Maren nahm nachdenklich einen Schluck Kaffee. Ihr Gesicht verschwand hinter der Tasche und einem Vorhang aus ihren blonden Haaren. »Wenn du seinen Schwanz gesehen hättest, Sophie ...«

Sophie lächelte dünn. »Hab ich nicht, ich war ja nicht eingeladen. Schon vergessen?«

»Ich könnte mir schon vorstellen, dass man mit Jesus wirklich viel Spaß haben kann«, murmelte Maren.

Sophie verdrehte die Augen. »Ja, man muss so einen Prachtschwanz nur bedienen können. Also, ich hätte damit keine Probleme –«

Jetzt verdrehte Maren die Augen. »Aber du warst nun mal nicht eingeladen.«

»Ich sag ja nur. Mit mir wär so was nicht passiert, weder ihm, noch dir!«

Maren biss in ihren Bagel und schwieg.

Sophie lehnte sich zurück und sah durch die Fensterfront hinaus in den Hotelgarten; dort gab es Palmen und sogar eine Poollandschaft. »Ist noch Zeit, eine Runde zu schwimmen?«, fragte sie.

»Nein, der erste Termin ist um zehn.«

Sophie seufzte und fuhr sich mit beiden Händen durch die kupferfarbenen Locken.

Maren nahm sich etwas Obst von Sophies Teller. »Du brauchst gar nicht so theatralisch zu seufzen. Du dürftest hier eh nicht nackt schwimmen.«

»Nur mit Bikini?« Sophie verzog das Gesicht. »Scheiß Amerika.«

Maren lächelte in sich hinein. »Wären wir jetzt in New York oder L. A., dann würde irgendein Filmproduzent dich wahrscheinlich gerade lecken und du würdest einen Toast nach dem anderen auf die USA aussprechen.«

Sophie hob die Schultern. »Wer kann das schon so genau sagen?«

»Ich, denn ich war Zeugin.« Maren nahm sich eine Erdbeere. »Mehrmals.«

»Und es hat dir gefallen!«, konstatierte Sophie.

Maren seufzte. »Lassen wir das Gerede über Sex und konzentrieren uns lieber auf unsere Arbeit.«

»Hey«, Sophie hob abwehrend beide Hände, »ich hab nicht davon angefangen.«

»Ja, vom Sex hast du ausnahmsweise mal nicht angefangen, von diesem Job hingegen allerdings noch nie.« Sie holte eine Mappe aus ihrer großen Handtasche hervor. »Hier, lies das besser, bevor wir zu den Summersvilles aufbrechen.«

Sophie verzog das Gesicht, aber sie nahm die Mappe an sich und schlug sie auf.

Maren zog ihre Bluse aus und hängte sie an den Haken.

»*Mon dieu*«, kam es aus der Kabine neben ihr, gefolgt von lautem Rascheln und zwei theatralischen Seufzern. »*Mon dieu, mon dieu* ...«

Kopfschüttelnd stieg Maren aus ihrem Bleistiftrock und legte ihn ordentlich gefaltet neben sich auf den kleinen Hocker. Wenn sie nicht in den USA wären, würde Sophie die Französin jetzt nicht so raushängen lassen, das wusste Maren. Aber sie wusste auch, dass Sophie an manchen Tagen alles für ein bisschen Aufmerksamkeit tat. Und heute, der Tag, nachdem sie keinen Sex gehabt hatte, war einer dieser Tage.

Maren zog den Vorhang beiseite und stolperte fast über das ausladende Kleid, das zu ihren Füßen lag. »Huch.«

»Den BH auch, Honey«, sagte die platinblond gefärbte Verkäuferin um die fünfzig. »Ich hab Ihnen das Kleid schon mal so gelegt, wie Sie es zum Anziehen brauchen. Man muss hineinsteigen und es dann vom Boden hochziehen. Anders ist das bei all den Unterröcken und dem schweren Drahtgestell leider nicht möglich.«

Maren sah auf das Kleid und nickte langsam. Dann griff sie mit der rechten Hand hinter ihren Rücken und öffnete ihren BH.

»Wunderbar«, flötete die Verkäuferin. »Besseren Halt werden Ihre Brüste nie gehabt haben als in diesem Korsett, Honey.«

»Meine Brüste schon«, maulte Sophie und trat mit einer Masse an gerafften Röcken aus ihrer Umkleide. Das mintgrüne Ballkleid drückte ihre Titten fast bis unters Kinn. »In dem Spiegel da drin seh ich auch nicht schlanker aus.«

Maren stieg in ihr Kleid und zog es gemeinsam mit der platinblonden rundlichen Verkäuferin hoch. Es war schwer.

»Ein bisschen drehen«, wies die Verkäuferin an, und Maren tat es.

»Sie müssen erst den Haken hier am Rock schließen, bevor Sie sich ans Korsett begeben«, erklärte die Verkäuferin. »Dann hat es ein bisschen Halt. Sie werden sich gegenseitig an- und ausziehen müssen, Ladys.«

Sophie schüttelte den Kopf und sah an sich herab. »Das macht es auch nicht besser. Ich seh fett aus.«

Maren runzelte die Stirn und betrachtete Sophie durch einen Wandspiegel, der rechts von ihr hing. »Unsinn. Es steht dir ganz wunderbar.«

Die Verkäuferin schloss an Marens Rücken emsig ein paar Haken und nickte eifrig. »Ja, ich hätte nie gedacht, dass die beiden Kleider Ihnen so gut stehen. Sie passen wie angegossen ... So, fertig.«

Langsam drehte Maren sich zum Spiegel. Sie fühlte sich wie eine Prinzessin. Ihre Haltung hatte sich verändert, und das Rascheln ihres eigenen Rocks war wie Musik in ihren Ohren. Sie würde auf einem echten Ball in einer historischen Robe tanzen, ein Traum würde wahr werden. Sämtliche Presseबälle und Promi-Events würden mit dem morgigen Abend nicht mithalten können!

»Ach, ist das schön«, flüsterte Maren begeistert. Sie drehte und wendete sich. Das Kleid war petrolfarben und passte ganz ausgezeichnet zu ihren Augen. An ihrem Dekolleté rüschten sich Borten und Schleifen, und ihre Taille sah noch schmaler aus als sonst.

»Ich krieg keine Luft mehr«, beschwerte sich Sophie. *»Merde.«*

Maren drehte sich zu ihr und legte den Kopf schief. »So begeistert, wie du sonst von diesen übertrieben engen Lack- und Leder-Outfits schwärmst, in denen du die wildesten Verrenkungen machst, kann ich dir jetzt nicht so recht glauben.«

Sophie zupfte an der breiten gekräuselten Spitzenborte ihres Ärmels. »Miuccia Prada wäre so enttäuscht von uns. Bitter, bitter enttäuscht.«

Die Augen der platinblonden Verkäuferin weiteten sich. »Sie kennen Miuccia Prada?«

»Nein«, sagte Maren genervt.

Sophie aber jammerte nur. »Doch, sie und ich sind geistesverwandt!«

»In deinen Träumen, Sophie.«

Sophie schob die Unterlippe vor und verschränkte die Arme vor der Brust. »Wenn ich so was hier schon tragen muss, werd ich ja wohl noch träumen dürfen.«

Maren hob die Schultern. »Ich versteh dich nicht. Du siehst wirklich großartig aus. Du hast einfach den richtigen Körper für so ein Kleid.«

»Ich habe den richtigen Körper für alles!«, meinte Sophie und drehte der Verkäuferin den Rücken zu. »Los jetzt, schälen Sie mich raus aus dem Ding, ich werd es morgen Abend noch lange genug tragen müssen.«

Maren stellte sich neben Sophie und zischte auf Deutsch. »Geht's vielleicht auch ein bisschen freundlicher? Die nette Verkäuferin hier hätte unsere Garderobe auch an zwei der Frauen da da draußen verleihen können. Die suchen nämlich händeringend nach einem Kleid und würden auch das Doppelte dafür bezahlen.«

Sophie verdrehte die Augen. »Also erstens brauchen die Mädels da draußen höchstens noch ein Kleid für irgendeine von diesen Trittbrettpartys, denn auf den echten Ball geht doch keine von denen. So kurz vor dem Fest sind die feinen Damen schon alle versorgt. Und zweitens, sollen sie doch das Dreifache für unsere Kleider bieten.« Sie hob die Schultern. »Die BLITZ wird sie auch dann noch überbieten. Da lässt uns niemand ohne Kleid gehen, die kümmern sich!«

»Ohne Kleid kämen wir *gar* nicht auf den Kolonialball, Sophie!«

»Eben«, sagte Sophie und stieg ausatmend aus ihrem Kleid.

Hier hätte man auch Golden Girls drehen können, dachte Sophie und sah sich in dem großen Salon der Villa Summersville um. Dabei waren die Summersvilles doch stinkreich. Allein mit Charlenes Gage hätte man einen Dekorateur nebst kompletter Neueinrichtung bezahlen können. Und das Jahr für Jahr. Aber die Dame des Hauses, oder wer auch immer für dieses Achtziger-Jahre-Blumendesaster verantwortlich war, legte offensichtlich keinen Wert auf Veränderung.

Charlene saß mit ihrem brünetten Fransenpony und einem Poloshirt auf einem der Sesselchen und lächelte. Sie war hübsch. Sophie mochte sie in der Realität noch lieber als auf dem Bildschirm. Auch so ein Lichtblick, musste sie sich eingestehen. So albern die Kolonialmaskerade auch ist, so interessant scheint mir Charlene. Das seh ich auf den ersten Blick.

Und der gut aussehende Mann, der hinter Charlenes Sessel stand, eine Hand auf ihrer Schulter, war auch nicht übel mit seinem braunen Haar, dem markanten Kinn und den schönen Samtaugen. Von Maren wusste Sophie, dass er Charlenes Bruder und Manager war.

»Vielen Dank noch einmal, dass Sie sich Zeit für uns genommen haben«, sagte Maren.

Bob Summersville nickte gnädig.

Sophie wollte auflachen über diese Arroganz, riss sich aber zusammen. Sie nahm Marens Notizen aus ihrer Mappe und warf einen Blick darauf. »Ich fasse noch einmal zusammen: Es ist Freitagnachmittag. Nach unserem heutigen ausführlichen Homestory-Interview werden Sie uns auch morgen noch für weitere Fragen zur Verfügung stehen, und wir folgen Ihnen wie ein Schatten, während Sie sich auf den Ball vorbereiten.«

»Und während des Balls auch«, ergänzte Maren.

Sophie nickte und warf einem unscheinbaren graublonden Mann um die fünfzig einen Blick zu. »Die Homestory-Fotos macht Allan hier, ein Fotograf, den Sie ausgesucht haben, Mr Summersville. Die Bilder bekommt die BLITZ exklusiv. Alle offiziellen Pressefotos des Kolonialballs, auf denen Charlene zu sehen ist, erhalten wir ebenfalls in höchster Auflösung, wenn auch nicht exklusiv.«

»Sehr richtig«, bestätigte Bob.

Eine Furche grub sich zwischen Sophies sorgfältig gezupfte Augenbrauen. Sie hoffte doch sehr, dass Charlene wenigstens während des Interviews selbst sprechen würde. Aber die Hand ihres Bruders lag ja schon fast wie eine Kralle auf ihrer Schulter. Wie einschüchternd.

»Charlene«, begann Maren, »so ein Debütantenball ist traditionell die Einführung einer jungen Frau in die Gesellschaft und auf den Heiratsmarkt. Welche Bedeutung hat diese Tradition für Sie heute als Darstellerin der beliebten *Glamour Girl*-Rebellin Jane?«

Charlene kicherte. »Jane würde jetzt sicher sagen, dass das ein verfickter Scheiß wäre, auf den sie voll nicht abkönne.«

»Aber du bist ja nicht Jane, nicht wahr«, wandte Bob betont gelassen ein.

»Nein«, sagte Charlene hastig. »Der Kolonialball ist eine faszinierende Tradition, die wir unbedingt erhalten müssen.«

»Er bewahrt moralische Sitten, von denen sich die heutige Jugend ruhig mal eine Scheibe abschneiden könnte«, fügte ihr Bruder an.

Die Furche auf Sophies Stirn wurde tiefer.

»Und wie bereiten Sie sich auf diesen großen Abend vor?«, fragte Maren.

»Ich werde früh aufstehen und eine Stunde joggen. Nach dem Frühstück gehen meine Mutter und ich noch einmal die Gästeliste des Balls durch, damit ich die Namen der Leute, denen ich offiziell vorgestellt werde, nicht wieder vergesse. Dann geht es zum Friseur und zur Visagistin. Bei *Beauty Bells* machen sie die besten Frisuren im Kolonialstil, und die Visagistin reist extra aus Hollywood an. Ich bekomme eine Echthaarperücke, die aussieht wie eine gepuderte Turmfrisur aus dem achtzehnten Jahrhundert, nur dass sie nicht weiß ist – oder gepudert.« Charlene lächelte, und Allan fotografierte sie.

Sophie verkniff sich ein Gähnen und räusperte sich. »Ja, das ist ja alles sehr spannend, aber um noch einmal auf die Frage meiner Kollegin zurückzukommen. So ein Debütantenball steht für Frauwerdung und natürlich auch für sexuelle Reife. Sie aber kennt man privat nur als alleinstehendes Mauerblümchen.«

»Mauerblümchen?«, fragte Charlene zurück.

»Das ist etwas Gutes«, raunte Bob ihr zu und wandte sich dann an Sophie. »Sexuelle Reife ist in diesem Zusammenhang wirklich kein Thema, Frau …?«

»Caprice«, sagte Sophie scharf.

»Sophie«, flüsterte Maren in einer Mischung aus Bitte und Warnung.

»Was?«, schnappte Sophie und fuhr zu Maren herum. »Ich stelle doch nur ein paar interessante Fragen.« Sie wandte sich wieder an Charlene. »Wer wird Ihr Escort morgen sein?«

»Ich mag nicht, wohin dieses Interview führt«, sagte Bob mit gerunzelter Stirn, während Allan zwischen ihnen hin und her huschte und Fotos schoss. »Wir brauchen gleich dringend eine andere Kulisse«, sagte er.

Maren nickte. »Ein Ortswechsel wird uns allen guttun.«

Aber Sophie ließ sich nicht beirren. »Also, Charlene. Wer wird dich morgen eskortieren?«

»Marcus Felling«, antwortete sie.

»Er ist der älteste Sohn eines Industriellen hier in Laredo«, ergänzte Bob knapp.

»Was bedeutete das privat für dich, sind da romantische Gefühle mit im Spiel?«

»Äh«, machte Charlene und sah hilfesuchend zu ihrem Bruder.

Doch bevor der wieder dazwischenschießen konnte, fragte Sophie weiter. »Unsere Leser stellen sich einen Debütantenball in historischen Kostümen ganz furchtbar romantisch vor, Charlene. Und sie würden einfach gern wissen, ob es das tatsächlich ist. Wie stellst du es dir vor?«

»Marcus und ich sind nur Freunde«, sagte Charlene.

Bob klatschte in die Hände. »Sehr gut. Ich schlage vor, dass wir nun in den Garten wechseln. Ich hole noch rasch ein paar Broschüren von *Beauty Bells*, dann können wir vielleicht noch etwas mehr über Charlenes Auftritt und das Ästhetische des Kolonialballs sprechen.«

Sophie fuhr von ihrem Sessel auf und warf die kupferroten Haare zurück. »Wenn Sie der Meinung sind, Ihr blöder Beautysaloon sei für irgendeinen Journalisten von Interesse, dann brauchen Sie dringend einen PR-Agenten für Ihre Schwester.«

Bob verengte die Augen zu Schlitzen. »Und wenn Sie schmutzige Geschichten schreiben wollen, dann sollten Sie in ein Bordell gehen und Huren interviewen!«

»Wie bitte?«, fragte Maren überrascht.

Sophie lachte auf. »Ein Debütantenball führt junge Damen auf dem Heiratsmarkt ein, das können auch Sie nicht leugnen, Bob. Fragen nach dem Beziehungsstatus Ihrer Schwester sind da sehr naheliegend.«

»Aber wir können natürlich auch auf andere Fragen ausweichen«, versuchte Maren die Wogen zu glätten.

»Auf keinen Fall.« Blitze schossen aus Sophies Augen. »Alles, was ich will, ist ein kleines prickelndes Detail. Etwas Romantisches, das das Herz bewegt. Sonst ist die ganze Geschichte nichts wert.«

»Es gibt keine prickelnden Details!«, fuhr Bob auf.

»Wissen Sie das so genau, Bob?«, fragte Sophie und trat näher an ihn heran. Sie hatte plötzlich Freude daran, diesen widerlichen Kerl zu provozieren. »Glauben Sie, Sie können Ihre Schwester ewig vor den Männern beschützen?«

»Vor allen Männern und Frauen wie Ihnen!« Fast angewidert sah er Sophie an. Es war ein seltsamer Blick, in dem noch etwas anderes lag. »Charlene interessiert sich für Bücher und Filme, Sport und ihre Arbeit. Sonst nichts.«

»Aber man muss mich doch nicht vor allen Männern schützen«, sagte Charlene kleinlaut.

»Doch«, schnauzte Bob. »Unsere Familie steht für Moral und Tugend, und dein Gesicht auch!«

»Was sind Sie für ein widerlicher, prüder Kolonialmacho. Charlene ist doch nicht Ihr Eigentum«, schrie Sophie ihn an.

»Ihres aber auch nicht!«, schrie Bob zurück. »Ihres schon gar nicht!«

»Wenn wir uns alle kurz beruhigen könnten«, versuchte Maren die beiden zu besänftigen.

Bob sah mit vor Wut funkelnden Augen von Sophie zu Maren. Dann schüttelte er den Kopf. »Nein«, sagte er. »Sie gehen jetzt. Sofort. Dieses Interview hat nie stattgefunden und wird auch nie stattfinden!«

Sophie stand nur in einem knappen String bekleidet in ihrem Hotelzimmer und hob abwehrend die Hände. »Ohne das kleinste Detail zu Charlenes Liebesleben kannst du die Story vergessen, Maren. Und das weißt du.«

»Nein«, sagte Maren und schlug die Hotelzimmertür hinter sich zu. Sie war gerade herübergekommen. »Ohne eine Protagonistin kannst du unsere Geschichte vergessen.«

»Kein Grund, mein Zimmer zu stürmen wie eine Furie. Ich wollte mich gerade ein wenig frisch machen!«

Maren hielt ihr iPad hoch, direkt vor Sophies Nase. Aber Sophie setzte sich nur erschöpft aufs Bett. »Es tut mir leid, ich bin vielleicht ein bisschen zu weit gegangen. Aber wir können immer noch auf den Ball gehen und ein bisschen was zu dem dazuerfinden, was wir heute in der Villa rausgehört haben.«

Fassungslos starrte Maren auf Sophie herab. Dann beugte sie sich vor und sah ihr direkt in die Augen. »Nein, das können wir nicht. Hier«, sie warf das iPad neben Sophie aufs Bett. »Die Familie Summersville ist äußerst aktiv in der Martha-Washington-Gesellschaft. So aktiv, dass sie genug Macht hat, uns die Akkreditierung zu entziehen! Ich hab gerade die Mail bekommen.«

»Dieses widerliche Arschloch«, zischte Sophie, während die Bedeutung von Marens Worten in ihr Bewusstsein zu dringen schien. »Hält seine kleine Schwester in ewiger Jungfrauenschaft gefangen und hindert uns daran, unsere Arbeit zu tun!«

»Du bist einfach unglaublich!«, schrie Maren auf. »Kannst du nicht einfach mal den Hauch einer Mitschuld anerkennen? So weit hätte es niemals kommen müssen. Wir hätten morgen noch Gelegenheit gehabt, Charlene etwas pikantere Fragen zu stellen. Aber du hast alles versaut. *Du*, Sophie!«

»Ja«, sagte Sophie zerknirscht und angelte sich eine Zigarette von ihrem Nachttisch. »Aber hat dieser Macho dich denn nicht auch wütend gemacht? Wie kann man bei so einem Mann ruhig bleiben? Klar, wir hätten Charlene auch morgen noch befragen können, aber wann geigt mal jemand diesem Arsch die Meinung?« Sie inhalierte tief.

Maren fuhr sich mit beiden Händen durch ihre blonden Haare. »Es ist nicht dein Job, jedem deine Meinung vor den Latz zu knallen. Dein Job sind Reportagen, auch über Leute, die du nicht leiden kannst. Dann musst du dich eben etwas zurücknehmen, Fragen stellen und einen Text schreiben.« Sie ballte die Hände zu Fäusten. »Ich bin so wütend und so enttäuscht von dir. Von Anfang an hast du diese Reportage sabotiert und mir die ganze Arbeit aufgehalst, obwohl ich genauso viel Geld dafür bekomme wie du.«

»Charlene tat mir so leid, ich wollte doch nur –«

»Du bist Journalistin und keine Psychologin«, zischte Maren verärgert. »Charlene ist ein kluges Mädchen. Früher oder später wird sie ihrem Bruder das Heft aus der Hand nehmen und ihr eigenes Leben leben.«

»Das kann man nie wissen«, widersprach Sophie. »Was, wenn sie immer die Gefangene seiner Moralvorstellungen bleibt?«

»Herrgott, dann helfen auch deine streitsüchtigen postfeministischen Argumente sexueller Selbstbestimmung nichts, Sophie. Deine Worte können keine Wunder vollbringen. Deine Worte können BLITZ-Leser unterhalten, vorausgesetzt, du packst diese Worte in eine interessante Reportage!«

Sophie ließ sich nach hinten auf ihr Bett fallen. Um ihren Kopf herum breiteten sich ihre Kupferlocken aus wie ein Strahlenkranz. Ihre prallen Brüste rutschten zur Seite, und für einen Moment konnte Maren den Blick nicht von den prächtigen Titten abwenden. Was sie nur noch verdrießlicher machte.

»Wenn ich an Bob Summersville denke, hab ich so eine Wut im Bauch, das kannst du dir gar nicht vorstellen.« Sophie blies den Rauch aus und starrte zur Decke.

»Doch, ich empfinde das Gleiche, wenn ich an dich denke, Sophie!« Maren schüttelte den Kopf und stemmte die Hände in die Hüften. »Ich hab herumtelefoniert, um eine Protagonistin zu finden, und dann noch mal, um Kleider für uns aufzutreiben. Ich hab die Akkreditierung besorgt und dein Genörgel und Gejammer ausgehalten! Jetzt reicht's. Ich mach keinen Handschlag mehr für diese Reportage. Du lässt dir was einfallen, wie du Stein verklickerst, warum er geschätzte fünfzehntausend Euro in den Sand gesetzt hat.«

»Was?« Sophie fuhr auf und stützte sich auf ihren Unterarmen ab.

Maren nickte. »Ich bin raus aus der Sache. Ich verzieh mich jetzt in mein Hotelzimmer und will dich bis zum Abflug nicht mehr sehen.«

»Aber ... das ist ... es ist doch erst Sonntagfrüh«, stammelte Sophie.

»Du wirst die Zeit schon rumkriegen, Hauptsache, du maulst jemand anderen an.« Maren wandte sich zur Tür. Dabei blieb ihr Blick an Sophies prachtvollem mintgrünem Kolonialballkleid hängen. Es hing außen am Wandschrank und wartete nur darauf, getragen zu werden. »Bevor du das kaputt machst, bring ich es lieber gleich zurück. Du hast dieses Kleid sowieso nicht verdient«, sagte Maren. »Dann kann ich mit der ganzen Sache auch besser abschließen.« Sie nahm das Kleid samt durchsichtigem Kleidersack und öffnete die Tür zum Flur. Dann drehte sie sich noch einmal um. »Du hättest es wirklich besser wissen müssen, Sophie!«

Leise schloss sie die Tür hinter sich und ging über den Flur zu ihrem Zimmer. Nach einem letzten wehmütigen Blick auf ihr eigenes petrolfarbenes Kleid legte sie sich auch dieses über den Arm und schnappte sich ihre kleine Lackhandtasche. Nun würde irgendeine andere Frau in Laredo damit auf einer Trittbrettparty glücklich werden.

Charlene Summersville war nicht so unschuldig, wie ihr Bruder dachte. Er konnte sie ja nicht vierundzwanzig Stunden am Tag bewachen. Immerhin war er verheiratet, und seine Frau wollte auch etwas von ihm haben. Aber Charlene war auch nicht so mutig, wie sie es gern wäre oder wie sie dachte, dass diese rothaarige Journalistin es war.

Sie lag angezogen auf ihrem Bett, mehrere dicke geblümte Deko-Kissen unter ihrem brünetten Fransenschopf, und starrte die Decke an. Vor ihrem inneren Auge brüllte eine kupfergelockte Sophie Caprice Bob an und sprach Charlene aus der Seele. Nicht dass die junge Schauspielerin ihr Privatleben vor den Medien übermäßig breittreten wollte, sie wollte nur einfach eins: händchenhaltend durch Hollywood laufen und die Welt wissen lassen, wen sie liebte.

Natürlich war Liebe ein großes Wort, und Charlene war jung, aber ... Ach, manchmal wusste sie ja selbst nicht, was sie fühlte, nur dass sie Gefühle hatte und Lust verspürte und nicht irgendwann als fünfundzwanzigjährige Jungfrau eine Ehe eingehen wollte.

Ein leises Klickgeräusch riss sie aus ihren Gedanken. Mit gerunzelter Stirn setzte sie sich auf und sah sich in ihrem großen Zimmer um. Was war das gewesen? Das Zimmer war penibel aufgeräumt, hatte einen großen begehbaren Kleiderschrank, ein eigenes Bad und einen Schminktisch zwischen zwei bodentiefen Fenstern. Aber nichts war umgefallen, und vom Flur her war es auch still.

Charlenes Eltern waren auf irgendeiner wichtigen Martha-Washington-Gesellschaft-Party und Bob in seiner eigenen Villa zwei Querstraßen von hier.

Wieder hörte Charlene das Klicken und ein Lächeln stahl sich auf ihr Gesicht. Natürlich, warum war sie nicht gleich darauf gekommen. Sie sprang vom Bett und eilte zur Balkontür. Sie öffnete und stahl sich hinaus.

»Sam?«, rief sie leise und beugte sich über die Brüstung.

Er war die Rankenhilfe für die Kletterrosen schon halb hinaufgeklettert und grinste sie an. »Charlie.«

Oben angekommen schloss er sie in seine Arme. An seiner Brust fühlte Charlie sich wohl, einerseits beschützt, andererseits aber frei und erwachsen.

Er nahm ihr Gesicht zwischen beide Hände und sah ihr tief in die Augen. »Wie geht es dir?«

Sie versank im Blick seiner samtbraunen Augen und streichelte ihm durch die dunkelblonden Locken. Von da glitten ihre Finger zum Kragen seiner Jacke, und sie musste lachen. »Noch immer die Footballjacke der Schule?«

Er hob die Schultern. »Ich bin noch immer Quarterback.«

Sie nickte. »Seit der neunten Klasse, der jüngste Varsity-Quarterback, den unsere Schule je hatte«, sagte sie bewundernd. »Wahnsinn.«

Er krauste die Stirn. »Und das aus deinem Mund, du aufgehender Stern der Filmbranche.«

»Fernsehen, ich mach doch nur Fernsehen«, entgegnete Charlene und seufzte. Dann drehte sie sich um und ging zurück in ihr Zimmer. »Ich vermiss die Schule.« Sie ließ sich auf ihr Bett fallen. »Privatunterricht ist scheiße!«

Sam schloss die Balkontür hinter sich und warf seine Footballjacke über den kleinen weißen Drehstuhl am Schminktisch. »Kann ich mir vorstellen. Wenn man zur Schule muss, hasst man es, aber so ganz ohne ... das stell ich mir auch ziemlich öde vor.« Er setzte sich neben sie. »Andererseits muss ich als armer Stipendiat des ehrwürdigen Elite-Kollegs *Laredo Dawn* ohnehin immer dankbar sein, dass ich überhaupt zur Schule gehen darf.«

Charlene ließ sich zurückfallen und sah wieder zur Decke.

»Quatsch. Die Schule sollte dir dankbar sein, dass du dich herablässt, sie mit deiner Anwesenheit zu beehren!«

Er legte sich neben sie und stützte den Kopf auf seine Hand. »Wir vermissen dich auch, weißt du?«

»Wir?«, fragte sie und suchte den Blick seiner samtbraunen Augen. Sam und sie waren immer ein Paar gewesen und irgendwie auch nicht. Er war ihr Date beim Juniorprom gewesen, und sie hatten damals auf dem Rücksitz eines Pickups, den Sam geliehen hatte, wild geknutscht. Aber dann war *Glamour Girl* auf Sendung gegangen und durchgestartet. Charlene war nun berühmt, ständig auf Drehs oder Reisen, und außer ein paar Mails und Anrufen hatte sie kaum noch Kontakt zu Sam.

Er senkte das Kinn und lachte leise. »Na gut, *ich* vermisse dich.« Er sah wieder auf. »Charlie, was waren wir eigentlich? Was sind wir? Du und ich ...« Er verstummte.

»Ich denke ständig an dich«, sagte sie leise. »Manchmal stell ich mir vor, dass ich über einen roten Teppich gehe und deine Hand halte. Dass wir zusammen fotografiert werden ...« Sie schüttelte leicht den Kopf, sie kam sich dumm vor. »Aber wir waren ja nie wirklich zusammen.«

Er strich eine fransige Haarsträhne aus ihrem Gesicht. »Ja, aber warum eigentlich nicht?«

»Ich weiß es nicht«, raunte sie und ließ sich von seinem Blick gefangen nehmen. Sie sah in seine funkelnden Augen und spürte das Streicheln seines Fingers an ihrer Schläfe. Sein Gesicht näherte sich ihr langsam. Sie schloss die Augen, als seine Lippen sich auf ihre legten, und schlang ihre Arme um seinen Nacken. Ihre Zungenspitze berührte seine, und aus den zärtlichen kleinen Küssen wurde brennende Leidenschaft.

Ehe Charlene sich versah, wanderten ihre Hände zur Knopfleiste an Sams Hemd, und sie vernahm leises Stöhnen. Ob er es war oder sie selbst, sie vermochte es nicht zu sagen. Sie spürte Hände unter ihrem Shirt, an ihrem Busen und dann an ihrem Hosenbund. Hastig zog sie Sam das Hemd über die Schultern, und er legte sich auf sie.

»Ich liebe dich, Charlie«, sagte er atemlos.

Sie nickte glücklich. »Ich dich auch.«

Sams Hände packten ihren Hintern und sein Becken presste sich drängend an ihren Schoß. Charlene seufzte auf, sein harter Schwanz war durch die Jeans zu spüren.

Sie wälzten sich herum, Charlene saß nun obenauf und strich über Sams muskulösen Oberkörper, während seine Hände ihre Titten streichelten. Seine Finger glitten unter das Shirt in den BH hinein und griffen nun heftiger nach ihren weichen runden Brüsten. Er zog ihr das Shirt aus, der BH war verrutscht und ihre kleinen rosa Nippel lugten hervor. Sam leckte darüber, und Charlene warf den Kopf in den Nacken. Lustvoll ließ sie ihr Becken kreisen, rieb ihren Schoß an seinen Schwanz. Auch durch die Hosen spürte sie, wie er immer härter und größer wurde. Ihre Möse war feucht. »Sam«, seufzte sie und krallte die linke Hand in seine Locken, während ihre Rechte zu seiner Hose hinunterglitt.

Knopf für Knopf öffnete sie seine Jeans. Sie schob die Boxershorts zur Seite und starrte auf Sams großen steifen Schwanz hinunter. Die Spitze glänzte feucht, und Charlene hatte auf einmal unbändiges Verlangen, diesen prächtigen Schwanz zu lutschen. Sie rutschte nach hinten und beugte sich vor. »Oh, Charlie«, raunte Sam, noch bevor ihre Lippen seinen Penis berührt haben. »Oh Gott.«

Charlene leckte sanft über die Eichel. Sam atmete schneller, sie spürte seinen Blick auf sich. Sie leckte wieder und wieder, dann sog sie den großen Schwanz zwischen ihre Lippen.

Sam stöhnte laut auf.

Charlene nahm ihn tiefer in den Mund und saugte. In ihrem Mund schwoll Sams Schwanz noch weiter an, und kleine Adern traten am Schaft hervor. Sie saugte und lauschte Sams Stöhnen. Sie verspürte Lust und Macht in sich, Macht über Sam und seinen schönen harten Freudenspender und Macht über ihre eigene Lust. Ihr Kopf fuhr auf und ab.

»Charlene!«, donnerte da eine tiefe, harte Stimme durch den Raum.

Ihr Kopf fuhr erschrocken auf. Entsetzt starrte sie in Bobs Gesicht, der im Türrahmen stand und mindestens genauso entsetzt zurückblickte. Er war knallrot angelaufen und schien noch nach Worten zu suchen.

»Scheiße«, keuchte Sam und schloss hastig seine Jeans. »Ich ... Mr Summersville ... es tut mir leid ...«

»Raus«, brüllte Bob. Er stürmte zum Bett, packte Sam am Kragen und riss ihn hoch. Brutal drückte er ihn an die Wand. »Du verschwindest jetzt und wirst dich Charlene nie wieder auch nur um eine Meile nähern, sonst sprech ich mal ein paar Wörtchen mit dem Schulkomitee über dein Stipendium. Hast du verstanden?«

»Bob«, protestierte Charlene und schlüpfte in ihr Shirt zurück.

»Du hältst den Mund«, fuhr er sie an und wandte sich wieder an Sam. »Du kannst von Glück reden, dass morgen der Ball ist und wir unter enormer Beobachtung durch die Medien stehen. Sonst würde ich jetzt die Polizei rufen.«

Er ließ Sam los und zeigte mit ausgestrecktem Arm auf die Tür. »Verschwinde, bevor ich mich vergesse.«

Sam warf Charlene einen unsicheren Blick zu, dann wandte er sich um und ging, ohne Hemd oder Footballjacke.

Charlene hörte seine eiligen Schritte auf der Treppe und spürte Tränen in ihre Augen treten – Tränen der Scham und der Trauer.

»Ich liebe ihn«, sagte sie mit zitternder Stimme zu ihrem Bruder. »Das kannst du mir nicht verbieten.«

»Und wie ich das kann«, schnaubte Bob. »Du lässt die Finger von diesem Penner. Du liebst ihn nicht, dazu bist du viel zu jung. Ich hatte schon so was im Gefühl, sonst wär ich nicht noch mal vorbeigekommen. Man kann dir einfach nicht vertrauen. Du darfst dich nicht so wegwerfen, Charlene.« Er ging zur Tür und sah angewidert auf sie herab. »Und jetzt wasch dir den Mund aus!«

Er knallte die Tür hinter sich zu, und Charlene hörte, wie er von außen den Schlüssel herumdrehte.

Sophie starrte ihren Cocktail an. Ihr Kopf war schwer auf ihre linke Hand gestützt, während die Rechte lustlos die Olive durch den Martini schwenkte. Eigentlich könnte sie erleichtert sein. Sie musste nicht auf diesen spießigen Kolonialball, das Wetter war gut, und die Cocktails in der Hotelbar hervorragend.

Aber die Wahrheit war, dass sie nicht mehr auf den Kolonialball gehen *konnte*. Sie war persönlich ausgeladen worden. Das war ein himmelweiter Unterschied. Ganz abgesehen davon, dass sie, die Lichtgestalt Sophie Caprice, beruflich gescheitert war. Sie konnten die Reportage nicht abliefern, hatten keinen Zugriff auf irgendwelche Fotos mehr und kaum genug Material, um über Charlene etwas wirklich Spannendes zu schreiben. Und das war allein ihre Schuld.

Sie stürzte den Martini hinunter, knallte das Glas auf den Tresen und bestellte den inzwischen vierten Cocktail.

Nein, sie war nicht erleichtert. Sie war wütend auf sich selbst – vor allem auf Bob Summersville. Mit dem war sie noch lange nicht fertig, umso schlimmer, dass Bob hingegen mit ihr fertig war – und sie obendrein auch noch fertigmachen konnte. Ihre Akkreditierung lag in seiner Hand. Das war einfach ungerecht.

Nein, sie wollte sich nicht geschlagen geben. Je länger sie mit gebundenen Händen in der Hotelbar saß, desto mehr wollte sie auf den Kolonialball, Bob ihre Meinung sagen und eine Eins-a-Reportage über Charlene schreiben.

Sie seufzte. *Ja, man will wohl immer das, was man nicht haben kann.* Gedankenverloren griff sie nach einer Haarsträhne und zwirbelte sie zwischen den Fingern. Um sie herum waberten Gespräche und Gelächter durch die Bar. Sie hatte eine breite Fensterfront zum Hotelpool, die offen war. Neben dem Tresen gab es kleine Séparées mit gepolsterten Bänken und bodentiefen Tischdecken, während vorne zum Pool hin alles offen und kommunikativ gestaltet war. Die Ausstattung hier erinnerte Sophie eher an die Sechzigerjahre denn an die Kolonialzeit, aber auch das passte irgendwie zum Disneyland-Charakter der amerikanischen Südstaatenästhetik.

Sie drehte sich auf ihrem Barhocker um, stützte die Unterarme hinter sich auf den Tresen und wippte mit dem Fuß. Es war Freitagnacht, und die übrigen Hotelgäste trugen dieser Tatsache auch mit der entsprechenden Ausgelassenheit und Menge Alkohol Rechnung. Sophie hatte nur den Alkohol.

Irgendwo in der Nähe klingelte ein Handy, und Sophie stellte fast erleichtert fest, dass sie doch nicht die Einzige war, die allein in der Bar saß.

Ein Anzugträger Anfang vierzig mit teurer Uhr und noch teureren Schuhen saß in einem der Séparées und nahm das Gespräch an. Er war nah genug, dass Sophie alles verstehen konnte.

»Ich sag dir, dieser Manager-Bruder ist eine Katastrophe!«, sagte der Typ.

Sophies Herz schlug etwas schneller, und wenn sie bis jetzt nur aus Langeweile gelauscht hatte, spitzte sie nun hochinteressiert die Ohren. Das klang verdächtig nach Bob.

»Ich konnte heute mit den beiden sprechen, aber ich muss wohl eher sagen mit ihm. Charlene Summersville saß nur daneben ... Ich weiß, ich weiß, Charlene wäre perfekt für die Rolle, aber Bob«, er spuckte den Namen fast aus, »Bob sieht das anders.«

Sophie musste grinsen. Da hatte sie also einen Bruder im Geiste – und mit guten Schuhen.

»Ich hab natürlich alles aufgezählt. Ambitioniertes Filmprojekt, das den Sprung in die Filmbranche für Charlene bedeuten könnte und obendrein auch noch Oskar-Chancen in sich trägt. Aber es hat alles nichts gebracht ... Nein, wenn ich's dir doch sage ... Ja, bye.« Er beendete das Gespräch, seufzte und trank einen Schluck aus seinem Whiskeyglas.

Sophie betrachtete den Mann genauer und legte den Kopf schief. Er hatte graue Schläfen, einen Dreitagebart und graue Augen, sehr sexy. Außerdem interessierte Sophie sich für diesen Film und den Grund für Bobs Absage. Also glitt sie geschmeidig von ihrem Barhocker, nahm ihren Drink und stöckelte mit wiegenden Hüften an den Tisch.

»Hallo«, sagte sie und lächelte.

»Hallo?« Es klang nicht unfreundlich, eher verwundert. Sophie gab ihm Zeit, seinen Blick über ihre Kurven und das knallrote, hautenge Versace gleiten zu lassen. »Ärger mit Bob Summersville? Den hatte ich heute auch.« Sie setzte sich ungefragt neben ihn und schlug die Beine übereinander. »Der Typ ist ein Wichser.«

»Und was für ein Wichser!«, bestätigte der Mann. Sie lachten beide und stießen an.

»Will«, stellte sich ihr Gegenüber vor. »Casting-Agent.«

»Sophie. Journalistin.« Sie lächelte. »Eigentlich sollte ich ein Exklusivinterview mit Charlene machen, wegen des Kolonialballs. Aber dieses Arschloch Bob wollte uns mit läppischen Details zu ihrer Frisur abspeisen. Seine Schwester geht auf einen Debütantenball, und wir dürfen nicht einmal fragen mit wem? Das ist doch absurd.« Sophie schnaubte.

Will schüttelte den Kopf. »Ich suche Schauspieler für eine Filmproduktion, die jetzt schon als Oscar-Favorit gilt. Es gab zwar noch keinen Drehtag, aber das Skript ist so vielversprechend, dass die ganze Acadamy schon heiß drauf ist.«

»Ein früher Oscar-Favorit? Heiß! Und Charlene darf nicht mitmachen?«

»Sie käme für die Rolle einer vierzehnjährigen Prostituierten infrage.«

»Okay.« Sophie verdrehte die Augen. »Das lässt Bob natürlich nicht zu.«

Will beugte sich vor, sein Atem roch nach Whiskey, und Sophie mochte es. »Das ist eine anspruchsvolle Rolle in einem ambitionierten Projekt, das nicht nur den Wechsel in die Filmbranche, sondern einen Oscar für die beste Nebenrolle bedeuten könnte – und der sagt einfach Nein.« Er schnaubte. »Nein. Das muss man sich mal vorstellen.«

»O, ich kann mir das sehr gut vorstellen.« Sophie leerte ihr Glas.

Sofort hob Will die Hand und bestellte noch eine Runde. Sophie war begeistert und verlangte ebenfalls Single Malt. Sie war auf den Geschmack gekommen. Als die Drinks kamen, stießen sie wieder an und sahen sich noch etwas tiefer in die Augen.

»Jedenfalls bin ich mir hundertprozentig sicher, dass Charlene das Angebot wollte«, erzählte Will jetzt. »Du hättest das Glänzen in ihren Augen sehen sollen, als ich den Film und ihre Rolle gepitcht habe. Es geht ja nicht um die billige Darstellung einer Hure. Es geht um Schicksal und ein starkes Mädchen. Da will sie mitmachen, dafür leg ich meine Hand ins Feuer.«

Interessant, dachte Sophie. Ich wusste ja immer schon, dass Charlene Pfeffer hat. Was für eine Schande, wenn sie diesen Film nicht machen könnte.

»Noch ein Drink?«, fragte Will.

»Warum so geizig?«, fragte Sophie und legte ihre Hand auf seinen Oberschenkel.

Er lachte und hob die Hand, ohne den Blick von ihren grünen Augen zu lassen. »Barkeeper, die Flasche!«

Sophie lachte auch. Dann nahm sie seinen Kopf zwischen beide Hände und küsste ihn. »Ausgezeichnete Idee, das ist genau das, was ich jetzt brauche. Danke, *chéri*.«

Seine Stirn stieß an ihre. »Danke? Wofür?« Sein Blick glitt hinunter zu ihrem drallen Dekolleté. »Noch musst du mir nicht danken«, sagte er mit trockenem Mund. Er räusperte sich und schmunzelte. Mit dem Ellbogen stupste er seinen

Stift an, der prompt vom Tisch rollte, auf die Sitzbank und dann auf den Boden fiel.

»Ups«, sagte er. »Ich hab meinen Stift fallen lassen, ich werde ihn kurz holen.«

Sophie kicherte überrascht, und Will verschwand unter dem Tisch mit der bodenlangen schweren Tischdecke.

»Hast du ihn?«

»Noch nicht«, rief er zurück.

Ein Kellner stellte die Whiskeyflasche vor Sophie und verschwand wieder. Sie goss die Gläser drei Finger breit voll und erschauerte, als sie eine Berührung an ihrem Oberschenkel spürte. Will hatte sie lediglich mit seinem Hemd gestreift, aber Sophie wurde dennoch heiß.

Plötzlich packte etwas nach ihren Knien und zog sie sanft auseinander. Sie trug keine Unterwäsche, ihre rasierte Möse präsentierte sich Will im schummrigen Licht und in ihrer vollen Schönheit.

Sophie seufzte wohlig und lehnte sich zurück. Fingerspitzen wanderten ihre Schenkel hinauf und umkreisten ihre heiße Spalte ein paarmal, bevor sie treffsicher ihre Perle befingerten.

Sophie atmete schneller, ihre Titten hoben und senkten sich.

Die Finger unterm Tisch zogen ihre Mösenlippen nun etwas auseinander und spreizten ihre Beine noch weiter. Ein leichtes Kratzen wanderte Sophies Schenkel hinauf – ein Kratzen, das nur ein Dreitagebart verursachen konnte. Ein wohliger Schauer rann durch ihren Körper.

Eine feuchte Zungenspitze stieß wenig später gegen Sophies Knospe, während Finger unter ihr Kleid glitten und sich in das feste Fleisch ihrer runden Arschbacken gruben.

Mit einem Ruck wurde ihr Schoß enger an das Gesicht unter dem Tisch gepresst, und eine kreisende, stoßende Zunge leckte ihre feuchte Möse.

Sophie seufzte, und ihre knallroten Fingernägel krallten sich in die Tischplatte. Schmatzende und schleckende Geräusche drangen leise unterm Tisch hervor. Sophie spreizte die Beine so weit sie konnte und presste ihre Titten vor Lust gegen den Tisch. Sie drängte sich der flinken Zunge entgegen, die nun mit harten Stößen ihre Knospe bediente.

Wills Zunge glitt über die inneren Schamlippen, er küsste und leckte und schließlich saugte er sich an Sophies Perle fest.

Sie schielte zu den anderen Tischen hinüber und stöhnte. Noch nahm niemand Notiz von ihr. Will saugte fester.

Sophie schloss die Augen und warf den Kopf in den Nacken. »Ohhh«, seufzte sie im Takt mit dem schmatzenden Geräusch. Sie ließ den Tisch los, griff unter den Tisch und packte Wills Kopf mit beiden Händen. Er vögelte sie inzwischen wieder mit der Zunge, stieß immer härter und schneller – und schließlich kam sie mit einem gepressten »Ja!«.

Schwer atmend öffnete sie die Augen, ihr Busen bebte, der Sitz unter ihr war bestimmt triefendnass von ihrer Geilheit. »Komm hoch, chéri«, raunte sie. »Wir gehen zu mir, und dann kriegst du zur Belohnung einen anständigen Tittenfick!«

Bob Summersville war nirgends zu sehen.

Sophie atmete auf und stellte sich am Empfang einfach als eine Freundin von Charlene vor. Es duftete nach hochwertigen Kosmetika und frischen Blumen, so wie Sophie es mochte. Wahrscheinlich überzeugte ihr eigenes perfektes Make-up die Angestellte von *Beauty Bells* von Sophies Aufrichtigkeit. Jemand, der so gut geschminkt war, konnte nur die Wahrheit sagen.

Sophie folgte der jungen Frau in der pfirsichfarbenen Uniform in einen kleinen Raum, in dem Charlene Summersville bereits die Haare zu kleinen Schnecken gedreht bekam, damit sie gut unter die Perücke passten.

»Sie?«, fragte das junge Mädchen erstaunt.

Sophie lächelte. »Darf ich mich setzen?«

Charlene nickte und sah sie mit einer Mischung aus Furcht und Neugierde an. »Wenn Bob das rauskriegt …«

Sophie hob die Schultern. »Ich werde es ihm nicht sagen. Sie?«

Charlene lächelte spitzbübisch und schüttelte den Kopf. »Tut mir leid, dass unsere Homestory und das ganze Exklusivinterview geplatzt sind.«

»Vielleicht ist es das gar nicht.«

Charlene senkte den Kopf. »Doch, wenn Bob sich einmal entschieden hat, dann –«

»Bitte den Kopf gerade halten«, sagte das Pfirsichmädchen, das Charlenes Haare aufdrehte.

Sophie zog einen Hunderter aus ihrer Handtasche und hielt ihn der Friseurin hin. »Ob Sie uns wohl kurz allein lassen und das für sich behalten könnten, sollte zum Beispiel Bob da draußen auftauchen?«

Die Friseurin nahm das Geld und verschwand.

»Also«, sagte Sophie zu Charlene. »Sie wollen mehr Freiheiten und in einem coolen Film die spektakuläre Nebenrolle spielen.«

»Woher wissen Sie das?«

Sophie wischte mit der Hand durch die Luft. »Ich hab so meine Quellen. Das tut jetzt nichts zur Sache. Worum es geht, ist, dass ich Ihnen zu mehr Freiheit verhelfen kann.«

»Und wie?«

Sophie lächelte vielsagend. »Ich kann Ihnen Macht über Bob verschaffen, aber Sie werden mir vertrauen müssen.«

Charlene seufzte, dann lächelte sie traurig. »Was hab ich schon zu verlieren?«

»Sie können nur gewinnen!«

»Und was wollen Sie dafür haben?«

»Nun ja«, begann Sophie, »ich würde wirklich gern meine Reportage schreiben. Dafür muss ich aber auf den Kolonialball.«

»Ja, natürlich. Aber was kann ich da tun?«

Sophie runzelte die Stirn. »Herzchen, Sie müssen noch viel lernen. Ihre Mutter ist doch Vorsitzende der Martha-Washington-Gesellschaft, oder nicht?«

»Ja. Die richten den Ball aus.«

»Genau. Und eine kluge junge Frau wie Sie wird sich doch sicher in das Arbeitszimmer ihrer Mutter schleichen, den Computer hochfahren und mir eine Einladung ausdrucken können.«

Charlenes Augen weiteten sich. »Ich soll ...« Hinter ihrer Stirn arbeitete es fieberhaft. Sophie war neugierig, welche Bilder und Erinnerungen sich dort gerade abspielten. Mit einem Manager wie Bob wollte sie auch nicht gestraft sein – und schon gar nicht als Teenager an der Schwelle zum Erwachsensein. Bei einem Sohn wie Bob und der schrecklich biederen Hauseinrichtung konnte Mrs Summersville überdies auch nicht gerade Mary Poppins sein.

Dann schlich ein diabolisches Grinsen auf Charlenes Lippen. »Warum eigentlich nicht? Eine Einladung bekomm ich nachher sicher noch ausgedruckt. Mutter wird den ganzen Nachmittag beschäftigt sein, ich weiß, wo das schwere, gute Papier liegt ... Und überhaupt hab ich diese ganze Prüderie meiner Familie so satt!«

Ein Stein fiel von Sophies Herz. So souverän sie auch aufgetreten war, so sicher hatte sie sich keinesfalls gefühlt. Sie lächelte Charlene verschwörerisch zu. »Mädels wie wir müssen einfach zusammenhalten!«

Charlene nickte und lächelte zurück. »Ich lass Ihnen die Einladung ins Hotel schicken. Sie können sich auf mich verlassen.«

Sophie erhob sich. »Daran hab ich keinen Zweifel.«

Nervös klackerten Sophies Absätze über den Marmor der Hotelhalle.

Oben lag Maren in ihrem Zimmer und war wahrscheinlich immer noch wütend. Sophie hatte nun zwar eine Karte zum Ball, aber kein Kleid mehr. Maren hatte ihre Ankündigung ganz sicher wahrgemacht und die Roben zurückgebracht. Sophies mintgrünes Baiserwunder hatte bestimmt schon längst eine neue Trägerin gefunden.

Die Einladung hatte Sophie gerade an der Rezeption abgeholt; nun wollte sie zurück auf ihr Zimmer. Mehr als eine Karte hatte Charlene inmitten ihres Vorbereitungsstresses nicht erstellen und ausdrucken können, aber das hieß immer noch, dass wenigstens ein Kleid hermusste. Ohne stilechte Kolonialzeit-Robe war an eine Teilnahme beim Debütantinnenball nicht zu denken.

Nachdenklich schlenderte Sophie um den leise plätschernden Brunnen herum. Ihre limonengelbe *Miu Miu*-Handtasche baumelte an ihrem Arm. Sie warf ihr Haar zurück – und blieb wie angewurzelt stehen. Da standen immer noch die zwei armen Schaufensterpuppen mit den grässlichen, aber sehr ausladenden Kolonialball-Kleidern. Sehr ausladend.

Sophie legte den Kopf schief und blies die Wangen auf. Dann sah sie sich in der Eingangshalle um. Ihr Blick glitt die Decke entlang und tastete die Säulen ab. Keine Überwachungskameras. Sehr gut.

Allerdings standen die Schaufensterpuppen direkt gegenüber der Rezeption, wo sich ein wachsamer Jesus für die Gäste aufopferte. Der würde die Schaufensterpuppen mit Sicherheit mit Leib und Leben beschützen. Der vertrieb sich die Arbeitszeit nicht mal im Internet oder mit einem Buch, der stand einfach nur da. Allzeit bereit. Zu was auch immer.

Sophie drückte auf den Fahrstuhlknopf. Abgesehen von Jesus war die Lobby leer. Die meisten Gäste waren wohl schon aus oder saßen im Hotelrestaurant. So oder so, das würde kein Kinderspiel werden, aber es war nicht unmöglich ...

Maren saß in T-Shirt und Slip auf ihrem Bett und zappte sich durch das Fernsehprogramm, als es klopfte. Seufzend stand sie auf und ging zur Tür.

»Wer ist da?«

»Ich bin's, Maren. Kannst du aufmachen?«

Maren stemmte die Hände in die Hüften und sah nachdenklich auf ihre zartrosa lackierten Zehennägel. Sie war noch immer sauer auf Sophie und wollte sie nicht sehen.

Aber sie langweilte sich auch zu Tode. Seit über vierundzwanzig Stunden war sie hier in ihrem Zimmer, las, sah fern und bestellte sich aus Langeweile Essen aufs Zimmer. Sie wollte zurück nach Hamburg und saß hier nur noch ihre Zeit ab.

»Bitte«, sagte Sophie. »Es tut mir leid, Herzchen. Bitte mach auf!«

Maren öffnete, sah die Erleichterung auf Sophies Gesicht und verzog keine Miene. Schweigend ließ sie die Freundin eintreten, schloss die Tür wieder und verschränkte die Arme vor der Brust. »Ist dir schon eingefallen, was du Stein sagen wirst?«

Sophie lächelte vielsagend. »Mir ist was Besseres eingefallen.«

Maren hob skeptisch eine Augenbraue und schwieg.

»Aber erst einmal will ich dir sagen, dass du recht hattest, Maren.« Sophie fuhr sich durch die roten Locken. »Du hattest recht, ich hab mich darauf verlassen, dass das alles schon irgendwie läuft und ich dir nur hinterhertrotten muss. Und dann hab ich Mist gebaut und uns um die Akkreditierung gebracht.«

»Ich werde dir nicht widersprechen.«

Sophie nickte. »Aber wirst du mir verzeihen? Es tut mir wirklich leid und ich hab mir was überlegt, das … nun ja, den Karren wieder aus dem Dreck ziehen kann.«

Maren verdrehte die Augen. »Ich verzeihe dir schon, Sophie, irgendwann. Vielleicht schon bald, wenn du das hier wirklich gedeichselt bekommst. Also, was hast du?«

Sophie kramte mit leuchtenden Augen in ihrer Handtasche und holte einen weißen Umschlag hervor. Stolz steckte sie ihn Maren entgegen. »Eine Einladung zum Kolonialball.«

»Was?« Verdattert riss Maren ihr den Umschlag aus der

Hand und überflog die Karte aus handgeschöpftem Bütten. »Tatsächlich, aber ...« Sie lachte auf und winkte ab. »Ach, ich will gar nicht wissen, mit wem du geschlafen hast.«

Sophie runzelte die Stirn. »Ganz so war es nicht. Was du immer denkst.«

Dann lachten sie beide. Es war ein versöhnliches Lachen, und obwohl Maren es sich nur schwer eingestand, aber zusammen mit Sophie zu lachen, tat gut.

»Aber die Kleider sind jetzt weg, Sophie«, sagte Maren. »Wenn ich gewusst hätte, dass du ... Aber damit war wirklich nicht zu rechnen.«

»Ich weiß, ich weiß. Und ich hab eine Idee.« Sophie setzte sich auf die Bettkante und schlug ihre Beine übereinander. »Reden wir über Jesus!«

»Jesus?« Maren setzte sich verwirrt an den Schreibtisch.

Sophie nickte. »Und seinen prächtigen Schwanz.«

Maren strich ihre blonden Haare zurück. »Was hat sein Schwanz mit dem Kolonialball zu tun?«

»Das erklär ich gleich, Herzchen. Aber vorab, würdest du Jesus eine zweite Chance geben oder nicht?«

Maren verdrehte die Augen. »Bitte, Sophie. Ich brauch keine Sextipps von dir.«

»Das hat sich gestern Morgen aber noch ganz anders angehört!«

»Nein, das war auch gestern Morgen nicht so gemeint, dass ich Hilfe von dir will«, widersprach Maren.

»Willst du, dass er es dir besorgt, oder nicht? Und könntest du dir vorstellen, ihn jetzt gleich zu verführen?«

»Jetzt gleich?«, fragte Maren überrumpelt. »Verführen?«

»Ja, in der Lobby, wo jeder reinkann, sozusagen.« Sophie lächelte erwartungsvoll.

Maren seufzte und dachte nach. Sie wollte sich nicht anbiedern, aber in den letzten zwei Tagen hatte sie immer wieder an Jesus gedacht – und an den harten Sex, den sie so gern mit ihm gehabt hätte.

»Ein bisschen Initiative, und der nimmt dich ran, bis du nicht mehr laufen kannst«, flötete Sophie. »Das steckt in ihm – und in dir auch.«

»Das kannst du nicht wissen«, sagte Maren zweifelnd.

Sophie beugte sich vor. »Nicht mit Sicherheit, Herzchen. Aber beweis du mir doch das Gegenteil.«

Maren überlegte.

»Du kriegst auch meine Kelly Bag.«

»Ich bin doch keine Nutte, die man mit einer Tasche bezahlt«, empörte sich Maren.

»Gut«, Sophie stieß erleichtert die Luft aus, »ich will die Kelly nämlich unbedingt behalten.«

»*Er* sollte *mich* verführen, Sophie«, sagte Maren nachdenklich.

»Ja, aber das hat er nicht.« Sophie grinste. »Wie groß war sein Schwanz noch mal?«

»Herrgott, ist ja gut«, Maren sprang auf, »ich mach's!«

Maren ging durch die leere Lobby auf die Rezeption zu und lächelte. »Hallo, Jesus.«

»Maren.« Seine schwarzen Glutaugen leuchteten auf, und ein wohlwollender Blick glitt von ihren langen Beinen über den Bleistiftrock bis zu dem Top hinauf. Sie hatte keinen BH angezogen, und ihre Nippel zeichneten sich klein und rund unter dem Shirt ab. Es entlockte Jesus ein Schlucken. Verlegen zog er am Kragen seiner Uniform.

»Hast du viel zu tun?«, fragte Maren und lehnte sich lässig an den Tresen.

Er vollführte eine wegwerfende Geste. »Ach was. Alle Gäste sind aus, um diese Zeit checkt niemand mehr ein und keiner hat Fragen. Alle feiern, viele auf dem Ball. Wolltest du da nicht auch hin?«

Sie schüttelte den Kopf. »Nein, ich will lieber was anderes machen.« Sie sah ihn vielsagend an.

Er räusperte sich und griff über den Tresen nach ihrer Hand. »Ich auch, Maren.«

Sie legte den Kopf schief. »Aber du kannst hier nicht weg?«

»Leider nein.«

Sie beugte sich über den Tresen und flüsterte: »Aber ich kann ja zu dir kommen.« Sie schielte zu der kleinen Tür seitlich im Tresen hinüber.

Nachdenklich folgte er ihrem Blick, dann schließlich nickte er. Er öffnete die Tür, und Maren ging an ihm vorbei. Neugierig sah sie von den Schlüsselfächern an der Rückwand über den Drucker und Computer zum Tresen selbst. Stifte und Papierkram waren hier ordentlich sortiert. Jesus war gewissenhaft. Auf dem Boden war Teppich ausgelegt, wahrscheinlich damit die Schreibtischstühle besser rollten. »Hier arbeitest du also?«

Er nickte.

Maren betrachtete ihn, wie er sie voller Begierde ansah. Sie sah die Beule in seiner Hose und spürte, wie die Luft zwischen ihnen erneut knisterte. Aber Jesus regte sich nicht. Unsicher und lächelnd stand er da. Schräg hinter ihm waren die Fahrstühle, und die Anzeige darüber leuchtete bei vier auf. Marens Herzschlag beschleunigte sich. Das war Sophie, sie kam herunter. Die Zeit drängte, wenn sie noch auf den Ball wollte.

Die Anzeige über dem Fahrstuhl leuchtete jetzt bei drei, dann bei zwei.

Maren riss ihren Blick von den blinkenden Ziffern los und flog Jesus in die Arme. Überrascht taumelte er ein, zwei Schritte zurück, dann erwiderte er ihren fordernden Kuss und schlang sie in seine Arme. Seine Zunge drang zwischen ihre Lippen, und seine Hände packten ihren Arsch mit einer plötzlichen Heftigkeit, die Maren sich zwar erhofft, aber nicht erwartet hatte. Sie seufzte auf.

Mit einem leisen Pling kam der Fahrstuhl an. Maren sah Sophie in die Eingangshalle kommen. Dann schloss sie die Augen und zog Jesus auf den Boden der Rezeptionsloge.

Kaum dass ihr Rücken auf dem weichen Teppich lag, zerrte Jesus schon an ihrem Top. Es rutschte über ihre Schultern, und ihre kleinen Brüste mit den harten Nippeln lagen frei. Er leckte daran, während ihre Hand seine Hose aufknöpfte. Begierig tastete sie nach seinem Schwanz und umschloss fest den samtigen kräftigen Schaft. Sie fuhr auf und ab, während Jesus immer heftiger stöhnte. Er zog ihren Rock hoch, strich über ihre Schenkel und schob den Zwickel des Seidenslips ungeduldig zur Seite, um ihre Knospe zu reiben.

Maren keuchte und umfasste den samtigen Schaft noch fester. Ihre Möse war heiß und feucht und sehnte sich nach Jesus' großem starkem Schwanz. »Nimm mich«, seufzte sie und öffnete weit ihre Beine.

Er aber schüttelte den Kopf, küsste sie hart auf den Mund und packte ihre Hüften. Er warf sie mehr herum, als dass er sie drehte, bis Maren auf allen vieren vor ihm kniete.

Sie machte ein Hohlkreuz und hielt ihm ihren runden Hintern entgegen. Sein Schwanz fuhr die Kimme entlang, bevor er an ihrem Slip vorbei in ihre feuchte Möse eindrang. Maren stöhnte auf, und auch Jesus grunzte vor Lust. Er packte ihr Becken mit beiden Händen und schob sich tiefer in sie hinein. Maren seufzte und stemmte sich in den Boden, damit er härter in sie stoßen konnte.

Und Jesus stieß. Sein Becken klatschte gegen ihres, und ihre Titten wackelten über dem heruntergerutschten Shirt im Takt der gierigen Stöße. Um ihre Taille raffte sich der hochgeschobene Bleistiftrock, ihr Seidenslip war durchnässt und verrutscht. Immer schneller trieb er seinen Schwanz in sie hinein, und immer schneller keuchte sie.

»Ja«, stöhnte auch er, »ja, Maren.«

Er ließ ihr Becken los, beugte sich etwas vor und griff nach ihren Brüsten. Er spielte mit ihren Nippeln, während er sie weiter ritt. Er presste ihre vor Lust anschwellenden Titten gegeneinander, knetete voll Gier und Leidenschaft und stöhnte.

»Oh ja«, keuchte Maren. Sein Schwanz rieb sich genau am richtigen Punkt in ihrer Möse und stieß unaufhörlich tief in sie hinein.

Dann plötzlich hielt er inne und glitt aus Maren hinaus. Mit beiden Händen packte er ihren Seidenslip und riss ihn entzwei. Keuchend drehte sie sich zu ihm um. Er saß auf dem Boden und starrte mit offenem Mund auf ihre Titten. Die Hose hing ihm in den Kniekehlen, das Uniformhemd war noch zugeknöpft und der prächtige große Schwanz stand direkt vor ihm.

Maren leckte sich über die Lippen und bestieg ihn. Ihre Mösenlippen schlossen sich um den nassen Schaft, und während sie sein Hemd aufknöpfte, ritt sie ihn mit kleinen kreisenden Bewegungen.

Wenig später lag er flach auf dem Boden, sein Hemd unter ihm, und Maren stemmte sich in seine breite Brust. Sie bewegte ihr Becken mit schnellen zuckenden Bewegungen. Jesus rechte Hand streichelte über ihren Bauch und die glattrasierte Möse. Sein Daumen grub sich zwischen ihre Mösenlippen und legte sich unter die Perle.

Maren schrie auf vor Lust, als sie den Widerstand an ihrer Knospe spürte. Sie ritt ihn härter und schneller. Schweißperlen rannen über ihren Hals. Ihre Titten hoben und senkten sich im Takt ihrer Bewegungen und ihres heftigen Atmens. Sie griff nach ihnen und knetete sie lustvoll. »Jesus«, stöhnte sie, »ich komme!«

Ein letztes Mal beschleunigte sie ihr Tempo und presste ihre Titten noch heftiger aneinander, bevor sie laut aufschrie. Erschöpft sah sie ihn an. Sie atmete heftig.

Er setzte sich auf und küsste sie zärtlich.

Aber sie schüttelte nur den Kopf, nahm seine Hand und legte sie auf ihre bebenden Brüste. »Fick mich weiter«, verlangte sie. »Hart!«

Sie stieg von ihm ab und sah dabei vorsichtig über den Tresen in die Lobby. Sie war noch immer menschenleer. Jesus stand ebenfalls auf, verschwendete aber keinen Blick auf die Eingangshalle. Er drückte Maren gegen die Rückwand der Rezeption, hob sie an und ließ seinen immer noch erigierten Schwanz in sie hineingleiten.

Sie schlang ihre Beine um seine Taille, legte ihre Arme in seinen Nacken und schloss genießerisch die Augen. Er stieß in sie, hart und schnell. Er wollte sie, er wollte alles, sie spürte es in ihrer Möse.

»Du bist so heiß«, keuchte Jesus. »Maren. Du bist so geil.«

»Nimm mich«, flüsterte sie in sein Ohr. »Hör nicht auf.«

Er wurde noch schneller, Marens Kopf stieß gegen ein Regalbrett, es war ihr egal, sie spürte schon ihren nächsten Orgasmus herannahen.

»Ja, so«, stöhnte sie. »Fick mich genau so.«

»So geil«, murmelte er, dann keuchte er nur noch.

Sie kamen gemeinsam, küssten sich leidenschaftlich und leckten sich gegenseitig den Schweiß von den Lippen. Dann sanken sie auf den Teppichboden und starrten schwer atmend gegen die Kolonialstildecke mit dem unechten Stuck.

Die Schaufensterpuppe wackelte im Aufzug, als Sophie mit ihr nach oben fuhr. Genervt hielt sie die Puppe fest. Sie glaubte zwar nicht, dass sie umfallen würde – der ausladende hässliche Rock nahm eigentlich den ganzen Fahrstuhl ein und würde die Puppe schon stabilisieren, aber sicher war sicher. Es war weniger zeitraubend gewesen, gleich die ganze Puppe mitzunehmen anstatt nur das Kleid. Außerdem fiel in dieser überladenen Eingangshalle eine fehlende Plastikmadame nicht so schnell auf als eine, die plötzlich nackt war.

Der Fahrstuhl passierte den ersten Stock, ohne zu halten. Sophie atmete auf. Noch zwei Stopps, noch einen ... und Sophie war da. Sie schlang ihre Arme um die Taille der Puppe und eilte damit über den Flur zu ihrem Zimmer. Der weite Rock raschelte und berührte die Wände auf beiden Seiten des Gangs.

Endlich angekommen, schloss Sophie die Tür hinter sich und atmete aus. Sie fühlte sich etwas sicherer. Gleichzeitig erfüllte sie der Anblick des billigen rostroten Kleides mit der schlechten Korsettschnürung nicht gerade mit Freude.

Sie war voller Widerwillen, wenn sie sich vorstellte, ihren Luxuskörper da rein zu zwängen.

Sie blickte auf die Uhr. Noch eine halbe Stunde, bis ihr Taxi am Nebeneingang des Hotels stand, um sie zur Festhalle zu fahren. Sophie eilte um das ausladende Kleid herum, das fast den gesamten Raum zwischen ihrem Bett und dem Bad einnahm.

Sie runzelte verstimmt die Stirn, als sie ihren Koffer öffnete, ein paar Schals und einen breiten Ledergürtel von Diane von Fürstenberg hervorkramte. Außerdem musste sie irgendwo in diesem Koffer doch noch ein Notfallset von Broschen und eine Perlenkette haben. Sophie durchwühlte den Koffer, wollte schon aufgeben und fand beides schließlich in einer Seitentasche.

In einer Schublade neben ihrer Minibar stieß sie außerdem auf das obligatorische Nähset des Hotels. Sie drapierte zwei goldene Schals am Dekolleté des Kleides und heftete sie fest. Dann nähte sie die champagnerfarbene Perlenkette an das Kropfband und entfernte das billige Korsett, das seinen Namen nicht verdient hatte. So was zog man doch nicht über das Kleid. Sophie schnaubte, das war doch kein Dirndl.

Unter dem Korsett gab es nicht mal Häkchen. Das Kleid hatte nur einen ordinären Seitenreißverschluss. War ja klar, dachte Sophie.

Sie hielt ihren Gürtel an das Kleid an, betrachtete es und nickte zufrieden. Die goldene Schnalle, die Schals und der Champagnerton der Perlen machten aus dem Rostrot ein Art Kupfergold. Das Kleid sah nun edler aus und passte außerdem zu Sophies Locken.

Sie warf einen Blick in den Spiegel. Ihr Make-up war schon

fertig, sie musste nur noch ihre Haare am Hinterkopf zusammenstecken und vielleicht eine Blume …

Kurz entschlossen zwängte sie sich wieder an dem Kleid vorbei auf den Flur und zog eine pfirsichfarbene Rose aus der Blumendeko gegenüber ihrer Zimmertür. Das war unter diesen Umständen nah genug an der Farbe Gold.

Sophie rauschte zurück in ihr Zimmer, steckte sich die Rose ins Haar und griff nach ihren Strapsen, die einzig angemessene Unterwäsche für einen solchen Ball – und natürlich überhaupt die einzig wahre. Wer brauchte schon einen Slip?

Sophie griff in ihr Dekolleté und zog und drückte ihre Titten in Position, dann betrat sie den Ballsaal.

Sie wollte es sich nicht eingestehen, aber es verschlug ihr doch den Atem. Ob sie wollte oder nicht, sie machte eine Zeitreise. Ein livrierter Kellner mit weiß gepuderter Perücke bot ihr Champagner an, und Sophie stürzte gleich das ganze Glas hinunter. Es war köstlich.

Die Wände waren weiß mit goldenen Intarsien und Spiegeln, die das funkelnde Licht der Kronleuchter reflektierten. Sophie sah sich selbst in einem dieser Spiegel. Das Licht stand ihr hervorragend zu Gesicht und ließ ihre caramellfarbene Haut noch zarter aussehen. Außerdem wirkte ihre Taille viel schmaler, als sie erwartet hatte. Und als ein bewundernder Blick von einem jungen Mann in Schärpe und Südstaaten-Uniform sie streifte, war sie fast ein bisschen stolz auf ihre Aufmachung.

Sie musste Maren ja nicht auf die Nase binden, dass sie sich genauso fühlte wie Maren beim Kostümverleih. Das würde ihrer Freundin erstens recht geben und sie zweitens neidisch machen. Auch wenn Maren behauptete, dass sie keine Lust mehr auf diesen ganzen Ball hatte und das Event getrost Sophie überließ, so ganz glaubte Sophie das nicht.

Sie ging weiter in den Raum hinein. An der Stirnseite gab es eine Bühne, die noch im Dunkeln lag, davor eine große Tanzfläche. Überhaupt war der Saal riesig, bestimmt über fünfhundert Quadratmeter. Von der Tanzfläche gingen sternförmig die langen Tafeln ab. Schwere weiße Tischtücher lagen darauf, üppige Blumendeko und feinstes Silber. Die Stühle waren natürlich in Hussen gehüllt und hinten mit goldenen Schleifen verziert. Normalerweise würde Sophie das alles schrecklich finden, aber nun war niemand da, der ihrer Maulerei über diesen Disney-Historismus Gehör schenkte, also durfte sie sich ruhig ein wenig in der Pracht verlieren.

Die ausladenden Roben der Damen raschelten beim Gehen, streiften Stühle und Herrenbeine und sorgten dafür, dass sich ihre Trägerinnen gerade hielten und geziert mit den Händen durch die Luft wedelten. Es amüsierte Sophie. Sie raffte ihre eigenen weiten Röcke und ging hinüber zu der kleinen Wandtafel, auf der die Sitzordnung verzeichnet war. Tatsächlich fand sie ihren Namen. Sie hob anerkennend die Augenbrauen. Es steckte wirklich einiges in Charlene.

Sophie merkte sich ihren Platz und wandte sich wieder um. Ihr Blick streifte nun suchend durch den Saal. Sie erspähte tatsächlich den Bruder von Brenda Frolly, der so was wie ein It-Boy war. Außerdem gab es eine besonders wuselige Menschentraube vorne rechts direkt an der Bühne. Sophie vermutete dort die Familie Cruise, die Isabellas Debüt natürlich von der ersten Reihe aus verfolgen würde. Aber Sophie interessierte sich nicht für Tom oder Connor. Ihr Blick suchte weiter.

An der Wand standen mehrere livrierte Kellner Spalier. Einige mit vollen Tabletts, andere mit auf dem Rücken verschränkten Händen. Stets zu Diensten, schienen ihre unbewegten Mienen zu sagen.

Sophie lächelte in sich hinein. Sie würde die Dienste von einem dieser jungen Herren sehr bald in Anspruch nehmen. Aber wem würde sie sich anvertrauen? Ihr Blick glitt von Gesicht zu Gesicht; schließlich entschied sie sich für einen schlanken Jungen mit schwarzen Augen. Er erinnerte sie an Jesus, vielleicht wählte sie ihn deshalb aus. So oder so, ihre Intuition sagte ihr, dass er der Richtige war.

Sie wollte sich gerade auf den Weg zu ihm machen, als das Licht gedämmt wurde und die leise Hintergrundmusik verstummte.

Allgemeine Unruhe machte sich breit, Ballgäste suchten ihre Plätze auf oder drängten zur Tafel, weil sie noch gar nicht wussten, wo sie saßen.

Sophie ließ sich von ihrem unscheinbaren Tischherrn den Stuhl zurechtrücken und sah gespannt auf die Bühne.

Während das Licht im Saal immer dunkler wurde, wurde die Bühne immer heller. Sie ging über drei Ebenen, die mit Treppen verbunden waren. Auf der höchsten Ebene, vor der champagnerfarbenen Wand, gab es eine doppelflügelige weiße Tür, flankiert von zwei jungen Pagen in glänzenden Rokoko-Uniformen. Sie waren höchstens elf, furchtbar niedlich und furchtbar nervös.

Im Saal wurde es ruhiger, jeder hatte seinen Platz gefunden und sah erwartungsvoll auf die Tür auf der Bühne.

Dann endlich erklang gedämpfte Marschmusik, und die

beiden Pagen öffneten je einen Flügel der Tür. Ein Stabführer erschien im Lichtkegel eines Scheinwerfers. Er trug einen Dreispitz und führte Blech- und Holzbläser an, alle ebenfalls mit Dreispitz.

Wie im Krieg, dachte Sophie, und bestimmt kommt der Heiratsmarkt in solch einer Gesellschaft, wie sie hier nachgespielt wurde, fast einem Krieg gleich. Sophie merkte, dass sie wieder schlechte Laune bekam. So hübsch das alles auch war, sie hasste, wofür es stand: an Männer gekettete Frauen, die auf ihr Dasein als Hausfrau oder Mutter reduziert wurden.

Die Marching Band verstummte, und der Host des Balls erschien auf der Bühne. Er ließ sich beklatschen und begann dann die lang ersehnte Einführung der Debütantinnen in die Gesellschaft.

»Sehr verehrte Damen und Herren, ich präsentiere Ihnen Carla Lopez Espando, Tochter von George Lopez. Sie wird eskortiert von Frederico Tirado.«

Applaus brandete auf. Zur Musik der inzwischen zur Seite getretenen Band stolzierten eine üppig gebaute Carla und ein schmaler uniformierter Junge mit Pickeln auf die Bühne. Er führte sie mit ausgestrecktem Arm, anders wäre das bei ihrem Kleid nicht gegangen.

Als Nächstes wurde Isabella Cruise eingeführt. Vater Tom sprang auf und jubelte; Sophie verdrehte die Augen. Tom gebärdete sich wie immer in sehr übertriebener Weise, außerdem war ihr die Reihenfolge der Präsentation nicht ganz klar.

Es folgte Debütantin auf Debütantin. Charlene war die sechste. Sie war atemberaubend schön und sorgte für ein bewunderndes Raunen im ganzen Saal. Mit stolz geschwellter

Brust nahm Sophie das olivgrüne Kleid in Augenschein. Mein kleines Mädchen, dachte sie. Die Welt wird dir zu Füßen liegen, wenn du dich erst wirklich von Bob befreit hast.

»Dein Herz gehört also jemand anderem als deinem Escort?«, hakte Sophie nach und machte sich ein paar Notizen auf dem kleinen Block, den sie aus ihrem Abendtäschchen gezaubert hatte.

Charlene nickte mit leuchtenden Augen. »Er ist wundervoll. Mehr kann ich dazu noch nicht sagen.« Sie zwinkerte Sophie zu.

»Ich verstehe, Herzchen, ich verstehe. Genießt du den Kolonialball?« Sophie blätterte die vollgekritzelte Seite um und legte den Block wieder auf den Stehtisch.

Charlene nahm einen Schluck Champagner und stellte das Glas neben die üppige Blumendeko. »Es ist eine Zauberwelt hier, ein schöner Ausflug in eine andere Zeit für einen Abend«, sagte sie und ließ den Blick ihrer braunen Augen über die anderen Gäste streifen. Die Locken ihrer Perücke kringelten sich ihren Rücken herunter, und sie sah wirklich umwerfend aus. »Aber«, sie wandte sich wieder an Sophie, »ich mag die Gegenwart, ich möchte nicht in der Vergangenheit leben.«

»Wer mag schon eine Vergangenheit, in der man einen Mann am Arm haben muss, den man nicht liebt?«

»Genau«, Charlene nickte eifrig, »das ist genau der Punkt. Ich vermisse ihn sehr.« Sehnsucht schlich in ihren Blick, und Sophie notierte auch das.

Sie wollte gerade die nächste Frage stellen, als ein harter Griff sich um ihr Handgelenk schloss und sie herumriss.

»Was machen Sie denn hier?«, fauchte Bob Summersville. Blitze schossen aus seinen braunen Augen. »Wie um alles in der Welt haben Sie es hier herein geschafft?«

Sophie machte ihren Arm los und sah ihn herablassend an. »Ich komme überall rein, wenn ich will.«

Er zeigte mit dem Finger auf sie. »Ich werde Sie sofort entfernen lassen!«

Sophie seufzte und lächelte dünn. »Wenn Sie weiter so schreien, werden Sie noch die Aufmerksamkeit des ganzen Saals auf sich ziehen.«

Bob lief rot an, seine Zähne mahlten aufeinander, aber offensichtlich musste er ihr in diesem Punkt recht geben.

Sophie schmunzelte siegessicher und ging an ihm vorbei. »Sprechen wir doch lieber dort im Seitengang weiter.«

Sie hörte, wie seine eiligen Schritte ihr folgten, und spürte seinen vor Wut brennenden Blick in ihrem Nacken. Sie setzte einen Fuß vor den anderen und schritt genießerisch über das blank polierte Parkett. Sie hatte Zeit. Sie wiegte die Hüften und wusste, dass der brennende Blick nun tiefer wanderte – denn Feuer war Feuer, egal, was es entzündet hatte.

In einer Fensternische im Seitengang blieb Sophie vor einem schweren, bodenlangen roten Vorhang stehen. Dann drehte sie sich um und stemmte die Hände in die Hüften. »Sie wollen also meine Einladung zum Ball für nichtig erklären?«

Er sah auf sie herab. »Frauen wie Sie vergiften die altehrwürdige Atmosphäre einer solchen Veranstaltung.«

Sie warf den Kopf in den Nacken und lachte. Dann sah sie ihn ernst an. »Und Männer wie Sie vergiften die Welt.« Ganz nah trat sie nun zu ihm und sah ihm tief in die Augen. »Die Zukunft gehört den starken Frauen, und das wissen Sie, sonst würden Sie sich nicht so panisch bemühen, ihre kleine Schwester unter dem Daumen zu halten.«

»Darum geht es nicht!«, spie er hervor.

Sophie nickte. »Nein, nicht nur. Es geht auch um all das, was Sie sich selbst verbieten, das, was Sie begehren, das aber gegen Ihre prüden Moralvorstellungen verstößt. Das macht Sie hart und mürrisch.«

Er blinzelte irritiert und wich einen kleinen Schritt zurück. »Was ... wie meinen Sie ...?«

»Und Sie verbieten sich viel, nicht wahr?«, raunte Sophie. Sie ging noch einen Schritt vor und verringerte den Abstand wieder. Sie kam ihm noch näher und er stolperte gegen die Wand.

»Ich muss doch sehr bitten, Frau Caprice.«

Mit der linken Hand stützte sich Sophie neben seinem Kopf an der Wand ab und lachte leise. »Das haben Sie doch längst. Als Sie mich das erste Mal ansahen, hat Ihr Blick mich um einfach alles gebeten.« Ihre Rechte legte sich auf seinen Schritt und rieb sanft über den Stoff. »Ich hab's nicht gleich verstanden, aber jetzt weiß ich, was Sie wollen.«

Der Schwanz unter Sophies Hand schwoll an, sie rieb ihn fester. Sie beugte sich an Bobs Ohr und flüsterte: »Sie wollen mich ficken!«

Er stöhnte auf und drückte sich gegen die Wand.

»Sie wollen Ihre Frau betrügen, Bob«, hauchte Sophie weiter. »Sie begehren mich, meine Möse, meine Titten und dass ich mir einfach nehme, was ich will, das begehren Sie auch!«

Er schloss die Augen. »Ja, gottverdammt, ja«, keuchte er. Jetzt schielte er hinunter auf ihre drallen Titten. Er schluckte hart, dann griff er nach ihren Brüsten und knetete sie gierig. »Gott, sind die geil.«

»Ich weiß.« Sophie öffnete seine seltsame Uniformjacke sowie das Hemd. Er zog beides hastig aus, während sie ihm die blaue Kniebundhose samt Boxerbriefs über seinen knackigen Arsch zog. Sein Schwanz war bereits hart, die Spitze glänzte feucht. Hastig stieg Bob aus seiner Hose, während Sophie flink ihren Fürstenberg-Gürtel auszog und den Reißverschluss des Kleides öffnete. Sie schlüpfte aus der Robe und präsentierte sich Bob nackt, nur mit Strapsen, Strümpfen und Zwölf-Zentimeter-Heels bekleidet. Genüsslich streichelte sie ihre Titten und sah ihn herausfordernd an.

Er nahm sich kaum Zeit, sie anzusehen. Er zog ihren Kopf zu sich heran und küsste sie fordernd. Sophie spürte seinen Schwanz an ihrem Bauch und legte ihre Hände auf seinen Hintern. Sie presste sich an ihn und leckte über seine Lippen, den Hals und die Ohrläppchen.

Er knetete ihre Titten und drehte ihre Nippel zwischen den Fingerspitzen. Dann ließ er seine Hände zu ihrer Taille hinunterwandern. Er strich über den Strapsgürtel, den unteren Bauch und glitt schließlich mit den Fingern zwischen ihre Mösenlippen.

Sophie seufzte auf und drehte sich langsam mit dem Rücken zum Fenster. Bob hob sie an und setzte sie aufs Fensterbrett, wo Sophie sich anlehnte und ihre bestrapsten Beine spreizte. Dann streckte sie Bob ihre feuchte rosa Möse erwartungsvoll entgegen.

Bob kreiste mit den Fingern noch einmal über ihre Knospe. Sophie war heiß und feucht. Ihr Atem hob und senkte ihre großen Titten, und ihr Blick verfolgte das Spiel von Bobs Fingern. »Steck sie rein«, befahl sie flüsternd.

Mit nackter Gier im Blick starrte er auf die rosa Möse und ließ Zeige- und Mittelfinger in sie hineingleiten. Er schob sie bis zum Anschlag in Sophies Möse und verweilte eine Sekunde, bevor er sie mit harten Stößen seiner Finger fickte.

Sophie stöhnte, griff nach seinem Kopf und presste ihn an ihre Titten. Seine Lippen suchten ihre Nippel, fanden sie und leckten und saugten abwechselnd an ihnen.

Sophie schielte hinunter zu seiner Hand. Er nahm den Ringfinger hinzu, stieß auch ihn in die Möse und rieb mit dem Daumen an ihrer Klit. Die Sehnen an seinem Unterarm traten hervor, seine Muskeln spannten sich immer weiter.

Sie sah auch seinen großen harten Schwanz. Er war lang und dick. Sophie leckte sich über die Lippen. Dann setzte sie sich ein wenig auf und zog Bobs Finger aus ihrer Möse. Sie umfasste seine Arschbacken und dirigierte so seinen Schwanz in Position. Bob drang sofort in sie ein, sein Becken bewegte sich schnell und ruckartig, er keuchte schwer.

Sophie packte seinen Hintern fester. Bob schrie unterdrückt auf vor Lust, und Sophie lächelte vielsagend. Seine Stöße waren heftig, dennoch fand sie schnell, was sie suchte.

Während Bob sie fickte, dass der Fensterrahmen wackelte, schob Sophie ihren Zeigefinger in seinen Arsch.

Überrascht hielt er inne und starrte sie an. Sie stieß ihren Finger weiter in seinen Hintereingang hinein und lächelte. »Das findest du geil, oder?«, gurrte sie. Sie nahm einen zweiten Finger hinzu.

Er schluckte hart.

»Sag, dass du drauf stehst, Bob!«

»Ich steh drauf«, keuchte er endlich und rammte seinen Schwanz wieder tief in Sophies Möse.

Ihre Finger bohrten sich derweil immer weiter in seinen Arsch, und Bob stöhnte immer lauter. »Du bist ein böser Junge, nicht wahr, Bob?«

»Ja«, stöhnte er zwischen zwei Stößen mit seinem großen harten Schwanz.

»Du stehst auf Arsch, was?«, flüsterte Sophie und zog ihre Finger aus ihm heraus. »Willst du meinen?«

Wieder hielt er inne. »Du meinst …«

Sie leckte über seine Lippen und raunte in sein Ohr. »Willst du mich in den Arsch ficken?«

Er antwortete nicht, sondern zog seinen Schwanz aus ihr raus. Sophie glitt von der Fensterbank und streckte ihm ihre drallen runden Backen entgegen. Ehe er sich versah, hatte sie hinter sich gegriffen und sich seinen Schwanz anal eingeführt.

Sie stöhnten gleichzeitig auf. Sophies Rosette schloss sich eng um den dicken Schwanz, und seine unersättlichen Stöße ließen ihre Titten erbeben.

»Das hab ich noch nie gemacht«, stöhnte Bob und griff nach ihrem Becken.

Sophie lachte leise. »Dabei machst du das sehr gut.« Sie schloss die Augen und stemmte sich seinen Stößen entgegen. Schweißperlen rannen ihren Hals hinab und über ihre Brüste. »Besorg's mir, Bob«, befahl sie stöhnend und streckte ihren Hintern weiter raus. »Tiefer!«

»Ich … fick dich … in den Arsch«, stammelte Bob, als könne er es selbst nicht glauben und stieß noch härter zu. Sein Becken klatschte an ihren Hintern, und er keuchte wie ein Tier. »Ich … fick dich … in …«, der Rest ging in lautem, fast animalischem Stöhnen unter.

Sophie krallte sich ins Fensterbrett und keuchte ebenfalls. »Härter«, seufzte sie. »Ja … so … ich komme …«

Sie schrien ihren Orgasmus nahezu gleichzeitig heraus.

Erschöpft sank Sophies Kopf gegen die Fensterscheibe.

Bob zog seinen Schwanz aus ihr heraus. Als sie sich umdrehte, starrte er fassungslos auf seine immer noch erigierte Männlichkeit.

Sophie verschränkte die Arme vor der Brust und lachte leise. »Sag nur, was hast du getan?«

»Oh Gott«, stammelte er. »Oh Gott.« Hastig klaubte Bob seine Sachen zusammen und lief davon.

»Böser Junge ...« Sophie lachte. Sie drehte sich zu dem zweiten Fenstervorhang um, öffnete ihn und sah in das verstörte Gesicht eines großen schlaksigen Kellners mit schwarzen Augen. Er hielt noch immer ihr iPhone hoch und filmte. Sanft nahm sie ihm das Smartphone aus der Hand. »Du kannst jetzt aufhören, Kevin.«

Er nickte und starrte auf ihre Brüste.

Sophie wandte sich ab und hob ihr Abendtäschchen auf. Sie nahm zwei Hundertdollarscheine heraus und steckte sie in Kevins Brusttasche. Dann hob sie sein Kinn an, sodass er ihr in die Augen sehen musste. »Du solltest dich irgendwohin zurückziehen und dir einen runterholen, Herzchen.«

Er nickte und stolperte davon.

Sophie stemmte die Hände in die Hüften und sah auf ihr Kleid hinunter. »Und ich sollte mich wohl wieder anziehen!«

»Ich brauche deine Mailadresse, Herzchen.«

Charlene drehte sich überrascht um und sah Sophie Caprice neben sich stehen, das iPhone schon einsatzbereit.

»Entschuldigen Sie mich«, sagte Charlene zu dem Cousin ihres Vaters und irgendeinem Juniorpartner, den sie ganz sicher nicht heiraten würde. Sie ging mit Sophie ein paar Schritte zur Seite.

»Geben Sie mal her«, sagte Charlene und nahm der Journalistin das iPhone aus der Hand. »Vielen Dank, dass Sie mich vor Ted gerettet haben«, sagte sie, während sie ihre Mailadresse in Sophies Handy tippte.

»Keine Ursache«, sagte Sophie.

Charlene gab ihr das Handy zurück. »Ist alles in Ordnung mit Ihnen? Sie sehen so ... erhitzt aus.«

Sophie lächelte vielsagend und wischte mit den Fingern auf ihrem iPhone rum. »Wenn Sie später Ihre Mails öffnen, dann wissen Sie, warum.« Sie sah Charlene an. »Vielleicht öffnen Sie die Mail von mir aber auch nicht, sondern leiten sie einfach gleich an Ihren Bruder weiter – zusammen mit allen Wünschen, die Sie an Ihre zukünftige Zusammenarbeit haben.«

»Ich verstehe nicht ...«

Sophie seufzte. »Ich habe einen kleinen Film, auf dem Ihr Bruder Dinge tut, die ihm sehr, sehr peinlich sein werden. Seine Frau sollte davon besser nie erfahren, es sollte überhaupt niemand je davon erfahren, so denkt er. Sie können selbst entscheiden, ob Sie sehen wollen, was Ihr ach so anständiger, ach so prüder Bruder in der Lage ist zu tun, Charlene.«

Charlene runzelte die Stirn. »Aber was kann Bob denn getan haben, das seine Frau ... Oh.« Sie begriff. Dann legte sie den Kopf schief und grinste Sophie an. »Das haben Sie nicht getan? Oder doch?«

Sophie beugte sich vor und tätschelte Charlenes Wange. »Das und mehr, Herzchen. Es war mir ein Vergnügen.«

»Aber was haben Sie denn mit ihm angestellt?«, fragte Charlene neugierig. »Ist es schmutzig, ich meine wirklich schmutzig?« Das Mädchen lachte und legte die Hand vor ihre Augen. »Ach, nein, lassen Sie. Ich habe jetzt schon Bilder im Kopf, die dort nicht hingehören. Er ist schließlich mein Bruder.«

»Eben, Herzchen, eben«, flötete Sophie. »Schauen Sie sich den Film deshalb besser nicht an, sondern leiten ihn einfach an Bob weiter. Und stellen Sie ein paar Forderungen!«

Charlene nickte. »Das werde ich. Danke, Sophie.« Einer spontanen Eingebung folgend beugte sie sich vor und küsste Sophies volle rote Lippen. »Danke. Ich schicke Ihnen alle Bilder, an die ich rankommen kann. Gleich morgen.«

»Ich freu mich drauf.« Sophie wandte sich um und raffte mit der linken Hand ihre Röcke. Die Rechte hob sie hoch und winkte Charlene noch einmal zu, während sie mit wiegenden Hüften davonging.

Charlene sah ihr nach und spürte ein plötzliches Gefühl der Freiheit in sich. Noch hatte sie Bob keinen Film geschickt, aber sie fühlte sich trotzdem zum ersten Mal Herr ihrer selbst.

Sophie Caprice und ihr kupfergoldenes Kleid verschwanden in der Menge der historischen Kostüme, und Charlene beneidete sie. Sie konnte einfach gehen, während Charlene hier noch …

Moment mal, dachte Charlene. Ich bin offiziell in die Gesellschaft eingeführt und ich habe alle Pflichttänze absolviert. Mama und Papa sind betrunken und mit ihren reichen und wichtigen Freunden beschäftigt, während Bob sich wahrscheinlich gerade in seiner Limousine ziellos durch die Stadt fahren lässt und sich in Grund und Boden schämt. Niemand wird mich vermissen!

Charlene stand sowieso eine eigene Limousine zur Verfügung, und niemand erwartete, dass sie gemeinsam mit ihren Eltern heimkehrte.

Sie raffte ihre olivgrünen Röcke zusammen und eilte aus dem Saal.

Es dauerte eine Weile, bis der Fahrer sie samt Kleid in die Limousine verfrachtet hatte und endlich losfahren konnte. Charlenes Hände zitterten, und ihr Herz klopfte wild in ihrer Brust. Nervös knetete sie ihr Kleid und sah aus dem Fenster.

Der Festsaal lag am Rande der Villengegend, die auch die Summersvilles bewohnten. Ein prachtvolles Anwesen nach dem nächsten zog an Charlenes Fenster vorbei, bis die Häuser langsam schlichter und kleiner wurden.

Schließlich hielt die schwarze Limousine vor einem kleinen einstöckigen Häuschen, das kaum mehr als ein Trailer war.

Sie wuchtete sich und ihr Kleid aus der Limousine und entließ ihren Fahrer in den Feierabend. Ihre Röcke raschelten, als sie über den kurzen Weg ging und an die Tür klopfte.

»Charlie!«, rief Sam, als er ihr die Tür öffnete. Hinter ihm flackerte das Licht des Fernsehers. Mit großen Augen betrachtete er sie. »Du siehst wunderschön aus, ich ... ich bin überwältigt.«

»Danke.«

»Ist der Ball denn schon zu Ende?«

Sie schüttelte den Kopf und sah ihn nun ebenfalls genauer an. Er trug ein weißes T-Shirt und enge Jeans. Seine Haare waren verwuschelt, und eine kleine Falte auf seiner Wange verriet, dass er vor dem Fernseher eingeschlafen war. »Ich bin einfach gegangen. Darf ich reinkommen?«

»Natürlich, aber was wird dein Bruder sagen, wenn du ...«

Sie hob die Schultern und quetschte sich und ihr Kleid an ihm vorbei. So standen sie sich in dem engen Flur gegenüber, überall um sie herum bauschte sich die voluminöse Robe.

»Bob wird mir in Zukunft nichts mehr vorschreiben.« Sie sah an sich herunter und kicherte. »Ich glaub, ich steck fest.«

Er lachte. »Ich glaub, ich auch.«

Charlene sah auf und suchte den Blick seiner braunen Augen. »Ich denke, ich werde das Kleid ausziehen müssen.«

Er lachte leise. »Wenn wir hier jemals wegkommen wollen, ist das wohl die einzige Möglichkeit.«

Sie beugte sich ein wenig zu ihm. »Du musst mir helfen. Es hat am Rückenteil Häkchen, allein komm ich da nicht ran.«

Sam nickte und legte seine Arme um ihren Hals herum. Behutsam öffnete er das erste Häkchen. Es war nur eine kleine Berührung, aber sie jagte Charlene eine Gänsehaut über den Rücken.

Sam hakte langsam weiter. Sie spürte seinen Atem an ihrem Hals. Ihre Haut brannte, wann immer seine Finger ihren Rücken streiften. Er war bei ihrer Taille angelangt und näherte sich ihrem Hintern. Obwohl jetzt Reif- und Unterröcke und ein dicker Oberrock zwischen seinen Händen und ihrer Haut lagen, spürte sie bei jeder Berührung ein Kribbeln, das bis in ihre Möse vordrang. Sie schloss die Augen und atmete hörbar.

»Fertig«, raunte Sam. Seine Hände legten sich wieder auf ihre Schulter, dann zog er das Kleid langsam hinunter. Es rutschte über ihre Haut und die Brüste, die Taille und die Hüften, bis es sich um ihre Kniekehlen bauschte. Sie trug nur noch Seidenslip und halterlose Strümpfe.

»Du bist frei«, flüsterte er.

Da schlang sie die Arme um seinen Nacken und küsste ihn voller Liebe und Leidenschaft. Sam packte ihren Hintern, sie schlang ihre Beine um seine Hüften, und er trug sie über das Kleid hinweg durch den Flur ins Wohnzimmer.

»Sind deine Eltern nicht da?«, fragte sie zwischen zwei Küssen.

»Nein«, keuchte er und legte Charlene vor sich auf dem Sofa ab. Er zog sich das T-Shirt über den Kopf und küsste sie wieder. Er streichelte ihre Brüste und Nippel und hinterließ eine brennende Spur überall auf ihrem Körper.

»Sam«, seufzte sie. »Oh Sam.«

Er zog ihr den Seidenslip aus und liebkoste ihre Scham, dann beugte er sich vor und küsste ihre Knospe.

Charlene stöhnte auf und krallt sich in Sams dunkelblonden Schopf. Er saugte und leckte an ihrer feuchten Möse und machte sie wahnsinnig. Sie bäumte ihren Oberkörper auf, spreizte die Beine weiter und drängte ihren Schoß seiner Zunge entgegen.

Immer flinker stieß seine Zunge gegen ihren Kitzler, immer lauter keuchte sie. »Warte«, stieß sie schließlich hervor, »warte. Ich will dich ganz.«

Er ließ von ihr ab und zog seine Hose aus. »Ich will dich auch«, flüsterte er und streifte seine Shorts ab.

Er legte sich auf Charlene und küsste sie zärtlich, als er in sie eindrang. Sanft stieß er seinen Schwanz in sie hinein und stöhnte auf. Charlene riss ihre Beine hoch und drängte ihm ihren Schoß entgegen. Sam drang tiefer in sie ein und härter. Er zuckte mit dem Becken. »Ich kann ... ich kann nicht an mich halten«, presst er hervor. »Ich will dich. Du bist so geil.«

Sie biss in sein Ohrläppchen und flüsterte. »Dann fick mich, Sam.«

Da rammte er seinen Schwanz so fest in Charlene, dass

ihre runden festen Titten wackelten, während Charlene den Kopf zurückwarf und leise schrie. »Ja ... fester, Sam ... Mehr ...«

Sams Schwanz stieß unaufhörlich in Charlenes heiße, feuchte Möse. Sie zuckten und bebten. Sie stöhnten und krallten sich aneinander. Und dann kamen sie gemeinsam. Sie fielen in die Lust hinein und hielten sich aneinander fest. »Sam, oh Sam«, keuchte Charlene.

»Ich liebe dich«, sagte er und küsste sie zärtlich.

»Ich dich auch«, erwiderte sie glücklich.

Sophie stand vor dem Hotel und überlegte eine halbe Sekunde, ob sie zum Nebeneingang gehen sollte. Ach, scheiß drauf, dachte sie. Sie hatte, was sie brauchte, sollten sie doch alle sehen.

Die Schiebetüren glitten auseinander, und sie betrat die Lobby. Es war gähnend leer. Sie hob ihre Röcke und stöckelte über den Marmor. Aber das Klackern ihrer Absätze war nicht das einzige Geräusch in der scheinbar menschenleeren Halle. Sophie blieb stehen und lauschte.

Seufzen drang aus der Rezeptionsloge zu ihr herüber. Es ging nun in etwas lauteres Stöhnen über und mischte sich mit einem leisen Schmatzen.

Sophie grinste und schlüpfte aus ihren Zwölf-Zentimeter-Heels. Auf leisen Sohlen schlich sie zum Empfang hinüber. Das Stöhnen und Schmatzen wurde lauter.

Sophie beugte sich langsam über den Tresen, und das Grinsen auf ihrem Gesicht wurde breiter.

Maren saß nackt auf Jesus' Gesicht und kreiste mit ihrem Becken über seiner Zunge. Dabei massierte sie ihre Titten und seufzte und keuchte.

Sophie schluckte beim Anblick von Marens langen schlanken Gliedern und der perfekt rasierten rosigen Möse. Sie spürte, wie sie selbst feucht wurde, und sah von Marens Schoß zu Jesus. Er lag nackt unter ihr. Sein Schwanz war groß und hart. Ein prächtiger Ständer, konstatierte Sophie, die sich danach sehnte, an diesem Spiel teilzuhaben.

Jetzt öffnete Maren die Lider halb und betrachtete Jesus' großen steifen Schwanz ebenfalls. Die Gier in ihrem Blick machte Sophie ganz heiß, und als Maren sich jetzt vorbeugte und über Jesus feuchtglänzende Eichel leckte, musste Sophie sich in den Tresen der Rezeption krallen.

Sie drängte ihren Körper an das harte Holz des Tresens und unterdrückte ein Stöhnen.

Maren öffnete ihre vollen weichen Lippen und umschloss mit ihnen die Eichel. Dann saugte sie Jesus' Schwanz tief in ihren Mund und fuhr mit dem Kopf auf und ab.

Jesus' Finger gruben sich in ihre Schenkel. Lust durchzuckte seinen ganzen Körper, das sah Sophie auf einen Blick, aber er war ein guter Junge und leckte Marens Möse brav weiter.

Sophie atmete einmal tief durch und riss sich los. Sie rannte zum Aufzug, drückte auf den Knopf und fuhr ungeduldig in den vierten Stock. Kaum in ihrem Zimmer, befreite sie sich selbst aus ihrem Kleid und durchwühlte ihren Koffer nach ihrem großen dicken Vibrator. Sie warf sich aufs Bett, schaltete ihn ein und schob den Freudenspender in ihre feuchte, heiße Möse. Wie verrückt stieß sie den vibrierenden Dildo mit der einen Hand in sich hinein, während sie mit der anderen ihre großen Titten massierte und davon träumte, unter Maren zu liegen und sie bis zur Besinnungslosigkeit zu lecken.

Sophie kam schnell. Sie zog den Vibrator aus sich heraus

und ließ ihn achtlos fallen. Sie lag noch eine Weile keuchend auf ihrem Bett, dann schlief sie ein.

Maren ließ sich auf ihren Platz im Flugzeug fallen und gähnte. Dann schnallte sie sich an.

»Und, kannst du noch laufen?«, fragte Sophie und setzte sich lachend neben sie.

»Kaum.«

»Siehst du«, sagte Sophie. »Ich hatte recht.«

»Jaja«, antwortete Maren genervt. »In diesem Punkt hattest du recht.«

»Hat er dich auch von hinten genommen?«, fragte Sophie neugierig.

»Zwei Mal, und sei nicht so neugierig. Sag mir lieber, wie es mit der Reportage läuft.«

Sophie seufzte und holte ihr iPad aus der Handtasche. »Ich hab heute Morgen schon Notizen gemacht und eine Grundstruktur für den Artikel erstellt, Herzchen. Es läuft sehr gut.«

Ein Handy piepste, und Maren verdrehte die Augen. Sie zeigte auf die Anschnallzeichen über ihnen. »Das sollte längst aus sein.«

Sophie hob die Schultern. »Noch fliegen wir nicht.« Sie holte das Handy hervor und grinste breit. »Sehr gut.«

»Was?«

»Charlene hat das Filmprojekt zugesagt und außerdem die Homestory-Fotos von diesem komischen Allan geschickt.«

Maren runzelte die Stirn. »Welches Filmprojekt? Und wie hast du das mit den Fotos schon wieder geschafft?«

Sophie sah sie vielsagend an. »Ich hab mit Bob gevögelt.«

»Bob? Bob Summersville?«

»Genauer gesagt hab ich ihm meine Finger in den Arsch gesteckt und das gefilmt.«

Marens Kinnlade sackte herunter. »Im Ernst?«

Sophie nickte. »Er stand total drauf.«

»Mmh«, machte Maren nachdenklich. »Jetzt, wo du es sagst, ergibt das schon Sinn.«

»Nicht wahr? Seine konservative Prüderie resultiert einzig und allein aus unterdrückten Trieben.«

Maren lächelte. »Wie gut, dass du sie befriedigt hast.«

»Es diente einem guten Zweck.« Sophie grinste Maren an, und Maren musste lachen. »Aber was hat das alles jetzt mit Charlenes Filmprojekt zu tun?«, fragte sie.

»Also, das war so, Herzchen. In der Hotelbar hat mich dieser superheiße Casting-Agent heimlich unterm Tisch geleckt und –«

»Gewiss«, Maren schnaubte belustigt, »wo sollte er dich auch sonst lecken. Etwa im Bett?«

»Eben«, gab Sophie zurück. »Jedenfalls hat mir dieser Agent geflüstert, dass Charlene für ein total tolles Filmprojekt gehandelt wird und –«

»Nur für die Akten, Sophie. Mit Charlene hast du nicht geschlafen, oder?«

»Nein, leider ...« Sophie seufzte, dann sah sie Maren verschwörerisch an. »Aber sie hat mich geküsst.«

»Na, dann ist ja gut.«

»Willst du jetzt die Filmgeschichte hören oder nicht, *chérie?*«

»Na klar, erzähl schon.«

Das tat Sophie, und sie ließ kein Detail aus ...